KB095833

MACHIBA NO BUNTAIRON
by Tatsuru Uchida

어떤 글이 살아남는가

街場の文体論

우치다 다쓰루의
혼을 담는
글쓰기 강의

우치다 다쓰루
김경원 옮김

원더박스

안녕하세요. 우치다 다쓰루입니다. 우선 이 책을 구입해주셔서 감사합니다. 서점에 서서 팔락팔락 페이지를 넘기고 있는 분들도 이 책을 선택해 집어든 점에 감사드립니다.

무려 21년 동안 몸담았던 고베여학원대학을 떠나야 할 날을 앞두고, 마지막 학기에 '창조적 글쓰기'라는 강의를 개설했습니다. 이 책은 이 강의의 기록을 토대로 손질한 글을 엮은 것입니다. 한 학기 동안 온전하게 교단에서 강의하는 일도 마지막이었기 때문에 이 강의는 그때까지 언어와 문학에 대해 사유해온 것을 모조리 쏟아 붓고자 한 야심찬 수업이었습니다.

이 책의 한국어판이 나온다는 소식을 들었을 때, 과연 이 강의에서 다루었던 다양한 주제가 이웃나라 독자에게도 절실하게 다가갈 것인지 확신이 서지 않았습니다. 하지만 한 가지 분명한 것은 한국도 그렇고, 일본도 그렇고, 언어가 맞닥뜨리고 있는 위기는 별반 다르지 않으리라는 점입니다. 한마디로 그것은 **모어가 앙상하게 야위고 있다**는 상황을 가리킵니다. 이 서문에서는 이것에 관한 생각을 적어보려고 합니다.

모어가 앙상하게 야위고 있다는 말은 현실 속에서 구체적으로 말하면 영어가 지배적인 언어가 되어간다는 뜻입니다. 각종 학회에 가보면 이는 이미 뚜렷한 현실입니다. 자연과학 쪽 학회에서는 일본인만 모였는데도 발표나 질의응답 때 종종 영어를 사용합니다. 연구자들은 영어로 논문을 읽고, 영어로 논문을 쓰고, 영어로 논쟁을 벌입니다. 한국에서도 사정이 비슷하다고 들었습니다. 양국에서는 영어로 하는 대학 강의가 점점 더 늘고 있습니다. 국가는 '해외 제휴 학교 수', '영어로 열리는 강의 수', '외국인 교원 수'가 많은 학교에 보조금을 많이 배분합니다. 그래서 어느 대학이든 필사적으로 영어 강의를 늘리려고 애를 씁니다. 일본의 중고등학교에서는 영어로 진행하는 영어 수업이 필수가 되어갑니다.

이러한 흐름을 '국제화'라거나 '세계화'라는 말로 긍정적으로 이야기하는 사람이 꽤 있습니다. 허나 그런 현상이 과연 바람직할까요? 우선 통계를 통해 알 수 있는 사실은 모어 교육을 소홀히 여기고 한정된 교육 자원을 영어에 집중시키고 나서부터 일본의 **영어 능력이 저하했다**는 사실입니다. 이 같은 현실에 당황한 정부는 뜬금없게도 일본인이 영어를 못하는 까닭을 둘러싸고 학습 시작 연령이 높기 때문이라는 근거 없는 해석을 덥석 물었습니다. 그 결과 초등학교 3학년부터 조기 영어 교육을 시작하기로 결정했습니다. 결과는 아직 알 수 없지만 나로서는 영어 능력을 포함한 **모든 영역의 학력이 저하하지 않을까** 예측하고 있습니다.

왜 이런 일이 일어났을까요? 그것은 영어 정책을 세우는 정치가, 관료, 학자 등이 '언어 사용'이라는 활동의 복잡함을 알지 못하기 때문입니다. 그들은 언어라는 것을 자동차나 계산기 같은 '도구'라고 여깁니다. 한쪽에 도구를 조작하는 주체가 있고, 또 한쪽에 도구가 있다고 봅니다. 성능이 좋은 도구를 손에 넣으면 일을 잘할 것이라고 생각합니다. 그러나 그렇지 않습니다. 언어는 도구가 아닙니다. 우리가 언어를 사용한다기보다는 우리 자신이 언어로 만들어져 있습니다. 우리가 언어를 지배하고 있는 것이 아니라 오히려 우리가 언어에 의해 지배당하고 있습니다. 언어는 우리의 피이자 살이고, 뼈이자 피부입니다. 얼마나 양질의 언어인가, 어떻게 생긴 언어인가, 어떤 특성을 지닌 언어인가에 따라 우리 자신의 사고방식, 감각, 삶의 방식이 송두리째 영향을 받습니다.

영어를 솜씨 좋게 구사하게 되었다는 것은 '영어를 모어로 삼는 종족의 사고방식, 감각'을 내 몸에 새기고 각인시켰다는 것을 뜻합니다. 그것이 얼마나 중대한 일인지 사람들은 실로 자각하지 못하는 듯합니다.

미국의 식민지였던 필리핀에서는 영어를 잘하지 못하면 비즈니스맨으로도, 공무원으로도, 교사로도, 기자로도 취직할 수 없습니다. 웬만한 지위에 오른 사람들은 빠짐없이 영어를 훌륭하게 구사합니다. 필리핀의 생활언어는 타갈로그어입니다. 그러나 타갈로그어로는 비즈니스를 할 수 없고, 정치나 경제를 논할 수도 없습니다. 왜냐하면 그에 걸맞은 어휘가 모어에 부재하기 때문입니다. 어떤 필리핀인 대학교수가 이런 말을 했습니다. "영어로 이야기할 수 있다는 것은 실리적practical이고, 모어로 이야기할 수 없다는 것은 비극적tragical이다."

어째서 비극적일까요? 그것은 거의 대부분의 경우 지적인 혁신이 모어에 의한 사고에서 나오기 때문입니다. 이를테면 우리는 모어가 아니라면 신조어neologism를 만들어낼 수 없습니다. 신조어는 멋대로 만들어지는 것이 아닙니다. 조건이 있습니다. 바로 태어나 생전 처음 들은 말인데도 듣는 순간에 모어 화자들이 말뜻과 뉘앙스를 이해한다는 조건입니다. 그러니까 눈 깜짝할 사이에 퍼져나갑니다. 이 같은 일이 외국어로는 불가능합니다. 내가 신조어를 지어낸다고 해도(이를테면 불규칙 변화를 외우기 번거롭다고 해서 'I went'가 아니라 'I goed'라고 쓰자고 제안한다고 해도) '그런 말은 없어!' 하는 냉소가 돌아올 뿐입니다.

새로운 언어를 만들어낼 수 없다는 것은 새로운 개념이나 새로운 논리를 만들어낼 수 없다는 말이기도 합니다. 불현듯 창조적인 아이디어가 떠올랐을 때를 생각해보면 금세 짐작할 수 있겠지요? '목구멍으로 나올락 말락 하기만 할 뿐 아직 언어로 나오지 않아' 답답함을 느꼈던 경험이 누구나 있지 않습니까? 아이디어는 신체 깊숙한 곳에서 물방울처럼 뽀글뽀글 올라오지만 아직 뚜렷한 형태를 갖추지는 못한 상태입니다. 최종적으로는 그 나름대로 언어로 표출되겠지만, 자신이 갖고 있는 언어를 잡아 늘이거나 활짝 펼치는 등 그때까지 사용한 적 없는, 유례가 없는 방식을 취해야만 겨우 언어화할 수 있습니다. **창조적인 개념이 모양을 갖추면 때로 모어조차 변용해냅니다.** 지적 창조와 모어의 풍요로움은 이어져 있습니다.

이렇듯 언어를 사용한다는 것은 역동적인 과정입니다. 도구를 사용하는 일과는 차원이 다릅니다. 가위를 손에 쥐고 새로운 사용법을 생각해냈다고 해서 가위가 그것에 맞추어 모습이 바뀌고 재질과 기능이 변하는 일은 있을 수 없습니다. 그렇습니다. '있을 수 없는' 그 일이 모어에서는 일어납니다. 이 점을 생각하면 모어가 얼마나 생성적인지 상상할 수 있습니다. 그리고 지적 창조는 (예외적인 어학 천재를 제외하면) 모어에 의해서만 가능합니다. 기존의 언어를 잡아 늘이거나 활짝 펼치거나 그것에 새로운 말뜻을 담아내는 일은 모어에 의해서만 가능하기 때문입니다.

그러므로 모어가 앙상하게 야위는 현상은 해당 언어집단의 지적 창조에 치명적입니다. 식민지를 통치하는 제국은 어디에서나 식민지 현지인에게 자신의 언어를 습득하도록 강요했습니다. 종주국의 언어는 강국의 언어이면서 당연히 '글로벌'한 언어니까 피지배 식민지인들이 그 언어를 습득하면 정치적, 경제적, 학술적으로 실력을 쌓을 수 있고, 또한 국제사회에서 이전보다 높은 지위를 얻을 수 있을 것입니다. 그러나 역사적으로 그러한 실례는 한 번도 없었습니다. 식민지인들이 종주국의 언어를 통해 정치, 경제, 학술을 논하기 시작하면 더 이상 모어를 풍요롭게 만들 필요가 없어지기 때문입니다. 모어가 앙상하게 야위면 지적 창조의 기회도 잃어버리기 마련입니다. 자신의 역사적 현실에 대해 이야기할 때조차 종주국의 논리, 종주국의 역사관, 종주국의 세계 전략에 따라 이야기할 수밖에 없습니다. 조상 대대로 물려받은 '가산家産'인 살아 있는 지혜와 기술을 전하고, 그것에 따라 살아가는 일이 불가능해집니다. 모어가 앙상하게 야윈다는 것은 바로 그런 것을 말합니다.

내가 '창조적 글쓰기'라는 강의를 시작한 것은 '글로벌'이라는 흐름 속에서 일본어가 야위기 시작했다는 점에 강한 위기감을 느꼈기 때문입니다. 그러나 언어 정책을 입안하는 사람들은 모어를 풍부하게 하는 일이 집단의 지적 창조성을 위해 필수적이라는 점을 이해하지 못합니다. 그 결과 21세기에 들어와 일본의 지적 생산력은 급격하게 떨어졌습니다. 일본의 연구 능력이 떨어졌다는 점에 대해서는 재작년 가을에 『포린 어페어Foreign Affairs』에서, 작년 봄에 『네이처Nature』에서 각각 장문의 분석 기사를 실었습니다. 그만큼 위기에 몰린 상황인데도 일본의 교육 행정은 이미 명명백백하게 실패한 '세계화에 최적화된 교육'을 더욱 가속도로 밀어붙이는 정책을 채택하고 있습니다. 이 일은 일본의 지적 생산력에 회복하기 힘든 상처를 입힐 것입니다.

오해를 피하기 위해 말해두지만, 나는 외국어 교육의 중요성을 부정하는 것이 아닙니다. 나는 중학생 때 처음으로 한문과 영어를 배웠고, 대학에서는 프랑스어를 집중적으로 학습했습니다. (하나같이 제대로 할 줄 아는 것은 없지만) 독일어, 라틴어, 헤브라이어도 독학으로 공부한 적이 있습니다. 작년부터는 한국어 공부도 시작했지요. 새로운 외국어를 배운다는 것은 자기와 전혀 다른 이국異國의 우주관, 윤리 규범, 미의식과 만나는 일입니다. 그 과정에서 자신의 모어적 편견은 요동치며 흔들립니다. 그럴 때 나는 언제나 경이로움과 환희를 경험합니다. 외국어와 만남으로써 내가 지닌 모어 운용 능력은 틀림없이 높아질 것입니다. 만약 내가 어떤 지적 창조를 통해 모어에 기여한 바가 있다면, 아마도 이러한 이유 때문이겠지요.

그러나 오늘날 '세계화'라는 이름으로 벌어지는 현상은 이른바 '모어적 편견이 흔들리는 것' 같은 생성적이고 강렬하며 선명한 경험이 아닙니다. '영어를 못하면 출세도 못하고, 돈도 못 벌고, 사람들이 우습게 여길 것'이라는 공포에 등이 떠밀려 외국어와 만나는 것을 두고 생성적이라고 할 수는 없겠지요.

이 책은 '모어가 앙상하게 야위고 있다'는 위기감 속에서 이루어진 강의의 기록입니다. 필시 한국에도 자국어의 풍요로움이나 창조성에 대해 나와 비슷한 위기감을 느끼는 사람이 있지 않을까 합니다. 그런 사람들이야말로 이 책을 꼭 읽어주기 바랍니다.

서문이 길어졌습니다. 그러면 이제 본문으로 들어가시지요. 서문만 읽고 '어쩐지 까다로워 보이는 이야기인 것 같아. 그냥 관둬버릴까?' 하는 생각이 들더라도, 제발 제1강까지는 읽어주기 바랍니다. 제1강을 읽었는데도 흥미가 당기지 않는다면 책꽂이에 다시 꽂으셔도 좋습니다. 그럼 본문에서 만나길 기대하며!

2018년 1월 31일

우치다 다쓰루

일러두기

• 본문에 나오는 강의는 2010년 10월부터 2011년 1월 사이에 진행되었습니다.

• 원서의 주는 책의 맨 뒤에 정리하였고, 각 페이지에 있는 주석은 옮긴이 주입니다.

• 책은 겹낫표(『 』), 단편과 시는 홑낫표(「 」), 영화와 곡은 홑꺾쇠표(〈 〉)로 표시했습니다.

차례   한국의 독자들에게 - 5

제 1 강

말과 글의 영역에서 사랑이란?

안녕하세요. 참 많이들 왔군요. 이래서는 강의실에 다 수용할 수 없을 테니 미안하지만 다음 주부터 인원수를 제한하겠습니다.

첫 수업에 여러분에게 자기소개 대신 리포트를 써오라고 할까 생각 중입니다. 그것으로 수강자를 선발해도 되겠지요? '쳇, 리포트를 쓰라니 귀찮은걸. 그렇게까지 해서 강의를 듣고 싶지는 않아.' 이런 사람은 수강을 포기해주면 고맙겠습니다.

잊어버리기 전에 리포트의 제목만 발표해두지요. "내가 이제까지 만난 사람 중에 가장 덜렁거리는 사람"이라는 제목으로 짧은 이야기를 써오세요. 천 자면 충분해요.

채점 기준은 '설명하는 힘'입니다.

왜 '설명하는 힘'이 중요한가. 이 이야기를 시작하면 갑자기 '창조적 글쓰기'라는 강의의 본질로 뛰어들 수밖에 없는데, 내친걸음이니까 '갑작스레 본질적인 이야기'로 들어가겠습니다.

'설명하는 힘'은 대단히 중요합니다. 일류 작가는 예외 없이 설명을 잘합니다. 하시모토 오사무橋本治, 미시마 유키오三島由紀夫, 무라카미 하루키村上春樹는 모두 설명을 잘합니다. '설명을 잘하는 작가'를 떠올리면 순간적으로 이 세 작가의 이름이 머릿속을 스쳐갑니다. 설명이라는 능력이 작가적 재능의 본질적인 부분이라는 점은 여러분도 잘 아실 테지요.

설명을 잘하는 사람은 친구들 중에도 있습니다. 그들은 사물의 본질을 대략 파악해 핵심적인 요소만 콕 집어내어 적절한 언어로 표현할 수 있습니다.

어째서 그렇게 할 수 있을까요? 기술적인 용어를 사용하자면, 자유자재로 **초점 거리를 조정**하기 때문입니다. 아주 먼 시점에서 항공사진으로 내려다보는 방식으로 대상을 보는가 하면, 다짜고짜 피부의 땀구멍을 확대경으로 들여다보듯 가까이 접근합니다.

하시모토 오사무의 작품 중에 「바벨탑/ペベルの塔」이라는 단편이 있습니다. 이것은 어느 지방 두시에 30층 건물로 들어선 고층 호텔 이야기입니다.

근처에 사는 노부부가 저녁식사를 하러 나간 김에 그곳을 방문합니다. 길을 걸어가다 보면 멀티플렉스 영화관이 있고, 호텔이 있고, 패밀리 레스토랑이 있고, 도넛 가게가 있습니다. 호텔 안으로 들어가 800엔짜리 커피를 마시고, '1인당 3500엔의 뷔페'에서 중화요리를 먹고 '별로인데…' 하며 맛을 평가합니다. 그런 세세한 기술이 마지막 한 페이지를 남기고 계속 이어집니다. 자, 마지막 대목을 읽어봅시다.

드디어 호텔에서 수백 미터 떨어진 곳에는 거대한 파친코 두 곳이 오픈했고, 파친코와 고층 호텔을 따라 도로 변에 라면집과 라면집과 덮밥집과 햄버그 전문 패밀리레스토랑과 나가사키짬뽕집과 사누키우동집과 만둣집이 줄줄이 늘어섰으며, 중고책방 북오프와 게임소프트 가게와 비디오 대여점과 만화방이 두 곳이나 생겼습니다. 겉보기에는 '가난한 젊은이의 거리' 같았지만 젊은이의 모습이 눈에 띄지 않자세하게 묘사하고 있습니다. "라면집과 라면집과 덮밥집"이라고 했잖아요. 이런 식으로 꼼꼼하게 하나하나 짚어가는 점이 하시모토 오사무답습니다. 보통 사람이라면 '라면집과 덮밥집'이라고 했겠지요. 아니면 '라면집 두 곳과 덮밥집'이겠고요. 이것을 굳이 "라면집과 라면집과 덮밥집"이라고 자신감 있게 쓸 수 있다는 점이 하시모토 오사무의 천재성입니다.

집요하게, 열거하듯, 거리의 모습을 묘사합니다. 그래서 이 글을 읽는 우리들의 '눈이 따라다니는' 것입니다. 라면집 A와 라면집 B의 차이는 어디에 있을까…. 이런 식으로 문득 미시적으로 초점이 맞추어집니다. 그런데 다음 줄에서 돌연 초점 거리가 바뀝니다.

이윽고 세월이 흘러 남편은 정년을 맞이했고 먼저 세상을 떠났으며, 아내는 혼자서 살다가 죽었는데 그 후 3백 년이 지났습니다.

(웃음) 이 부분을 읽었을 때 '과연 하시모토 오사무로구나!' 하고

---

*　**오타쿠** 초기에는 애니메이션, SF영화 등 특정 취미와 사물에 깊은 관심을 가진 사람을 가리켰는데, 동시에 다른 분야의 지식이 부족하고 사교성이 결여된 인물이라는 부정적 뜻으로 쓰였다. 그러나 1990년대 이후부터 특정 취미에 강한 사람, 팬이나 마니아 수준을 넘어선 특정 분야의 전문가라는 긍정적 의미를 포괄하기 시작했다.

하늘을 우러러 신음을 토했습니다. 소걸음처럼 느릿한 노부부의 행보에 맞춘 자잘한 풍경 묘사가 몇 페이지나 이어지더니 갑자기 '3백 년이 지났습니다.' 하고 끝내다니요. 이런 일이 또 있을까요?

좀 더 읽어보겠습니다. "그런데 초고층 빌딩을 부수려고 하면 돈만 들 뿐이고, 이제 와서 재개발을 할 리도 없는 터라 호텔은 그대로 남아 있습니다." 그야 그렇겠지요. 그 뒤로 3백 년이 지난 빌딩을 묘사하는 부분이 몇 줄 나오다가 마지막에 '주변에는 야생 사슴이 뛰어다니고 있습니다.'로 마무리를 지었습니다.

여기에서 소개한 글만 봐서는 '하시모토 오사무가 설명을 잘한다'는 느낌을 못 받을지도 모르겠지만, 이야기할 때 초점 거리가 빠르게 이동한다는 점은 알아챘으리라 봅니다.

미시마 유키오도 설명에는 일가견이 있습니다. 『풍요의 바다豊饒の海』 제3부 "새벽의 절曉の寺"에는 화자 혼다 시게쿠니本田繁邦가 불교의 유식론*에 나오는 '아라야식'**이라는 개념에 대해 이야기하는 대목이 있습니다. 이 개념은 엄청나게 난해합니다. 그렇지만 미시마 유키오의 서술을 읽고 있노라면 '오호라, 그렇구나.' 하면서 고개를

---

*   **유식론**唯識論 개인에게 모든 존재는 단지 8종류의 식識에 의해 성립되어 있다는 대승불교의 견해이다. 8종류의 식이란 5종의 감각(시각, 청각, 취각, 미각, 촉각), 의식, 2층의 무의식을 가리킨다. 이는 어떤 개인의 광범위한 표상, 인식 행위를 내포하고 모든 의식 상태와 그것과 상호 영향을 주고받는 무의식의 영역을 포함한다.

**   **아라야식**阿羅耶識 삼식三識의 하나로 모든 법의 종자를 갈무리하며, 만법 연기의 근본이 된다.

끄덕이는 사이에 술술 넘어갑니다.

무라카미 하루키도 설명을 잘합니다. 『1Q84』에는 1960년대 좌익 과격파에 대한 기술이 나옵니다. 과격파였던 젊은이들 일부는 정치운동에 패배한 뒤 유기농업, 코뮌, 생태주의ecology, 명상 같은 분야로 옮겨갔습니다. 하루키는 반란을 일으킨 청년들이 어떤 '마음'으로 그런 방향으로 나아갔는가에 대해 압축적으로 설명을 시도합니다. '선생'이라 불리는 사람이 당시의 사건을 술회하는 부분은 원문으로 겨우 10페이지에 불과합니다.

"'자, 들어보게.' 하고 선생은 말했다. '때는 그러니까 1960년대로 거슬러 올라가네.'"²라고 시작해 단 10페이지! 이 정도의 분량으로 좌익 과격파의 심성사心性史를 실로 선명하게 설명해냅니다. 나는 동시대인으로서 이토록 '과격파 정치에서 컬트 집단으로' 나아간 변천의 역사를 훌륭하게 설명한 글을 읽어본 기억이 없습니다.

설명을 잘하는 작가들의 공통점은 먼 곳에서 거시적으로 조감하듯 내려다보는가 싶으면, 갑자기 미시적으로 현미경적인 거리까지 카메라의 눈을 들이대는 등 초점 거리의 줌을 자유자재로 구사한다는 점입니다.

내가 짧은 이야기를 써보라는 과제를 낸 것은 사실 여러분의 '설명하는 힘'을 보고 싶기 때문입니다. 여러분이 사물을 바라볼 때 얼마나 자유롭게 시점을 이동할 수 있는지 보고 싶습니다.

독자에 대한 경의

창조적 글쓰기라는 과목을 시작한 지 6, 7년쯤 됩니다. 강의를 기획한 것은 나바에 가즈히데難波江和英 선생입니다. 아시다시피 일본의 대학에는 '글쓰기'를 가르치는 과목이 별로 없습니다. 미국이나 캐나다의 대학과 대학원에는 창작학과, 창작 코스가 꽤 있지만요. 이런 강의에서는 전문 작가가 소설 쓰는 법을 가르칩니다. 수강생 중에서 전문 작가가 나오기도 합니다.

딱히 근거가 있는 것도 아닌데, '글쓰기'는 남에게 배우는 것이 아니라 선천적인 재능이라고 생각하는 사람이 많은 듯합니다. 나도 그렇게 생각했습니다. 꾸준히 노력해서 방대한 문학작품을 읽거나 문체를 연구한다고 해서 '글을 잘 쓰는' 노하우를 체득할 리 없다고 말입니다.

확실히 '글쓰기'를 학교에서 가르치지는 않습니다. 초등학교에서도 글자나 작문의 기초는 가르칠지언정 글쓰기를 가르치지는 않습니다. 중학교, 고등학교에 올라가도 문법, 고문, 한문, 문학사는 가르칠지언정 글쓰기는 가르치지 않습니다.

학원이나 입시 전문학원에 가면 '소논문(논술)을 쓰는 방법'을 가르칩니다. 그러나 이것은 내가 생각하는 '글쓰기'의 방법이 아니라 실리적인 글쓰기입니다. 입시 전문학원에서 소논문을 쓰는 방법을 가르치는 선생님들께는 좀 죄송한 얘기지만, 입시 기술이란 글을 쓸 때 '어떻게 쓰면 출제자와 채점자의 마음에 들까?'를 최우선으로 생각합니다. 어떻게 글을 쓰면 '좋은 점수를 받을까?' 하는 것만 신경 씁니다. 자신이 '정말 하고 싶은 말'과 어떻게 맞닥뜨릴까, 자신의 고유한 문체를 어떻게 발견할까를 가르치는 것이 아닙니다.

자랑 같아 쑥스럽지만 나는 중학생 무렵부터 현대국어 과목의 모의시험 성적이 항상 최상위였습니다. 그도 그럴 것이 문제만 보고 도 출제자가 '어떤 답을 원하는지' 대강 짐작할 수 있었기 때문입니 다. 이 정도의 문제를 낸 사람이라면 이 정도의 답을 쓰면 기뻐할 것 이라고 말입니다.

이것을 바람직하다고 할 수는 없지요. 수험생이었던 우치다 다 쓰루에게는 **독자에 대한 경의**가 없었습니다. 이렇게 쓰면 채점자가 기뻐할 것이라고 넘겨짚고 '채점자를 내려다보는 시선'으로 답안을 썼으니까요. 가끔 진심으로 생각하는 바를 답안으로 써내면 점수가 좋지 않았지요. 정직하게 쓰기보다는 자기 생각도 아닌 것을 작문으 로 내면 점수가 좋았습니다. 그래서 채점자를 더욱 우습게 여겼지요.

그러나 지금은 독자의 지성을 얕잡아보고 글을 쓸 만큼 자신이 메말랐다고는 생각하지 않습니다.

여러분도 중학생 시절부터 입시 때문에 작문 방법을 배웠겠지 만, '독자에 대한 경의를 중요하게 여기자'고 배운 경험은 없을 것입 니다. 그보다는 출제자가 이런 대답을 요구할 테니 이렇게 쓰라는 식 으로 배웠겠지요. 출제자의 머릿속에 있는 모범답안을 예상하고 그 것에 맞추어 답을 쓰면 된다는 냉소적인 태도는 입시 공부를 통해 어 릴 적부터 여러분 뇌리에 새겨져 있습니다. 줄곧 그런 훈련을 쌓아왔 기 때문에 여러분이 대학생이 되었을 때에는 거의 치명적일 만큼 글을 쓰는 힘이 심각하게 훼손당한 상태입니다. 참 안타깝지요.

　나는 직업상 학생이 낸 리포트를 산처럼 쌓아두고 읽습니다. 미안한 말이지만 읽을 만한 글을 쓰는 사람은 백 명 중 두세 명밖에 안 됩니다. 그 밖의 사람들은 처음부터 **문장이 망가져 있습니다.** 글을 쓰는 동기 자체가 망가져 있어요.

　어떻게 쓰면 이 선생에게 좋은 점수를 받을까 하는 것만 생각합니다. 채점 기준을 알 수 없는 선생에게는 이제까지 경험으로 익혀온 대로 '대강 이런 글을 쓰면 어떤 선생이라도 그럭저럭 괜찮은 점수를 받을 수 있는 답안'을 써 냅니다.

　요전에 뭔가 알아보느라 알고 지내는 학자의 이름을 인터넷으로 검색하다가 그의 수업을 듣는 학생들이 운영하는 '2채널2ちゃんねる' 게시판에 흥분해서 댓글을 달고 말았습니다. 기말시험을 앞두고 그의 철학 강의를 듣는 학생들은 '어떤 답안을 써야 합격점을 받는가?'라는 게시글을 올렸습니다. 예전의 수강생들이 '이런 식으로 쓰면 좋은 점수를 받는다'고 후배들에게 지침을 전해주었습니다. 필시 꽤 정확한 정보겠지요. 하지만 그런 글을 읽다 보니 어쩐지 암담한 기분이 들었습니다. 반년 또는 1년 동안 철학을 가르쳤더니 결국 마지막에 학생들이 한다는 이야기가 '이 선생의 시험에는 어떻게 답을 쓰면 합격점을 받을 수 있을까?' 하는 것뿐이라니요.

　'어떤 답안을 쓰면 합격점을 받을 수 있는가?'라는 물음의 요령을 알아버리면 학생들은 본성적으로 '합격 최저점의 답안'을 쓰게 됩니다. 교수가 강의 중에 판서한 내용을 알지도 못하고 공감하지도 않지만 일단 그대로 베껴 쓴 답안이 보통 '합격 최저선'에 가깝습니다. '강의 내용은 이해하지 못하지만 일단 필요한 시간만큼 출석해 노트 필기를 할 정도의(또는 다른 사람의 노트를 복사하는 정도의) 노력은 했다' 는 것을 교수에게 보여주기 위한 답안 말입니다.

물론 나도 마냥 남 얘기하듯 할 수는 없습니다. 내 강의도 예외 가 아니니까요. '나는 합격점을 받을 정도까지는 공부했다'고 표를 낼 뿐인 리포트나 답안을 나도 줄기차게 읽어왔습니다. 그런 과제물 에 낙제점을 줄 수는 없지만 안타까워하면서 최저 합격점을 줍니다.

거기에는 무언가 결정적으로 결여되어 있습니다. 한마디로 **독 자에 대한 경의**가 없습니다. 독자에 대한 공포는 있을지도 모릅니 다. 교수는 심사하는 사람이니까요. 비위를 거스르면 학점을 받지 못 해 졸업하지 못할 수도 있으니까요. 그러나 공포와 경의는 다릅니다.

경의의 자세는 '부탁입니다. *내가 하고 싶은 말을 들어주세요.*' 하는 것입니다. '부탁입니다. 내게 합격점을 주세요.' 하는 간청과는 전혀 다릅니다.

경의는 '나와 독자 사이에 먼 거리가 있다'는 감각에서 생겨납 니다. 친구들과 이야기하는 보통 말투로는 전해지지 않습니다. 교수 에 대한 실례라든가 그런 것 이전에 '친근한 어법'으로는 경의의 마 음이 통하지 않습니다. 자신이 일상적으로 익숙하게 사용하는 어휘 나 상투어구stock phrase를 돌려쓴다고 해서 커뮤니케이션이 성립하 지 않지요. '멀다'는 감각이 있으면 자신의 '일상적 언어 사용'을 벗 어나 한 걸음 내딛을 수 있습니다. 자신이 평소에 사용하지 않는 언어로 이야기할 수 있습니다.

말이 잘 통하지 않은 사람에게 꼭 전하고 싶은 말이 있다면 필사적으로 손짓발짓과 다양한 표정을 동원하고 온갖 언어 표현을 시도하겠지요. 어떻게든 상대방에게 자기 생각을 전하려고 하면 반드시 그렇게 됩니다.

마음을 다해 이야기하는 것! '마음을 다하는' 태도야말로 독자를 향한 경의의 표시이 동시에 **언어가 지닌 창조성의 실질**이라고 생각합니다.

창조는 '당치 않게 새로운 것'을 언어로 표현한다는 뜻이 아닙니다. 그런 식으로 착각하는 사람이 있을지도 모르겠는데 그렇지 않습니다. **언어가 지닌 창조성은 독자에게 간청하는 강도와 비례합니다.** 얼마나 절실하게 독자에게 언어가 전해지기를 바라는지, 그 바람의 강도가 언어 표현의 창조를 추동합니다.

그런데 오늘날 우리의 학교 교육에서는 아이들에게 '마음을 다해 이야기하는' 언어 실천을 추구하라고 하지 않습니다. 경의의 표현은 단지 '존댓말을 쓰는' 것이라고 가르칩니다. 이것은 커다란 잘못이라고 생각합니다.

시라카와 시즈카白川静 선생에 따르면 '경敬'이라는 글자의 원뜻은 "신을 섬기고 신을 두려워하는 마음"이라고 합니다. 다시 말해 경의를 표하는 상대는 **원리적으로 언어가 전해지지 않는 상대**입니다. 상대가 신이니까요. '경'의 원뜻 가운데 지금은 '심사하는 상위자에 대한 공포'만 남고 **온갖 수단을 다하다**'('경'의 갑골문자는 '포로의 목을 쳐

희생물로 바치는 모습'을 나타낸다고 합니다. 무섭죠?)라는 수행적인 자세
는 까맣게 잊고 말았습니다.

　수십 년에 걸쳐 현명함과 어리석음이 뒤섞인 채 신물 날 정도로
다양한 글을 읽고 또 스스로 대량의 글을 써온 결과, 나는 '글쓰기'의
본질이 '독자에 대한 경의'에 귀착한다는 결론에 도달했습니다. 실천
적으로 말하면 그것은 '마음을 다해 이야기하는' 것입니다.

　첫 수업인데 불쑥 결론을 밝혀버렸습니다. 이렇게 간명하게 단
언해도 여러분은 내 말이 무슨 뜻인지 곧바로 이해하지 못할 겁니다.
그렇지만 걱정할 것 없어요. 이 결론에 대해 '과연 그렇구나!' 하고 고
개를 끄덕일 때까지 앞으로 반년 동안 강의할 테니까요.

'그대로 그리는' 능력

　자, 그러면 왜 짧은 스토리를 쓰라는 과제를 냈는지 이야기하겠
습니다.

　작문의 주제는 "내가 이제까지 만난 사람 중에 가장 덜렁거리는
사람"입니다. 이런 과제를 낸 이유를 짐작하는 사람은 이미 알아챘
겠지요. 그것은 중고등학교, 학원 또는 입시 전문학원 등에서 한 번
도 여러분에게 작문 과제로 낸 적이 없는 주제이기 때문입니다. 따라
서 '이런 식으로 쓰면 교사가 좋아하겠지.' 하는 일반적인 성공 사례
가 존재하지 않지요. 성공 사례가 존재하지 않으니 자기 나름대로 궁
리하는 수밖에 없습니다.

게다가 이 과제는 '만난 적이 있는 사람'에 대한 이야기입니다. 에피소드를 제시해야 합니다. 여러분의 의견이나 감상을 묻는 것이 아닙니다. '이런 사람이 있었다'는 이야기를 듣고자 했을 것뿐입니다. '이쯤 돼야 제일 덜렁거린다고 할 수 있지.' 하는 기준에 따라 점수가 낮을 일이 없습니다. 믿을 수 없을 만큼 파격적인 덜렁이 이야기를 썼다고 점수가 높아지는 것도 아니고요. 그도 그럴 것이 내가 묻고 있는 것은 '설명'입니다. 여러분이 본 것을 '있는 그대로 그리는' 능력입니다.

나는 이 능력이 매우 중요하다고 생각합니다. 그것은 '글을 잘 쓰는 능력'이 아닙니다. '글을 정확하게 쓰는 능력'도 아닙니다. 필요한 것은 **독자에 대한** 사랑입니다. 독자가 될수록 기분 좋게 술술 읽어주기를 바라는 속 깊은 마음이 '설명'에 특별하고도 풍부한 색채를 더해줍니다. 잘 쓰는 것도, 정확하게 쓰는 것도, 논리적으로 쓰는 것도, 제대로 논증하는 것도, 적절한 비유를 섞는 것도, 때때로 '커피 타임' 같은 휴식을 끼워 넣는 것도, 독자가 기분 좋게 읽어주기를 바라기 때문입니다.

그러나 '기분 좋게 읽을 수 있는 글쓰기', '술술 읽기 쉬운 글쓰기'가 '독자에게 영합하는' 글쓰기는 아닙니다. 이 점을 착각하면 안 됩니다. 초심자를 위한 입문서의 '머리말' 같은 곳에 억지로 갖다 붙이듯 탤런트나 스포츠 선수 이야기를 예로 드는 저자가 종종 있습니다. 난 그런 것을 보면 정말 등골이 서늘해집니다. 기분이 나빠서요. 그렇게 글을 쓰는 사람은 '누구라도 아는 화제'로 접근하면 초심자가 기뻐할 것이라고 생각하겠지요. 내심으로 짐짓 '이만큼 친근한 예를 끌어오면 잘 먹힐 거야, 단순하니까.' 하고 생각합니다. 내게는 그것이 잘 보입니다. 그래서 속이 메슥거리는 것입니다.

이런 글쓰기는 '합격점을 받기 위해 이렇게 공부했다고 보여주는 리포트'와 실은 동류의 언어활동입니다. 독자를 우습게 여기거나 싫어하는 것입니다. 그냥 하는 말이 아니라 실제로 그렇습니다. 세상에는 독자를 싫어하는 저자가 있습니다. '이런 글을 쓰면 좋아하겠지?' 하고 엷은 미소를 띠는 사람이 전문 작가 중에도 있습니다. 그리고 좋아해서 그런지는 모르겠지만 그런 글을 구매하는 사람이 있습니다. 슬픈 일입니다. '독자를 바보로 아는 책'을 사는 사람은 학창 시절에 '교사를 얕보고 합격 최저점을 받는 리포트'를 쓴 사람들이라고 생각합니다. 그들은 필시 초록동색입니다. 언어를 발신하고 수신한다는 것은 '결국 그런 것'이라고 생각하니까 그들은 속이 메슥거리지 않습니다.

나는 이 강의를 통해 여러분이 그런 불모의 언어활동과 정반대라고 할 창조적인 글이란 어떤 것인가를 이해했으면 좋겠습니다.

'독자를 깔보는' 시선으로 글을 쓰는 능력 따위를 아무리 익히고 배운들 살아가는 데 아무런 도움도 되지 않습니다. 진심으로 힘주어 말합니다만, 그런 능력은 아/무/런/도/움/도 되지 않습니다.

잠깐만요, 죄송합니다. 방금 한 말을 취소해야겠어요. 실은 나는 이렇게 말할 자격이 없습니다. 나도 문부과학성이나 대학기준협회에 서류를 낼 때는 냉소적으로 쓰지 않으면 '손해 본다'고 생각할 때가 있습니다. 아무리 시시한 글을 쓰라고 요구하는 상대가 나쁘다고 해도, 그런 능력을 자발적으로 키워서 '좋은 일'은 하나도 없습니다. 나는 수험 천재였기 때문에 '관리자가 읽으면 좋아할 답안'을 술술 쓸 수 있습니다. '그런 서류'도 꽤 써냈습니다. 학과장에게 "우치다 선생은 이런 일 잘하지요?" 하고 서류 작성을 부탁 받았습니다. 예, 상당히 잘합니다. 얼마든지 쓸 수 있습니다. 하지만 그것은 독자를 깔보지 않고서는 쓸 수 없는 종류의 글입니다. 독자를 조롱하거나 경우에 따라서는 미워하면서 글을 쓰면 나한테 '좋은 일'은 결코 일어나지 않습니다. 그런 글 덕분에 연구기금을 받은 적도 있지만, 동시에 예산 집행에 대한 감사를 받을 때는 막대한 시간과 에너지를 헛되이 쏟아부어야 합니다. 나는 그런 서류를 억지로 쓰게 하는 사람들도 싫어하고, '독자를 깔보는 문서' 작성 능력을 육성하는 교육 프로그램도 전혀 공감할 수 없습니다.

창조적 글쓰기라는 강의를 통해 언어 표현의 본질이나 문학성 같은 이론적인 이야기를 하고 싶은 생각도 있습니다. 그러나 이 강의의 실천적인 목적을 한마디로 하면, 모든 사람이 '독자에 대한 경의와 사랑'을 숙지하는 것입니다. 오직 그것뿐입니다. 독자에 대한 경의와 사랑은 기술이기도 하고 마음가짐이기도 합니다. 이것은 '타자'라든지 커뮤니케이션이라는 언어활동의 본질에 관한 식견과 깊이 연관되어 있습니다. 아주 길고 긴 이야기가 되겠지만 차근차근 해나가기로 합시다.

우리는 글을 쓸 때 비록 눈앞에 독자가 없더라도 가상의 독자를 상정하고 글을 씁니다. 어떤 경우에도 우리는 상상의 독자를 향해 말을 겁니다. 독자는 타인이니까 무슨 생각을 하는지 알 수 없습니다. 어떤 가치관을 갖고 있는지, 어떤 미의식을 갖고 있는지, 또 우주관이나 사생관死生觀이 어떤지도…. 독자를 상정하지 않으면 글을 쓸 수 없습니다. 글을 쓸 때는 얼굴이 있고, 사상이 있고, 감정이 있고, 언어 표현에 대한 호오가 있는 독자가 내 머릿속에는 반드시 존재합니다. 또 주제에 따라, 문체에 따라, 매체에 따라 독자는 변합니다. 글을 쓰는 도중에 화제가 바뀌면 상정한 독자도 바뀝니다. 어떤 경우에도 글을 쓰는 순간에는 '내가 쓴 글을 읽는 구체적인 독자'의 이미지가 자기 안에 있습니다. 히라카와 가쓰미平川克美이기도 하고, 형님이기도 하고, 나바에 가즈히테 씨나 소녀, 할아버지, 외국인, 잘난 체하는 비평가, 눈망울이 초롱초롱한 학생이기도 합니다. 글을 써나감에 따라 독자는 차츰 바뀌어갑니다.

자기 안에 여러 유형의 독자를 갖고 있다는 것, 그것이 '읽기 쉬운 글'을 쓰기 위한 조건의 하나가 아닐까 생각합니다. 독자가 소녀라고 생각하면 '소녀에게 통하는 언어 표현'을 쓰겠지요. 독자가 할아버지라면 '이 연령 이상이면 당연히 이 정도는 알겠지.' 하는 전제에서 역사적 사실을 논하고 인물의 이름을 열거하고 오늘날에는 그다지 쓰지 않는 어휘를 동원할 것입니다.

나는 글을 쓸 때 머릿속 독자의 다양성이 대단히 중요하다고 생각합니다. '난 이런 문체밖에 쓰지 못해.' 하고 자기 스타일을 확실하게 내세우는 사람이 있습니다. 미안한 말이지만 단일한 문체밖에 구사하지 못하는 사람은 이류 저자라고 봅니다. 가치관이나 미의식이 명확하고, 또렷한 패션 취향 때문에 정해진 옷만 입고, 어떤 장르의 음악만 듣고, 입에 맞는 포도주밖에 마시지 않는 등 자신의 이미지가 명확한 사람이 있습니다. 좋아하는 것이 따로 있다는 데야 딱히 상관할 바 없지만, 이런 사람은 글 쓰는 일이 적성에 맞지 않습니다.

이런 사람은 글을 읽어보면 압니다. 그들은 *자기를 향해 글을 쓰고* 있거든요. 자기가 말한 것을 자기가 읽고 즐거워합니다. 언어적인 측면에서는 매끄럽게 술술 풀려 나갑니다. 그러나 전혀 다가오지 않습니다. 흔들림 없는 자기만의 스타일 때문에 곁에서 보기에 개성적이고 자신감 있게 보입니다. 멋지다고 생각하는 사람도 있겠지요. 난 그렇게 보지 않습니다. 그런 문체의 확립을 창조적 글쓰기의 목적으로 삼고 싶지 않습니다. 좀 더 높은 목표가 없다면 이 강의를 하는 보람이 없습니다.

내가 지향하는 바는 반대입니다. 자기 안에 있는 다양한 언어가 폭주하며 겹쳐지면서 화음을 이루는 글을 쓰기 바랍니다. 어떤 사람이든 그렇게 단순한 인격이 아닙니다. 강점도 있고 약점도 있지요. 세련되기도 하고 천박하기도 합니다. 담백하기도 하고 욕심쟁이기도 하지요. 타인에게 알랑거리기도 하지만 고립을 두려워하지 않는 기백도 있습니다. 유아적인 성격과 노회한 성격이 공존합니다. 공격성도 있고 모성적인 포용력도 있습니다. 인간 안에는 무수한 인격적인 단편이 중층적으로 흩어지고 얽혀 있습니다. 자기 자신을 관찰해본 결과만 보더라도 그렇게 생각합니다.

보통 사람은 이런 온갖 측면을 잘 통합해 인격의 동일성을 유지하려고 합니다. 그렇지만 지나치게 통합된 인격은 잘 기능하지 못하지요. 군더더기 없는 단일한 인격은 말하자면 억지로 만들어낸 허구일 뿐입니다. 비정상적으로 **깔끔하게 단일화된 인격이 목소리를 낼 수록 우리는 그의 이야기를 이해하기 어렵습니다.** 물론 말하는 내용에는 조리가 서 있고 논리적이기도 합니다. 그러나 무슨 이야기를 하고 싶은지 알 수 없습니다.

반대로 자기 안에 있는 다양한 인격의 요소가 서로 부정하지 않고 마치 교향악을 연주하듯 이야기하는 언어는 알기 쉽습니다. 내 안에는 16세 고등학생부터 60세 중년 남자까지 공존합니다. 내가 살아온 모든 시간의 기억이 내 안에 퇴적해 있지요. 하나같이 다 현재형으로 살아가고 있습니다. 어젯밤 기억보다 초등학생 때 기억이 선명한 경우도 얼마든지 있습니다. 기억을 불러낼 때마다 온갖 자기 자신이 다시 살아납니다. 팔자가 늘어졌던 초등학생, 반항아였던 고등학생, 어딘지 좌불안석이었던 대학생, 대학원과 조교 시절을 통해 약간 인격이 갖추어지기 시작한 사회 초년생, 대학에 부임해 의욕에 넘치던 젊은 교수…. 이런 다양한 시대에 걸쳐 내가 본 풍경, 내가 느낀 인상, 내가 떠올린 아이디어가 있습니다. 여섯 살 때 맛본 즈시逗子 해안의 바닷물 냄새, 중학생 때 등사판을 철필로 긁어 글을 쓸 때 느낀 손가락의 감촉, 1960년대 말 신주쿠 거리에 흥분에 넘치던 느낌, 스

무 살 때 흙탕물 같은 커피를 마시고 록 음악을 들으며 만화잡지 『가로ガロ』를 읽던 시절의 번민과 피로…. 그런 여러 체감이 전부 내 안에는 남아 있습니다. 내 안에는 각 시대의 내가 그대로 생체표본처럼 남아 있는 것입니다.

그러므로 누군가 16세 소년과 이야기하고 있으면 내 안의 16세가 반응합니다. '아, 안절부절못하는 그 마음, 내가 잘 알지.' 하는 겁니다. 30세의 젊은이와 이야기를 나누면 내 안의 30세가 얼굴을 내밉니다. '아, 그때는 정말 앞날이 걱정이었어. 이대로 나이만 먹다가 인생이 끝나버릴 것 같아서 불안했지.' 이런 느낌이 절절하게 흘러나옵니다. 이런 식으로 여러 사람과 이야기를 나누는 가운데 내 안의 누군가가 고개를 주억거립니다. 내 안의 어린아이와 노인, 내 안의 공격적인 놈과 심약한 놈이 교대로 등장하다 보면, 그중 누군가는 눈앞에 있는 사람과 비교적 이야기가 통하기 때문입니다. '그런 일이 있을 수 있지.' 하고 끄덕거릴 수 있는 인간이 내 안에 있으니까 자기 자신을 단서로 삼아 이야기를 밀고 나갈 수 있습니다.

좀 이상하게 들리겠지만 '타자에게 전하는 말'은 실은 '자기 안에 있는 타자'에게 전하는 말이 아닐까 합니다. 내 안에 있는 16세도 이해할 수 있는 언어라면 필시 눈앞에 있는 16세 소년도 이해할 수 있을 것입니다. 16세를 상대로 갑자기 세상살이를 다 꿰고 있는 60세의 이야기를 들려주어봤자 튕겨 나올 뿐입니다. 원맨쇼에 지나지 않지요. 60세의 내가 16세의 나에게 들려주어도 '뭐, 그럴 수도 있지.' 하고 수긍할 수 있는 이야기를 해야 합니다. 내가 쓴 글을 읽고 스스로 '뭐, 그럴 수도 있지. 그런 일도 있는 법이잖아.' 하고 끄덕일 수 있는 글이 실로 남에게 전해지는 글이라고 생각합니다.

그럴 리 없다고 생각하는 사람이 있을지도 모릅니다. 자기가 쓴 글이니까 '맞아, 그래.' 하는 것이 당연하지 않느냐고 말입니다. 그런데 말입니다, 그렇지 않습니다. 거울에 비친 자기 모습을 보고 스스로를 향해 말해보십시오. 만약 거울 속 자신이 자기와 완전히 똑같은 사고회로와 완전히 똑같은 감정을 갖고 있는 인간이라면 언어는 나오지 않습니다. 한번쯤 해본 적이 있지 않나요? 거울을 향해 '야, 넌 어떻게 생각해?', '그건 아니잖아.', '그렇지? 그럴 리 없지?' 하고 대화를 나눌 때는 자기와 조금 관점이 다른 인간을 상정하고 있는 것입니다. 그렇지 않으면 거울을 향해 이야기하는 언어에 객관적인 근거를 댈 수 없으니까요.

인간은 언제든 '누군가 자기가 아닌 인간'이 옆에 있어서 그 사람과 공동 작업을 하지 않으면 한마디도 말할 수 없습니다. 상상해보십시오. 인류가 치명적인 바이러스로 절멸한 다음 여러분이 지구에 남은 최후의 한 사람이 되었다고 합시다. 여러분은 지상에 자기 혼자밖에 없다는 것에 화를 냅니다. 그럴 때 여러분이 분노를 표현하려고 하면 책상 위의 물건을 마룻바닥에 내팽개치거나 쓰레기통을 발로 차겠지요? 하지만 어째서 '그런 짓'을 할까요? 그것은 정형적인 '분노의 표현'이잖아요? 여러분의 분노를 보고 '어머나, 이 사람이 화를 내고 있네.' 하고 이해해줄 사람이 이 세상에는 한 사람도 없는 상황입니다. 그렇다면 단지 마음속에서 순수하게 분노의 감정만 느끼면 되지 않겠어요? 왜 '사람이 보면 화를 내고 있다고 알 수 있는 기호적인 몸짓'을 하겠어요? 보는 사람이 아무도 없는데….

그렇지만 그런 겁니다. 세계에 오로지 혼자만 남는다 해도, 아무도 보는 사람이 없고 듣는 사람이 아무도 없다 해도, 인간이란 '남이 보면 알 수 있는 동작', '남이 들으면 알 수 있는 말'을 사용해 자신의 생각이나 감정을 형상화합니다.

이때 '존재하지는 않지만 존재하는 타자'를 철학 용어로 '다아他我'라고 합니다. 의미를 짐작할 수 있지요? 언어를 발신하려고 할 때 '또 다른 한 사람으로서 내가' 그 자리에 있지 않으면 우리는 한마디도 말을 할 수 없습니다.

프랑스의 비평가 모리스 블랑쇼Maurice Blanchot(나는 이 사람을 연구해 석사논문을 썼습니다)는 이런 말을 했습니다.

"어째서 오직 한 사람의 화자로는, 단 한마디의 말로는, 결코 중간적인 것을 지명할 수 없는 것일까? 그것을 지명하려면 두 사람이 필요한 것일까?"

"그렇다. 우리는 두 사람이 있어야 한다."

"왜 두 사람이지? 어째서 동일한 것을 말하기 위해 인간이 두 명 필요한 것일까?"

"동일한 하나의 것을 말하는 인간은 늘 타자이기 때문이지."[3]

어려운 말은 나중에 설명하겠으니 지금은 그냥 들어두기 바랍니다. 중요한 것은 "동일한 것을 말하기 위해 인간이 두 명 필요하다"
는 부분입니다.

두 명의 인간이란 서로 마주보고 있는 현실 속 두 인간을 말하
는 것이 아닙니다. 딱히 현실에는 없어도 됩니다. 실제로는 없더라도
'세계 최후의 인간의 분노'는 분노의 표현을 이해해주는 (그곳에 없는)
'타자'를 동반하지 않으면 표현하지 못하도록, 타자는 기능적으로 항
상 그곳에 있습니다. 모든 언어 표현이 이루어질 때 타자는 반드시
그곳에 있습니다. 타자를 동반하지 않는 언어는 있을 수 없습니다.

언어가 존재하는 이상 그곳에는 타자가 반드시, 적어도 한 사람
이 존재합니다.

이제부터는 내 억측입니다만, **언어는 발화하는 장소에 타자의
수가 많이 있으면 많이 있을수록 언어적으로 활발하게 기능합니다.**
이 말은 경험에 의탁해 말해버린 것이기 때문에 앞으로 이론적으로
다듬어 나가야 합니다만, 나는 확신하고 있습니다.

우리가 가장 생생하게 살아 있는 말을 할 때란 비록 자신이 무슨
말을 하는지는 알지 못해도 자기 안에 그 말을 듣고 제대로 이해해주
는 누군가가 있다는 확신이 있을 때입니다. 자기 안에 자기와는 다른
말을 사용하며 살아가는 존재가 있어 그 사람을 향해 말을 걸 때, 언
어는 가장 생기가 넘칩니다. 가장 창조적이 됩니다. 언어를 지어낸다
는 것은 내적인 타자와 이루어내는 협동 작업입니다.

그러면 내적인 타자와 어떻게 협동 작업을 벌일까요? 다음 주부
터 이 이야기를 하겠습니다.

제2강

하루키가 문학의 '광맥'과 만난 순간

안녕하세요. 지난 주 과제로 낸 짧은 스토리를 읽었습니다. 감상을 말하자면 '이런 식으로 썼겠지.' 하고 내심 짐작은 했지만, 솔직히 말해 재미가 없었습니다. (웃음) 너무 솔직했나요? 뭐 상관없습니다. 재미없는 것이 당연하니까요. 그래야 내가 가르쳐줄 것도 있겠고요.

왜 여러분이 이렇게 재미없는 글밖에 쓸 수 없을까? 이것이 오늘의 주제입니다.

이렇게 많은 짧은 스토리가 있었지만 읽고 나서 웃은 것은 세 편 정도입니다. 여러분의 수강 신청을 받아들인 것은 과제물이 재미있었기 때문이 아닙니다. 우선 성실하게 글을 쓴다는 점 때문에 일단 통과시켰습니다.

자, 여러분이 써낸 글의 문제점은 무엇일까요?

어디가 나빴다는 것이 아닙니다. 나쁘지 않아요. 그렇지만 좋지도 않습니다. 좋지도 않고 나쁘지도 않습니다.

"내가 이제까지 만난 사람 중에 가장 덜렁거리는 사람"이라는 제목이니까 실제로 만난 사람 중에 가장 덜렁거리는 사람에 대해 글을 썼을 것입니다. 애당초 '덜렁거리다'라는 말을 몰라 국어사전을 찾고서는, "덜렁이란 사전 풀이에 따르면…" 하고 써 내려간 사람이 스무 명쯤 있었습니다. (웃음)

덜렁거리는 사람은 특별히 나쁜 사람이 아닙니다. 친구나 가족 중에 덜렁거리는 사람은 대개 웃음거리를 제공해주는 사랑스러운 인물입니다. 때로는 살짝 정도가 심한 사람도 있습니다. 이렇게 총

천연색을 띤 인간을 어떻게 묘사하는지, 그 인물 묘사의 솜씨를 보고 싶었습니다.

덜렁거린다는 특징은 구체적인 에피소드의 소개 없이 이야기하지 못합니다. 따라서 덜렁거리는 실례를 두어 가지 제시하면서 다채롭게 그려내야 합니다. 그 사람의 캐릭터가 돋보이도록 톡톡 튀는 글쓰기를 보여주어야 합니다.

덜렁거리는 성격은 다루기 쉽습니다. 예를 들어 '여러분이 만난 가장 사악한 인간'이나 '천사처럼 마음이 깨끗한 사람'이라는 제목이라면 글을 쓰기 곤란하겠지요. 무엇보다도 그런 사람은 주위에 좀처럼 없으니까요. 그러나 덜렁거리는 사람은 주위에 반드시 있습니다. 그래서 구체적인 예를 쓰기 쉽다는 판단 아래 제목으로 정한 것입니다. 그런데 여러분에게는 그렇지 않았던 모양입니다.

A, B, C의 세 단계로 평점을 매겼습니다. C는 이 자리에 없기 때문에 다들 A 또는 B입니다.

그러면 A와 B의 차이는 어디에 있을까요? B는 '개체 식별이 불가능한' 작문입니다. B를 매긴 리포트(거의 한 트럭)를 나중에 다시 한 번 통독해보고 알았습니다만, B를 받은 사람들은 글쓰기 방식이 거의 동일했습니다. 누가 썼는지 알 수 없었지요. 일단 덜렁거리는 사람을 묘사하고는 있는데 눈에 띄는 점이 없어요. 글쓰기 방식도, 첫 문장을 시작하는 방식도 말이지요. 다소 비약을 거듭하는 경향이 보이거나 장난스럽게 쓴 것도 있었는데, 장난치는 방식도 전형적이었습니다. 이런 식의 장난이라면 우치다 선생에게는 통하겠지 하는 방식이랄까요. 물론 통합니다. 나는 기본적으로 어떤 것이든 오케이니까요. '다른 선생이라면 야단맞을지도 모르지만 우치다 선생이라면 이 정도는 눈감아주겠지?' 하는 '한계선'이 어디쯤인지 떠본다고 할까요? 저쪽은 지뢰밭이고 이쪽은 괜찮다고 구분하는 감각이 *정말 다 똑같았습니다.*

재미없게 글을 쓴 사람은 그래도 괜찮습니다. 오히려 약간 개성적인데 재미없는 글이 제일 실망스럽습니다. '좀 자기만의 색깔을 내봤습니다. 하지만 괜히 튀어 보이기는 싫으니까 적당히 자제했습니다.' 이런 식이 제일 재미없습니다. 압도적인 다수가 '이런 문체'를 채용하고 있었습니다. 개성은 표출하고 싶지만 유난스럽게 눈에 띄고 싶지는 않다는 두 가지가 갈등을 일으켜 이도 저도 아닌 것이 되어버린 글이었습니다. *이것이 제일 재미없는 글쓰기 방식입니다.*

아, 착각하지는 말아주세요. '나쁘다'고 말하는 것이 아닙니다. 어쩔 수 없을 뿐입니다. 여러분은 글쓰기 훈련을 받지 않았으니까요.

'평범함의 경계선'을 답파하기

아까 오늘 1교시 '신체 문화' 강의가 있는 히라오 쓰요시平尾剛 선생과 잠깐 이야기를 나누었습니다. 그는 현재 근무하는 다른 대학에서 럭비와 라크로스 코치를 맡고 있습니다. 요전에 그가 수업을 할 수 없었을 때 럭비 학생이 '그 시간에 무엇을 해두면 될까요?' 하고 물으러 왔다고 합니다. '무엇을 하면 될까요?'가 아니라 '무엇을 해두면 될까요?'였답니다.

'무엇을 해두면 될까요?'는 '무엇을 하면 될까요?'와 의미가 다릅니다. '무엇을 해두면 될까요?'에는 '하고 싶지 않지만 어느 정도까지 하면 될까요? 어느 정도면 인정을 받을까요?'라는 뜻이 깔려 있습니다. '이 정도까지 해두면 된다는 최소한의 지점을 가르쳐달라'는 말입니다.

'무엇을 해두면 될까요?', '무엇을 써두면 될까요?'라는 질문은 여러분에게 깊이 내면화되어 있습니다. '최소한'을 요로 다케시養老孟司 선생의 말을 빌려 표현하면 '바보의 벽'입니다. '평범함의 경계선'이지요. 여러분은 실로 '평범함의 경계선'이라는 벽에 갇혀 있습니다. '무엇을 써두면 될까요?'라는 자포자기 질문이 나오는 것은 무슨 일을 할 때 '합격 최저점의 성취'를 무의식적인 기준으로 채용하고 있기 때문입니다.

솔직하게 말해 '이 정도면 되겠지.' 하는 글을 써오는 사람은 죄다 수강 신청을 받지 말자고 마음먹었지만, 그런 사람들 중에 갈고 닦으면 윤이 나는 다이아몬드가 있을지도 모르겠다고 생각을 고쳐먹었습니다. 그런 사람이 정말 많거든요.

이는 개개인의 자질 문제가 아니라 교육의 문제라는 것을 압니다. 여러분의 잘못이 아닙니다. 일본의 중등교육이 '글쓰기'를 가르칠 때 근본적으로 잘못을 저지르고 있습니다. 초등학교 시절부터 개성적인 글을 쓰면 빨간 펜으로 잔뜩 교정을 받고 '이런 식으로 쓰면 안 됩니다. 표준적인 글쓰기 스타일이 있으니까 그것에 따라 써야 합니다.' 하고 주의를 받습니다. 이런 지적에 진절머리를 친 사람도 있을지 모릅니다. 어릴 때 '내가 좋다고 생각하는 것'을 윽박지르듯 부정당하면 깊은 상처를 입습니다. 그 다음부터는 선생님에게 자신의 '가장 연약한 부분'을 내보이지 않으려고 합니다. 아이들은 예민하니까요. 우선 내 몸을 지키려고 합니다. 당연합니다. 그런 자세가 곧 '무엇을 써두면 될까요?'라는 말로 나옵니다.

이 수업은 그런 수업이 아닙니다. 뭐니 뭐니 해도 '창조적 글쓰기'니까요. 어떻게 자신의 생생한 감정과 감각을 살아 있는 언어에 실을까? 이 점을 연구해보자는 수업입니다.

내 말을 듣고 '지난주에 이런 말을 해줄 것이지, 그러면 좀 더 잘 쓸 수 있었을 텐데….' 이렇게 생각하는 사람이 많겠지요. 하지만 이제 와서 그런 생각을 해봤자 소용없습니다.

처음이니까 여러분에게 확실하게 말해두지요. 이런 글은 '한판 승부'입니다. '중요한 것'이 버젓이 있는데 '이러저러한 것'을 써봤자 헛일입니다. 가령 '창조적 글쓰기'라는 강의의 이수 여부를 결정하는 글을 쓸 때, '부실한 글'을 쓴다면 무슨 소용이 있을까요? 그러나 지금까지 살아오면서 '부실한 글'로도 잘 통했던 사람은 금세 '부실한 모드'로 돌입합니다. 그런 사람은 '부실하지 않은 글쓰기'가 어떤 것인지 알지 못하니까요.

글을 쓴다는 것은 언제나 '한계에 도전하는' 것입니다. 우리 내면의 '바보의 벽', 우리 내면의 '평범함의 경계선'을 뚫고 나가는 것입니다. 그렇지 않으면 글을 쓰는 일은 고역일 따름입니다.

합격 최저선의 작업밖에 못하는 태도를 가리켜 작가 시이나 마코토椎名誠는 '이 정도로 되겠지 주의主義'라고 부른 적이 있습니다. 한번 푹 빠지면 헤어 나올 수 없는 깊은 함정입니다. "모두들 이 정도로 글을 쓸 테니까 다른 사람들과 비슷한 수준으로 쓰자. 나는 오자와 탈자도 적고 약간 멋을 낸 문장도 집어넣었으니까 플러스 점수를 더해 80점쯤 받을 수 있겠지?" 이런 식으로 주판알을 튕기면서 글을 쓰면 함정에서 영원히 빠져나올 수 없습니다.

여러분이 갇혀 있는 '언어의 함정'은 꽤 복잡한 구조로 되어 있습니다. 옛날에는 글쓰기에 '언어 능력이 낮다'든가 '표현력이 없다'든가 '어휘가 빈약하다'든가 '리듬 감각이 없다'든가 '울림이 안 좋다'는 것이 문제였습니다만, 오늘날 여러분이 갇혀 있는 글쓰기의 함정은 '평가의 함정'입니다. 그 안에서는 어떤 글을 쓸까 하는 것보다 몇 점을 받을까 하는 것을 우선적으로 고려합니다.

따라서 창조적 글쓰기 강의를 듣는 것이 과연 여러분에게 '좋은 일'인지 실은 잘 모르겠습니다. 왜냐하면 '평범한 체하며 살아가는 것'이 어떤 의미에서는 꽤 올바른 생존 전략이기 때문입니다. 모난 돌 정 맞는다는 속담이 있죠. 원시시대처럼 훨씬 야생적이고 위험한 사회에서는 다른 사람과 비슷하게 살아가는 삶의 방식이 살아남을 확률을 더 높여줄지도 모릅니다.

현대 사회라면 얘기가 달라지겠지요. 사자가 톰슨가젤의 무리를 덮치는 단순한 상황이라면 눈에 띄지 않도록 무리 속에 섞여 있는 쪽이 생존 확률이 높습니다. 그러나 지도자도 없고 비전도 없이 오직 무리를 지어 풀을 뜯어먹기만 하면서 모두들 똑같이 행동하다가는 어느 날 집단 전체가 전멸할 수도 있습니다.

오늘날의 일본을 바라보면 '타인과 다르지 않도록 표준적으로 행동하면 안전하다'는 생존 전략이 더 이상 통용되지 않습니다. 귀속 집단의 규모가 크다는 것이 반드시 그 집단이 올바른 방향으로 나아간다는 것을 의미하지 않습니다. 오늘날의 일본처럼 지각 변동 같은 사회 변화가 일어나고 있을 때는 도리어 최대 규모의 집단이 환경에 적응하지 못할 가능성이 있습니다. 다수majority가 '올바른 방향'으로 나아간다면 이토록 심각한 사회 변동이 일어날 리 없으니까요. '가서는 안 되는 방향'으로 다수가 일탈하고 있기 때문에 제도가 삐걱거리고 시스템 이곳저곳에 균열이 생기는 것이 아닐까 생각합니다. 다수가 위험한 방향으로 나아갈 때 살아남기 위해서는 자신의 직감에 따르는 수밖에 없습니다. 여러분은 아무쪼록 위험을 감지하는 '센서'를 몸에 꼭 부착하기 바랍니다.

그런 센서의 기능을 향상시키기 위한 지극히 중요한 훈련이 '글쓰기'라고 할 수 있습니다.

언어에도 '생명이 있는 언어'와 '생명이 없는 언어'가 있습니다. 글을 쓰는 사람이나 읽는 사람에게 '살아가는 지혜와 힘'을 높여주는 언어가 있는가 하면, 살아가는 힘을 잃게 하는 언어가 있습니다. 정말입니다. 그 차이를 감지해서 생명력이 느껴지는 언어만 선택적으로 찾아내는 능력이야말로 앞으로 여러분이 살아남기 위해 필수적으로 갖추어야 한다고 생각합니다.

'지하실 밑에 있는 지하실'과 '손이 닿지 않는 광맥'

오늘 곧 노벨문학상 발표가 있을 예정입니다. 올해도 무라카미 하루키가 후보에 올랐습니다. 나는 좀 사정이 있어 '무라카미 하루키 노벨문학상 수상 축하 원고'를 모 신문에 다섯 차례나 썼습니다. 안타깝게도 한 번도 지면에 실리지 못했지만요. 이런 글은 수상이 정해지고 나서 부탁하면 늦기 때문에 원고를 미리 준비해둡니다. 무라카미 하루키가 매년 노벨문학상 후보에 오를 때마다 한 달 전쯤 "올해도 무라카미 하루키가 노벨문학상 후보에 올랐으니까 원고를 부탁드려요." 하는 연락이 옵니다. "작년 원고를 실을까요?" 하고 묻기에 "아뇨, 새로 쓸게요." 하고는 올해도 축하 글을 썼습니다. 마침 원고를 막 보내려던 참에 무라카미 하루키의 신작이 나왔습니다. 『꿈을 꾸기 위해 매일 아침 나는 눈을 뜹니다夢を見るために毎朝僕は目覚めるのです』라는 두터운 인터뷰집입니다. '어이쿠, 이런 책이 나왔구나.' 하고 얼른 서둘러 읽었습니다. 본인이 한 말과 내가 쓴 글이 크게 어긋나면 부끄러우니까요. 정말 재미있는 책이더군요.

글을 쓴다는 것은 자기 내면을 향해 잠수해가는 행위라고 그는 말했습니다. 어디까지든 한없이 들어갑니다. 그러다 보면 자신의 개별성이나 개성의 한계를 뛰어넘어 그 이상까지 뚫고 나가버립니다. 그는 '광맥'이라고도 하고 '어둠'이라고도 합니다. '우물'이나 '지하실' 같은 비유를 사용할 때도 있지요. 자기 내면으로 깊숙이 내려가면 고유성의 존재 따위는 꿀꺽 삼켜집니다. 도도한 마그마의 흐름까지 도달하면 그곳은 더 이상 인간의 이성이나 감정이 통하지 않는 곳입니다. 그러나 인간은 그곳에서 태어났습니다. 인간성의 가장 밑바닥에는 만물이 생성하는 마그마가 꿈실거리고 있습니다. 그것에 가닿는 것은 '지옥 순례'와 비슷한 경험이라고 생각합니다. 땅속 깊이 내려가 뜨겁게 질척거리는 마그마를 만나고 다시 돌아옵니다. 돌아오지 않으면 안 됩니다. 한계랄까, 어둠이랄까, 여하튼 지하의 동굴 같은 곳으로 끝없이 내려가 이 세상에 없는 것과 만나 눈으로 보고, 귀로 듣고, 냄새를 맡으면서 그곳에 인간적인 의미를 뛰어넘는 것이 있다는 것을 경험한 다음에 다시 돌아오는 것이 소설가가 할 일입니다. '가보고 나서 돌아오는' 점이야말로 작가의 기술이나 재능이라고 생각합니다.

무라카미 하루키는 마그마가 있는 장소를 '지하실 밑에 있는 지하실'이라고 불렀습니다.

그곳에는 매우 특수한 문이 달려 있어서 알아보기 어렵기 때문에 여간해서는 들어갈 수 없습니다. 끝내 들어가지 못하고 끝나버리는 사람도 있습니다. 한편, 어떤 가락을 타고 안으로 훅 빨려 들어가면 그곳에는 어둠이 있습니다. 그것은 전근대 사람들이 육체적으로 맛보았던 어둠—옛날에는 전기가 없었으니까요—과 호응한다고 생각합니다. 사람은 그곳에서 캄캄한 어둠 속을 돌아다니며 집안에서는 보통 보지 못했던 것을 체험합니다. 그것은 자신의 과거와 연관되어 있기도 합니다. 자신의 영혼 속으로 들어가는 일이니까요. 그렇지만 그곳을 떠나 다시 돌아옵니다. 그곳에 가버린 채 돌아오지 않으면 현실

로 복귀할 수 없습니다.[4]

작가가 할 일은 '지하실 밑에 있는 지하실'에 들어가 다시 돌아
오는 것입니다. 적어도 무라카미 하루키는 그렇게 서술합니다. '지하
실 밑에 있는 지하실'에 들어가기 위해서는 그 나름대로 기술이 필
요합니다. 그 기술은 '지면에 구멍을 뚫는 일'과 같은 육체노동에 가
깝다고 그는 말합니다.

끝을 망치로 내려쳐 바위를 부수고 구멍을 깊이 파지 않는다면 창작
의 수원水源을 찾아낼 수 없다. 소설을 쓰기 위해서는 체력을 소진하
고 몸을 혹사하는 시간과 수고를 들여야 한다. 작품을 쓰려고 할 때마
다 새로 일일이 굴을 깊이 파야 한다. 그런 생활을 오랜 세월에 걸쳐
유지하다 보면 새로운 수맥을 찾아내어 딱딱한 암반에 구멍을 뚫는
일을 기술적으로나 체력적으로 꽤 효율적으로 해낼 수 있다.[5]

이것은 무라카미 하루키가 자신의 창작 스타일에 대해 상당히
솔직하게 기술한 대목이라고 봅니다. 그는 '지면에 구멍을 파다', '수
맥을 찾아내다' 같은 비유를 씁니다. 거의 늘 이런 비유를 동원합니
다. '소설 쓰기'가 육체노동'이라고 말하고 싶을 뿐이라면 '집을 짓
다'라든가 '도로를 건설하다'라든가 '철도를 놓다'라든가 '통조림을
만들다'라든가 '주식을 매매하다'처럼 얼마든지 다른 비유가 있을 것
입니다. 그러나 무라카미 하루키는 소설을 쓰는 행위를 가리켜 '지면

에 구멍을 파서 수맥을 찾아내다'라는 비유밖에 쓰지 않습니다. 이것은 대단히 중요한 포인트라고 봅니다. 아마도 작가의 실감이겠지요. 구멍을 파다가 운이 좋으면 수맥과 마주칩니다. 그곳에서 '무언가'가 솟구쳐 오르면 그것을 길어 올립니다. 나는 이것이 바로 작가가 실감하는 글쓰기라는 말을 있는 그대로 수용하고 싶습니다.

다른 글에서 그는 『양을 쫓는 모험』을 쓸 때 전문 작가로 살아갈 수 있겠다는 느낌을 받았다고 밝힌 바 있습니다. 그때에도 '광맥'이라는 비유를 끌어왔습니다.

이 소설을 다 썼을 때 나는 내 나름대로 소설의 스타일을 완성해냈다는 느낌이 들었다. 또 시간에 얽매이지 않고 마음껏 책상 앞에 앉아 매일 집중해서 이야기를 쓸 수 있다는 것이 얼마나 멋진지(그리고 얼마나 힘든지), 온몸으로 깨달을 수 있었다. 자기 안에 아직 손이 닿지 않은 광맥 같은 것이 잠들어 있다는 감촉도 얻었고, '이런 정도라면 앞으로도 소설가로서 살아갈 수 있겠구나.' 하는 희망도 생겼다.[6]

'손이 닿지 않은 광맥'이라는 말에 나는 열렬하게 반응합니다. 그 느낌을 나도 알기 때문이지요. 서사는 아니지만 나도 글을 쓰면서 살아가는 사람이기 때문에 그런 감각을 압니다. 학술논문을 쓸 때에도, 문학, 영화, 음악에 대해 글을 쓸 때에도, 우리는 '이미 알고 있는 것'을 쓰는 것이 아닙니다. 글을 쓰는 동안 자신이 무슨 말을 하고 싶은지, 무엇을 알고 있는지 발견합니다. 글을 써보지 않으면 자신이 무엇을 쓸 수 있는지, 무엇을 알고 있는지 알지 못합니다. 일반적인 이해는 순서가 거꾸로 뒤집혀 있습니다.

학술논문을 쓰는 사람은 집필을 시작하기 전에 머릿속에 이미 '써야 할 것'이 모조리 들어 있고, 집필 과정은 그것을 순서대로 '프린트아웃'할 뿐이라고 생각하는 사람이 있을지도 모릅니다만, 그렇지 않습니다. 그럴 리 없지 않겠어요? 글을 쓰기 전에는 자신이 지금부터 무엇을 써나갈지 모르는 법입니다.

우선은 어떤 주제를 선택할까, 어떤 문체로 써나갈까를 정하고 글을 쓰기 시작합니다. 1인칭을 '나'로 할지 '저'로 할지, '~다' 체로 쓸지 '~입니다' 체로 쓸지를 처음부터 미리 정해놓는 것이 아닙니다. 이 책을 쓰기 시작할 때 나는 '나는~'과 '~다' 체를 채용했습니다. 그런데 어느 지점부터 자꾸 마음이 불편해지더니 더 이상 펜이 움직이지 않았습니다. 할 수 없이 '~입니다' 체로 바꾸어 썼더니 막혔던 곳을 넘어 무사히 계속할 수 있었습니다.

글을 쓰는 일을 하고 있으면 분명 어떤 종류의 '기류'라든가 '수맥' 같은 것을 느끼는 감촉이 옵니다. 그것을 요령 있게 붙잡기만 하면, 마치 상승 기류를 타고 글라이더가 날아오르는 듯, 요트가 순풍을 타듯 성큼성큼 앞으로 나아갑니다. 그것을 붙잡지 못하면 글라이더는 추락하고 요트는 멈추어 섭니다. 따라서 문제는 '흐름'을 붙잡는 것입니다. 그것은 글 쓰는 사람이 만들어내는 것이 아닙니다. 그것을 '붙잡을' 따름입니다. 하지만 '흐름을 붙잡는' 데는 기술과 인내가 필요합니다.

운문을 쓸 때는 '압운'*을 맞춥니다. 각운, 두운이라는 말을 들어
봤지요? 시를 쓸 때 시인은 어떻게 운을 맞출까요? 나는 시인이 아니
라서 잘 모르겠지만, 전문가에 따르면 '버스를 기다리는' 것과 비슷
한 감각이라고 합니다. 한시漢詩의 경우라면 시행詩行의 마지막에 똑
같은 운을 붙여야 할 뿐 아니라 사성**도 맞추어야 합니다. 초심자
에게는 꽤 까다로운 작업으로 보이지만 한시를 잘 짓는 사람은 "행
선지와 노선이 일치하는 버스를 길모퉁이에서 기다리는 것과 비슷
한 까다로움"으로밖에 느끼지 않는다고 합니다.

이 자리에서는 글을 쓸 때 '어떤 것이 오기를 기다려야 한다는
것', 그리고 '어떤 것을 붙잡으려면 기술이 필요하다는 것'만 기억해
두기 바랍니다.

작가의 기본은 체력 갖추기부터

무라카미 하루키의 책은 세계적인 규모로 번역이 이루어질 뿐
아니라 몇 천만에 이르는 독자가 그의 신작을 고대하고 있습니다. 이
런 작가는 현재 일본에 하루키밖에 없습니다. 그는 '자신의 천재성을

---

* **압운押韻** 시나 노래를 지을 때 시행의 일정한 자리에 같은 운을 규칙적으로 다는 것, 또
  는 그 운.
** **사성四聲** 한자음의 성조를 평성, 상성, 거성, 입성 등 네 종류로 나눈 것. 또는 거기서 비
  롯하는 중국어의 성조를 이르는 말. 사운四韻.

어떻게 생각하는가?'라는 비교적 직설적인 질문에 대해 이렇게 대답했습니다. 자신은 아주 평범한 인간이지만 만약 작가적 재능이 있다고 한다면, 그것은 내면으로 깊이 들어가 정체 모를 어둠을 돌아다니고 딴 세계로 들어갔다가 다시 돌아올 수 있는 기술일 것이라고 말입니다. 아울러 이 기술을 단련하기 위해 30년 내내 꾸준한 노력을 기울여왔다고 말했습니다.

그런 작업의 기본은 체력 갖추기라는 말에도 나는 자연스레 고개를 끄덕였습니다. 여러분은 웃을지 모르겠지만 글을 쓰려면 어쨌든 체력이 필요합니다. 딱딱한 지면에 구멍을 뚫는 작업이니까요. 이 비유를 되풀이해서 사용하는 것은 이것이 작가의 신체적 실감이기 때문입니다. 곡괭이로 땅을 콕콕 팝니다. 매일 조금씩 팝니다. 한꺼번에 대대적인 공사를 벌이지 못합니다. 그런 식으로는 깊은 구멍을 팔 수 없으니까요. 쉼 없이 파 내려가면 어느 지점에서 갑자기 견고한 벽이 펑 뚫리고, 구멍 속을 통과하면 거기에 지하수맥이 졸졸 흐르고 있습니다. 그 흐름에 찾아내서 '아아, 여기에 수맥이 있었구나!' 하는 것을 확인하면 그 구멍을 통해 돌아옵니다.

무라카미 하루키는 아침 4시에 일어나 5시부터 10시까지 집중해서 글을 씁니다. 5시간 몰두해서 글을 쓰면 녹초가 됩니다. 그때부터 아침 식사를 하고 달리기를 하거나 수영을 하거나 음악을 듣거나 영화를 봅니다. 밤이 이슥해지면 술을 마시고 밤 10시에 잠자리에 들고, 다음 날 똑같이 4시에 일어나 5시부터 글을 쓰기 시작합니다. 그는 30년 동안 이런 주기적인 일상을 꾸려왔습니다.

무라카미 하루키의 첫 작품은 『바람의 노래를 들어라』입니다. 1979년입니다. 이어 두 번째 작품인 『1973년의 핀볼』을 다음해에 내고, 세 번째 『양을 쫓는 모험』을 1982년에 냅니다. 이 세 번째에 그는 '광맥'을 찾아냅니다. 그 후 1987년 『노르웨이의 숲』이 밀리언셀러가 되었고, 그때부터 세계적인 작가의 길을 걷기 시작합니다. 역시 전환점은 『양을 쫓는 모험』이었다고 생각합니다. 도대체 그때 무슨 일이 일어난 것일까요?

초기 3부작 가운데 앞의 두 작품은 작가가 영어 번역을 허락하지 않았습니다. 따라서 영어로는 『양을 쫓는 모험』이 데뷔작인 셈입니다. 아마도 작가 자신이 '그곳'에서 모든 것이 시작되었다고 생각하기 때문이라고 봅니다.

세 번째 작품인 『양을 쫓는 모험』에서 무라카미 하루키는 '세계 문학으로 나아가는 광맥'을 만났습니다. 첫 번째와 두 번째 작품을 써냈을 때 그는 재즈 바를 경영하고 있었습니다. 밤 11시나 12시쯤 손님이 돌아가면 가게를 정리하고 부엌에 놓인 책상에 앉아 날이 밝을 때까지 소설을 썼습니다. 그래서인지 글 쓰는 방식이 단편적입니다. 짧은 단장*이 쌓여 이야기가 옆으로 비껴나면서 미끄러집니다. 대단히 재미있는 소설이기는 하지만 수직 방향으로는 깊이가 없습

---

* **단장斷章** 하나의 체계로 묶지 않고 몇 줄씩 산문체로 토막을 지어 적은 글.

니다. 재즈 바의 문을 닫고 전업 작가로 돌아서서는 지바千葉의 시골에 틀어박혀 아무도 만나지 않고 매일같이 몇 시간이나 집중해서 글을 썼습니다. 그렇게 몇 개월이 지났더니 불현듯 수직 방향으로 자맥질을 할 수 있었고, 그 결과 '광맥'에 닿았습니다. 그곳에서 '무엇인가'가 솟구쳤습니다. 그때까지는 창작이기는 해도 자신의 경험을 소재로 글을 쓴다는 느낌이었는데『양을 쫓는 모험』은 달랐습니다. 이제까지 본 적도 없고 들은 적도 없는 세계에 발을 들여놓은 것 같았습니다.

'광맥과 만난다'는 것은 어떤 '문학적 전통'의 계승자가 된다는 말입니다. 작가 자신도 그 점을 자각하고 있었기 때문에 그로부터 20년이 지났을 때 그는 자신이 속한 문학적 전통의 선구자들에게 경의를 표합니다. 바꾸어 말하면『양을 쫓는 모험』에는 선배 격인 선행 작품이 있다는 말입니다. 글을 쓸 때는 깨닫지 못했지만 다 쓰고 나서 몇 년, 몇 십 년이 지나보니 '오호, 그 작품에는 '선배'가 있었구나!' 하고 깨닫습니다.

그것이 바로 레이먼드 챈들러Raymond Chandler의『기나긴 이별 The Long Goodbye』입니다.

로스앤젤레스의 사립탐정 필립 말로Philip Marlowe 앞에 테리 레녹스Terry Lennox라는 백발의 아름다운 청년이 나타납니다. 제2차 세계대전 당시 부상을 입은 탓에 왠지 그늘이 있어 보이는 순수한 동시에 퇴폐적이면서 본질적인 연약함과 사악함을 갖고 있는 부유한 청년에게 말로는 묘하게 우정을 느낍니다. 그렇지만 테리 레녹스는 살인 사건에 휘말려 사랑하는 사람의 죄를 뒤집어쓰고 모습을 감추어버린다는 이야기입니다.

『양을 쫓는 모험』과 나란히 놓고 읽어보면 알 수 있겠지만, 필립 말로와 테리 레녹스의 관계는『양을 쫓는 모험』의 주인공 '나'와 그의 친구 '쥐'의 관계와 비슷합니다. 테리와 '쥐'는 주인공에게 일종의 '또 다른 자아alter ego', 또 다른 자기 자신입니다. 즉 '분신'입니다. 때 묻지 않고 부서지기 쉽고 순수하지만 사악하고 연약한 자신의 '분신'과 지내는 시간은 주인공에게 충실한 즐거움을 안겨줍니다. 하지만 예기치 않게 또 다른 자아와 결정적으로 결별하는 날이 옵니다. '분신'은 아무런 이유도 알려주지 않고 행선지도 가르쳐주지 않은 채 문득 사라집니다. 주인공은 사라진 분신이 최후로 맡긴 '책무'를 다하기 위해 불가사의한 모험의 길로 들어섭니다. 둘 다 '그런 이야기'입니다.

미스터리 장르의 팬이라면 모르는 사람이 없는 하드보일드 미스터리의 역사적 걸작『기나긴 이별』은 지금도 널리 읽히고 있습니다. 무라카미 하루키는 이 작품을 번역했습니다. 그의 번역 작업은 선행 작품에 대한 개인적인 오마주가 아닐까 짐작해봅니다.

챈들러가『기나긴 이별』을 쓴 것이 1953년이니까 무라카미 하루키의『양을 쫓는 모험』보다 무려 30년을 앞섭니다. 그런데 챈들러의『기나긴 이별』도 선행 작품을 갖고 있습니다. 스콧 피츠제럴드Scott Fitzgerald의『위대한 개츠비The Great Gatsby』입니다. 이것은 1925년 작품입니다. 역시 챈들러보다 30년을 앞섰습니다.『위대한 개츠비』는 청춘소설의 금자탑이자 미국의 잃어버린 세대Lost Generation가

낳은 최고의 걸작입니다. 이 두 작품은 사실상 완전히 '똑같은 이야기'입니다. 『위대한 개츠비』는 제1차 세계대전에서 부상당한 탓에 왠지 그늘이 있어 보이는 순수한 동시에 퇴폐적이면서 본질적인 연약함과 사악함을 갖고 있는 부유한 청년 제이 개츠비Jay Gatsby에게 닉 캐러웨이Nick Carraway가 묘하게 우정을 느끼는 대목에서 시작합니다. 하지만 수수께끼를 머금은 아름다운 미모의 청년은 어느 날 사랑하는 사람의 살인죄를 뒤집어쓰고 자취를 감추어버립니다. 이 소설은 주인공 닉이 애석한 마음으로 그 청년의 짧은 청춘을 회상하는 이야기입니다. 『기나긴 이별』과 똑같은 이야기 아닙니까?

화자인 닉과 개츠비의 관계는 말로와 레녹스의 관계, '나'와 '쥐'의 관계와 똑같습니다. 어느 것이나 화자 자신의 약하고 아름답고 사악하고 무구한 또 다른 자아alter ego의 '영원한 실종'을 화자가 슬픈 듯이 회상합니다. "그와 지낸 시간이야말로 내 청춘이었다. 그가 사라지자 내 청춘은 끝났다."고 하는 이야기입니다.

무라카미 하루키는 『위대한 개츠비』도 제 손으로 번역했습니다. 그리고 『기나긴 이별』의 '역자 후기'에 두 작품이 실은 똑같은 이야기라고 밝혀놓았습니다.

나는 어느 시기부터 『기나긴 이별』이라는 작품이 어쩌면 스콧 피츠제럴드의 『위대한 개츠비』를 바탕으로 삼은 것이 아닐까 하는 생각을 품기 시작했다.[7]

무라카미 하루키는 두 작품의 공통점에 대해 다음과 같이 서술하고 있습니다.

개츠비와 레녹스, 두 사람 다 이미 생명을 잃어버린 아름다운 순수한 꿈을 (…) 자기 안에 품고 있다. 그들의 인생은 그 무거운 상실감에 지배당한 탓에 본래의 흐름이 크게 바뀌고 말았다. (…) 말로는 테리 레녹스의 인격적 취약함과 그 속에 있는 어둠, 도덕적인 퇴폐를 충분히 알고 있으면서도, 그와 우정을 맺는다.[8]

이것은 증권회사의 영업사원인 닉 캐러웨이가 이웃집 부호 청년 개츠비, 즉 "인격적 취약함과 그 속에 있는 어둠, 도덕적인 퇴폐를 충분히 알고 있으면서도, 그와 우정을 맺는" 모습과도 겹쳐집니다.

『기나긴 이별』에서 말로가 마지막에 떠안은 깊은 우울과 고독감은 청년 닉 캐러웨이가 동부 도시의 화려함과 유례없는 경제적 번영 속에서 체험하는 동경과 환멸의 서사와 딱 겹쳐져간다.[9]

그러나 무라카미 하루키는 두 작품의 동질성을 꿰뚫어보면서 그것이 『양을 쫓는 모험』의 '나'와 '쥐'의 관계를 통해 재연되는 점에 대해서는 입을 꾹 다물고 있습니다. 알아채지 못한 것일까요? 아니면 고의로 침묵한 것일까요? 무라카미 하루키 본인에게 물어본들 대답하지 않겠지요. 알아채고 있건 아니건, 이들 선행 작품에 '딱 겹쳐지는 동경과 환멸의 서사'를 무라카미 하루키 자신이 써냄으로써 세계적인 작가로 나아가는 왕도로 접어든 것은 문학사적인 사실입니다.

난 이 세 작품을 관통하는 점이 '소년기adolescence와의 결별'이라는 주제라고 생각합니다. 이는 남자가 성숙하려면 아무래도 회피할 수 없는 과정입니다. 이것을 통과하지 않으면 소년은 '남자 어른'이 될 수 없습니다. 동시에 자기 안에 있는 싱싱하고 어리고 야생적인 무언가를 잘라내지 않고서는 그것을 달성할 수 없습니다. 자신의 유약함이나 무름을 극복해야 할 약점으로 보고 유아적인 에고이즘이나 순진한 사악함을 억압하지 않으면 소년은 '사내'가 될 수 없습니다. 그러나 이것은 자신의 일부를 잘라버리는 일입니다. 퍽이나 아프고 고통스럽습니다. 그래도 꼭 해내야 하지요. '어른이 되기 위한 허물벗기의 고통'을 치유하고 격려하기 위해 태곳적부터 인류는 '소년기의 상실 서사'를 반복적으로 이야기해왔습니다. 내 생각은 이렇습니다. "지금 너의 고통은 모든 조상이 통과한 유적類的 고통이야!" 이런 말을 들으면 소년은 상처를 견디기가 조금 쉬워집니다. 소년의 성장 서사는 이 점을 고려한 인류학적 장치가 아닐까요?

그렇다면 『위대한 개츠비』에도 똑같은 서사의 구조를 가진 무수한 선행 작품이 있어도 좋겠지요. 아니, 반드시 있을 겁니다. 알랭 푸르니에Alain-Fournie의 『대장 몬느Le Grand Meaulnes』가 그것입니다.

이 작품은 주인공 프랑소와 쇠렐의 시점으로 매력적인 17세 소년 오귀스탕 몬느의 화려하지만 짧은 모험과 실종 이야기를 풀어갑니다. 주제는 역시 소년시대의 종언, 즉 자신의 분신 같은 모험적이

고 자유분방하고 매력적인 소년이 어느 날 주인공 앞에서 모습을 감
춘다는 이야기입니다.

『대장 몬느』는 1919년에 프랑스에서 발표하자마자 곧장 베스트
셀러의 반열에 올랐습니다. 이 시기 피츠제럴드는 파리에 있었으니
까 그가 이 소설을 읽었을 확률은 높았다고 생각합니다. '르 그랑le
grand'을 영어로 바꾸면 '더 그레이트the great'이니까 제목의 유사성
도 선명하게 드러납니다. 물론 플롯은 다르지만요. 그래도 서사의 큰
틀은 비슷합니다. 그런 서사의 계보가 존재하지요. 인류의 여명기부
터 줄곧 말입니다. 따라서 『대장 몬느』에도 선행 작품이 있습니다. 과
문한 탓에 난 모르지만 반드시 있을 것입니다.

지금 내가 알고 있는 것은 1919년 『대장 몬느』, 1925년 『위대한
개츠비』, 1953년 『기나긴 이별』, 1982년 『양을 쫓는 모험』이라는 서
사의 '광맥'이 확실하게 존재한다는 것뿐입니다. 무라카미 하루키는
'구멍을 파는 동안'에 어느 날 문득 문학적 계보의 도도한 흐름과 마
주쳤습니다. '광맥'이라는 말은 땅속 깊이 있기는 한데 언제 생겼는
지, 어디까지 이어지는지, 매장량이 어느 정도인지 알지 못하는 경
우에만 사용할 수 있으니까요. 그때 무라카미 하루키는 "자기 발밑
을 자기 곡괭이를 사용해 파내려가는 동안 '누구의 것도 아닌 흐름'
에 도달하는 것"이 바로 글쓰기라는 것을 확신했다고 생각합니다.

무라카미 하루키의 이야기를 시작하면 금방 흥분해서 말이 많아
지곤 합니다. 그러면 다음 주에 만납시다.

전자책을 읽는 방식과
소녀만화를 읽는 방식

오늘부터 드디어 본격적인 논의로 들어갑니다. 창조적 글쓰기라는 강의에서는 우리가 '어떤 식으로 글을 쓰거나 읽는가?'라는 근원적인 문제에 대해 생각해보고자 합니다.

우리는 글을 읽고 쓰는 동안 내면에서 무슨 일이 일어나는지 과연 이해하고 있을까요?

내 생각에는 별로 이해하지 못하고 있는 것 같습니다.

오늘은 맨 첫 단서로서 다음 인용문부터 시작하겠습니다. 기타 모리오北杜夫는 '닥터 만보どくとるマンボウ' 시리즈라는 유머러스한 에세이로 한 세상을 풍미했을 뿐 아니라 순문학 작품도 다수 남긴 작가지요. 여러분에게는 생소할지 모르겠지만 아래 글은 그가 쓴 『닥터 만보 청춘기どくとるマンボウ青春記』에서 인용한 것입니다. 나는 '닥터 만보' 시리즈를 정말 좋아했지요. 아마 고등학생 때 읽었을 겁니다.

『닥터 만보 청춘기』는 마쓰모토松本 구제고등학교*를 나와 도호쿠東北대학 의학부로 진학한 기타 모리오(본명 사이토 소키치斎藤宗吉)라는 청년이 마쓰모토 고등학교와 도호쿠대학의 학창 시절을 그려낸 자전적인 에세이입니다. 이 책의 후반에는 토마스 만에 푹 빠져서 그의 작품만 읽던 시절을 회고하는 대목이 나옵니다. 자, 그러면 읽어볼까요?

---

* **구제旧制고등학교** 1894년 및 1918년 고등학교령에 의해 설치해 1950년까지 존속한 일본의 고등교육기관이다. 교육 내용은 현재의 대학 교양과정에 해당한다.

이 이름만큼 가슴 벅차게 책을 모아들이고 싶은 감정을 불러일으키는 것은 없다. 어쩌다 우연하게 들른 자그마한 헌책방에서 아직 손에 넣지 못한 번역본을 발견했을 때 내 마음은 얼마나 열에 들떠 전율했던 것일까. 나는 이 마음을 연애에 빗댄 적도 있다. 책을 향한 감정은 오직 내 뜻에 달려 있다. 혼자 반해버릴 수도 있고 무정하게 내다버릴 수도 있기 때문에 이성에 대한 감정보다 안전하다고 할 수 있다. 어느 날 센다이仙台의 히가시東 1번지 큰길을 걷다가 느닷없이 움찔하며 걸음을 멈춘 적이 있다. 왜 내가 움찔했는지 순간적으로는 알수 없었지만 주위를 둘러보고 이유를 알 수 있었다. 바로 눈앞에 버티고 있는 가게에 벽보인지, 간판인지, 이런 것이 나와 있었던 것이다. — '토마토소스'[10]

기타 모리오는 토마스 만으로 머릿속이 꽉 차 있었습니다. 어느날 거리를 걷다가 움찔해서 걸음을 멈추었는데 왜 자신이 움찔했는지 알지 못한 채 주위를 둘러보니 '토마토소스'라는 간판이 나와 있었다는 것입니다. 이야기는 이렇게 끝나버리지만 곰곰이 생각해보면 이는 놀라고도 남을 대단한 일입니다. '토마토소스トマトソース'를 '토마스·만トマス・マン'으로 잘못 읽으려면 얼마나 많은 절차가 필요할지 상상해보십시오. 우선 두 개나 있는 '토ト'를 하나로 읽고, 하나밖에 없는 '마マ'를 두 개로 읽고, 없는 가운뎃점을 찍고, '소ソ'를 'ㄴン'으로 잘못 읽어야 합니다. 이렇게 복잡한 조작을 한순간에 다 해치우지 않으면 '움찔할' 수 없습니다.

잘못 읽는 단계를 따라가 볼까요? 맨 처음 기타 모리오 1호는 '토마토소스'라는 글자를 봅니다. 다음으로 기타 모리오 2호는 이것의 순서를 바꾸어 '토마스·만'이라는 글자를 만듭니다. 기타 모리오 3호는 '움찔'합니다. 기타 모리오 4호는 '토마스소스'를 '토마스·만'이라고 잘못 읽은 것을 깨닫습니다. 큰길을 걷다가 깜짝 놀라 뒤를 돌아보는 몇 초 동안 인간은 이토록 복잡한 일을 조작합니다. 기타 모리오가 '움찔'한 것은 실로 우연히 시야에 들어온 '토마토소스'라는 글자의 무수한 순열 조합 가운데 하나인 '토마스·만'이라는 글자 배열이 자신의 시야 한구석을 통과했기 때문입니다. 우리는 '이런 조작'을 해내고 있습니다.

어떤 문자 배열이 눈에 들어올 때 그것을 구성하는 문자 요소의 조합을 바꾸고, 자리를 바꾸고, 비슷한 글자를 잘못 읽고, 읽을 수 있는 경우의 수에 따른 무수한 방식을 초고속으로 '스캔'합니다. 스캐닝에 걸려든 단어가 있으면 급브레이크를 걸고, 그때부터 자신이 어떤 시그널에 반응하는지 찾습니다. 나는 인간의 스캐닝 능력이 어떤 메커니즘으로 작동하는지에 대해 전문적으로 연구한 논문을 아직 읽은 적이 없습니다.

'읽고 있는 나'와 '다 읽은 나'의 만남

최근 들어 앞으로는 전자책이 종이책을 밀어내고 서적의 중심적 매체가 될 것이라는 이야기가 들려옵니다. 이 주제에 대해 잇따라 여러 매체로부터 '도대체 종이책의 미래는 어떻게 될까요?'라는 질문을 받았습니다.

나는 종이책이 없어지지 않을 것이라고 생각합니다. 아이패드로도 책을 읽을 수 있지만 '뭔가' 재미가 부족하다고 느끼기 때문입니다. 도대체 무엇이 부족할까요? 이리저리 머리를 굴려보았습니다. 친구 히라오카 가쓰미平川克美와 만나 이야기할 때에도 같은 질문을 받았습니다. "아이패드로 책 읽어봤어? 잘 읽히지 않지?" 이 이유에 대해 그가 거론한 내용은 내 생각과 거의 일치했습니다. 한마디로 그것은 **책이 지닌 두툼한 느낌**이 없기 때문입니다.

달리 말하면 페이지가 얼마나 남았는지 알 수 없다는 점입니다. 남은 페이지를 모르면 책을 읽기 어렵습니다. 아이패드에는 이런 단점이 있습니다.

가장 중요한 문제는 자신이 책의 어느 부분을 읽고 있는가에 따라 언어의 해석이 달라진다는 것입니다.

미스터리의 작가는 '레드 헤링red herring'이라는 기법을 사용합니다. 그것은 '빨간 훈제 청어'라는 뜻입니다. 옛날에 사냥개를 훈련시킬 때는 사냥개가 사냥감을 제대로 추적하도록 코를 훈련시켰습니다. '빨간 청어'는 가짜 먹이입니다. 청어 냄새에 정신이 팔려 본래 쫓아야 할 사냥감을 놓친 사냥개는 주인에게 몹시 혼쭐이 납니다. 뛰어난 사냥개는 그런 냄새에 혹하지 않지요. 여기에서 유래한 '빨간 청어'는 미스터리의 경우 독자를 잘못된 추리로 이끌어가는 거짓 실마리를 가리킵니다. 꽤 수상한 인물이 나와 이해할 수 없는 행동을 하면 독자는 그가 범인이 아닐까 추리합니다. 그러면 반전에 걸려들고 말지요.

훌륭한 미스터리 작가는 이런 장치를 아주 교묘하게 활용합니다. 물론 미스터리에 밝은 숙련된 독자라면 미리 '빨간 청어'를 예상하기 때문에 손쉽게 걸려들지 않겠지요. 아무리 범인처럼 보이는 사람이 나와도 금세 믿지 않습니다. 작가가 장치해둔 '빨간 청어'일지도 모른다고 경계하면서 읽으니까요.

그런데 서사의 끝부분에 이르면 '빨간 청어'는 나오지 않습니다. 나머지 4분의 1을 남기고는 나오지 않아요. 아무리 심술궂은 추리작가라 하더라도 마지막 몇 페이지를 남긴 곳에서 갑자기 독자를 속이는 장치를 배치하지는 않습니다. 따라서 미스터리에 익숙한 독자는 직감적으로 알지요. 약 30~40페이지가 남으면 같은 패를 맞추는 트럼프 게임처럼 작가는 그때까지 미심쩍었던 온갖 사안을 하나하나 해명해줍니다. 피날레를 앞두고 서사의 속도가 마지막으로 가속도를 내어 직선 코스home stretch를 향해 내달릴 때는 스토리의 초점을 벗어나는 '빨간 청어'가 절대로 나오지 않습니다. 이것을 '귀환 불능 지점point of no return'이라고 하는데, 여기서부터 더 이상 '빨간 청어'는 없습니다. 이때부터 나오는 '수상한 놈'은 정말로 수상한 놈입니다. 이렇듯 등장인물의 해석에 대한 규칙이 교체되는 지점이 있습니다. 독자는 나머지 몇 페이지를 통해 그것을 분별합니다. 똑같은 에피소드라도, 똑같은 형용사라도, 그것이 스토리 전체의 어느 페이지에 나오는지에 따라, 즉 앞쪽이냐 정중앙이냐 끝부분이냐에 따라 해석이 달라집니다. 우리는 자연스레 그렇게 합니다. 여러분은 인간이 똑같은 독해력, 똑같은 독해 규칙으로 처음부터 끝까지 책을 읽는다고 생각할지도 모르지만 그렇지 않습니다. 한 페이지를 넘길 때마다 우리는 해석의 방식을 바꿉니다.

책을 손에 들었을 때 몇 페이지가 남았는지는 책을 집어든 두 손바닥에 전해지는 책의 좌우 중량의 차이로 알 수 있습니다. 20페이지쯤 남았구나 싶으면 끝나기 전에 아직 하나 더 파란이 일어나지 않을까 싶어 주의 깊게 페이지를 넘깁니다. 그때 불현듯 '끝'이 나올 때가 있습니다. 20페이지쯤 남았다 싶을 때 뒤에 남은 18페이지가 신간 광고로 채워져 있다면 낙담하겠지요. 계단을 하나씩 내려가는데 도중에 갑자기 계단이 없어져 바닥으로 굴러 떨어지는 것처럼 추락하는 느낌을 받습니다. 20페이지쯤 남은 줄 알았는데 갑자기 끝나버리면 자신이 어렴풋이 예상하던 이야기의 구성이 파탄 났다는 뜻입니다.

이런 말을 하는 사람은 별로 없는데, 실은 독서는 '지금 읽고 있는 나'와 '벌써 다 읽어버린 나'의 공동 작업입니다. 아무리 이야기가 복잡하게 얽혀 있고 수수께끼를 풀기 어려워도, 우리가 인내심을 갖고 추리소설을 끝까지 읽을 수 있는 까닭은 무엇일까요? 그것은 마지막에 탐정이 모든 것을 해결해주었을 때 '오 과연, 그런 것이었구나!' 하고 무릎을 치는 '다 읽은 나'를 상정하기 때문입니다. '다 읽고 난 나'가 보증인이 되어주기 때문에 '지금 읽는' 것이 가능합니다. 만약 끝까지 다 읽는다 해도 범인도 못 잡고, 수수께끼도 풀리지 않고,

모든 것이 흐지부지하게 끝나버릴지도 모른다고 생각한다면, 도저히 추리소설을 읽을 수 없을 겁니다. '읽고 있는 나'와 '다 읽은 나'는 모래밭 양쪽에서 굴을 파는 두 아이와 같습니다. 계속 파 들어가는 사이에 점점 맞은편에서 굴을 파는 상대방의 손이 가까이 오는 것을 느낍니다. 마지막으로 얇은 모래벽이 무너지면 손과 손이 만나고 바람이 훅 통합니다. '아아, 드디어 만났구나!' 하는 성취감이 있습니다. 한 권의 책을 다 읽는다는 것은 그런 식으로 '내가 다 읽은 것을 기다린 나'와 다시 한 번 만나는 것입니다.

전자책의 독서에 깃든 곤란한 점은 '다 읽은 나'의 자리가 없다는 것입니다. 어디에서 기다려야 할지 알 수 없습니다. 당연합니다. 몇 페이지가 남았는지 모르니까요. 극단적으로 말하면 자신이 단 2페이지로 끝나는 단편소설을 읽고 있는지, 2천 페이지에 달하는 『전쟁과 평화』 같은 장편소설을 읽고 있는지 모른다는 말입니다. 물론 디지털 표시로 '몇 페이지 남았다'는 것은 알 수 있지만, 우리는 페이지를 일일이 체크하면서 '이제 몇 페이지가 남았으니 읽는 방식을 바꾸어야겠군' 하는 귀찮은 방식을 취하지 못합니다. 실제로는 손으로 받쳐든 책의 페이지를 넘기면서 감촉이나 무게감, 손바닥 위의 균형 변화 같은 요소, 즉 **주제의 측면에서는 의식하지 못하는 시그널**에 반응하면서 무의식적으로 자신의 읽기 방식을 미세하게 조정하는 것입니다. 이 작업은 지나치게 섬세해서 책을 읽는 자신도 무슨 일을 하고 있는지 미처 깨닫지 못합니다.

리터러시*는 그런 것입니다. 리터러시는 스스로 자신이 무엇을 하는지 모르는 채 행사하는 능력입니다. 자신이 어떤 리터러시를 구사하고 있는지 모르기 때문에 리터러시인 것입니다.

전자책 때문에 종이책이 없어진다고 내다보는 사람도 있지만, 그런 말을 하는 사람은 책을 별로 읽지 않는 사람인 것 같습니다. 아니, 최신 정보를 따라가려고 정보 입력을 위해서는 책을 읽지만 가슴을 설레면서 시간 가는 줄 모르고 몰입하면서 책을 읽은 경험이 없는 사람이 아닐까 합니다.

밥을 먹는 일도 그렇지 않나요? 깜깜한 방에서 테이블에 놓인 대접에 담긴 라면을 먹는다면 하나도 맛나지 않습니다. 얼마나 국물이 남아 있는지, 두 번째 고깃점을 집어 먹을 때가 되었는지, 마지막 한 입을 입속에 넣을 때 면과 죽순의 균형은 잘 맞는지 등등, 전체 과정 속에서 뱃속 사정과 입맛을 살피면서 먹기 때문에 맛있는 것입니다. 면이나 국물이나 고깃점이 얼마나 남았는지도 '모르는' 채 컴컴한 방에서 먹는다면 맛있을 리 없습니다.

우리는 책을 읽을 때 그저 정보를 손에 넣기 위해서만 읽는 것이 아닙니다. 가슴을 두근거리면서 책을 읽습니다. 라면을 먹을 때 매끈한 면을 목에 넘기면서 식욕을 채우고 마지막 한입을 꿀꺽 삼키면서

---

*   **리터러시**literacy 문자화된 기록물을 통해 지식과 정보를 획득하고 이해할 수 있는 능력. 그것은 단지 글을 읽고 쓰는 피상적인 의미가 아니라, 시대적·사회문화적으로 통용되는 커뮤니케이션 코드로서의 '언어'에 대한 능력을 말한다. 나아가 언어를 읽고 쓰는 능력에서 변화하는 사회에 적응하고 대처하는 능력으로 개념이 넓어지고 있다.

공복감을 해소하도록 계획하면서 먹는 것과 마찬가지로, 책을 읽을 때 가슴이 뛰는 느낌은 무의식중에 '쾌락의 밑그림'을 그리고 있기 때문에 느껴지는 것입니다.

매우 재미있는 책을 읽을 때는 남은 페이지가 적어질수록 안타까워집니다. '아아, 이 이야기의 세계에 푹 빠져 있는 시간도 얼마 남지 않았구나!' 이런 마음은 늙어서 죽음을 기다리는 인간의 기분과 좀 비슷하지 않을까 합니다. 얼마 안 되는 남은 시간을 마음껏 누리자는 기분으로 충분히 맛을 음미하며 마지막 한 줄까지 읽고 나서, '아아, 좀 더 읽고 싶지만 이 정도면 충분히 즐거움을 누렸으니까 더 이상 욕심을 내지 말아야지.' 하고 적당하게 만족할 수 있는 상태를 원합니다. 이러한 리터러시가 작동하지 않으면 책 읽기가 이토록 쾌락이 되지는 못할 것입니다.

전자책이라는 독창적인 아이디어를 생각해낸 사람은 아마 미국인일 것입니다. 미국의 학생은 엄청난 속도로 책을 읽어치우잖아요? 나는 사정을 잘 모르지만 미국에서 유학한 적이 있는 나바에 가즈히데 씨에 의하면 그렇다고 합니다. 대학을 무대로 삼은 영화를 보더라도 "다음 주까지 지정 도서를 다섯 권 읽어오게." 하는 교수의 엄명에 학생들이 도서관에서 밤을 새워가며 필사적으로 책을 읽는 장면이 몇 번이나 나옵니다. 전자책을 발명하고 설계한 사람은 그런 식의 책 읽는 방식을 '독서의 초기 설정'이라고 본 것이 아닐까요? 가능하면 빠르고 정확하게 정보를 입력하는 것이 긴급한 과제일 때는 그런 독서야말로 틀림없이 훌륭한 고성능의 도구가 될 것입니다.

그러나 그런 사고방식에는 시간 가는 줄 모르고 씹고, 핥고, 후룩후룩 마시기도 하는 식도락처럼 책에서 최대한의 열락悅樂을 끌어내려는 독자가 빠져 있습니다. 이런 식으로 책 읽는 방식은 '심심해서 어쩔 줄 모르는' 환경에서만 허용되니까요. 할 일 없이 빈둥대는 비 오는 일요일 오후라든가, 친구가 놀러 오지 않는 여름방학의 어느 날 대낮이라든가, 눈 내리는 밤 아랫목 방구들이라든가, 시간이 남아돌아 몸이 배배 뒤틀릴 때, 우리는 책에서 최대한의 즐거움을 끌어내기 위해 창의적으로 궁리합니다. 이 상태를 독서의 초기 설정으로 삼는 사람들이 있습니다. 남의 말 할 것 없이 내가 그렇습니다. 실리콘벨리에는 어릴 적부터 그런 식으로 책을 읽어온 엔지니어가 다수파가 아니었다는 생각이 듭니다.

왜 '책과 눈이 맞는' 것일까?

며칠 전 교고쿠 나쓰히코京極夏彦와 무라카미 류村上龍가 전자책으로만 읽을 수 있는 책을 냈습니다. 컴퓨터로 다운로드하지 않으면 읽을 수 없는 책이라고 대대적으로 선전하면서 앞으로 출판의 상식이 일변할 것이라고 좀 미끼를 던지는 듯한 발언도 했습니다. 하지만 얼마나 팔렸는지 발행 부수는 공개하지 않았지요. 출판업계 사람에게 얼마나 팔렸는지 물어도 모두들 곤혹스러워합니다. 아무래도 많이 팔리지 않았나 봅니다. 보통 신간을 내서 몇 십만 부 팔리면 음악 CD를 붙인다든가 부록을 붙여 출시하는데도 전자책으로 내면 별로 힘을 떨치지 못합니다. 만약 대성공을 이루었다면 전자책으로만 출판물을 계속 냈을 텐데 그런 소식을 못 들었어요. 나는 무라카미 류가 신간을 내면 반드시 사서 읽는 애독자이지만 전자책은 사지 않았습니다. 종이책을 기다렸지요. 그렇게 '구입을 미루는' 독자들의 미묘한 심리를 전자책 추천자들은 얼마나 이해하고 있을까요?

요전에 문예춘추 출판사에서 인세를 입금했다는 통지서를 보냈습니다. 내가 문예춘추에서 낸 책은 전부 전자책으로 나와 있기 때문에 다운로드하면 읽을 수 있습니다. 그런데『푸코, 바르트, 레비스트로스, 라캉 쉽게 읽기寝ながら学べる構造主義』의 전자판 다운로드 수는 '8'이었어요. (웃음) 인세가 '68엔'이니까 봉투에 붙인 우표 값이 더 들었겠지요.

어째서 종이 매체가 더 좋을까요? 아무리 생각해도 전자책이 더 값싸고 가볍고 대량으로 문헌을 갖고 다닐 수 있는 등 좋은 점투성이인데 말입니다. '남은 페이지를 알 수 없다'는 것 말고 또 하나 생각난 이유가 있습니다. 이것도 인간과 책의 만남에 대한 심리와 관련되어 있습니다.

우리는 보통 책방에 가서 책을 삽니다. 인터넷서점인 아마존을 이용하지만 그럴 때는 일단 체크하는 책이 정해져 있습니다. 그렇지만 책방에 가면 그렇지 않지요. 책방 안을 어슬렁거리고 있으면 '책과 눈이 맞는' 일이 있습니다. 저자 이름도 모르고, 내용도 모르고, 서평도 읽지 않는데 '책과 눈이 맞는' 일이 일어납니다. 슬쩍 손에 쥐어보고 페이지를 휘리릭 넘겨보았더니 뜻밖에 그곳에는 자신이 읽고 싶다고 생각한 글이 쓰여 있습니다. 그런 일이 종종 일어납니다.

'책과 눈이 맞는다'는 것은 도대체 어떤 사건일까요?

하나는 책이 내보내는 물질성입니다. 좋은 책에는 좋은 책에만 있는 힘이 있습니다. 작가가 온힘을 다해 글을 쓰고, 편집자가 온힘을 다해 편집하고, 표지 디자이너가 온힘을 다해 표지를 만들고, 영업사원이 온힘을 다해 영업을 하고, 서점 직원이 온힘을 다해 책을 배치합니다. 그런 책에는 책장에 꽂힐 때까지 경유해온 모든 사람들의 '마음'이 담겨 있습니다. '사랑받은 책'이랄까, 사람들의 여망을 안고 최선을 다해 서점에 깔린 책에는 무언가 밖으로 배어나오는 힘이 있습니다. 아우라를 띠는 것입니다.

반대로 글을 쓴 사람도 대충대충 쓰고, 편집자도 목표 달성을 위한 구색 맞추기에 급급하고, 표지 디자이너도 5초 만에 획 갈겨 그리듯 표지를 만들고, 서점 직원이 상자에서 꺼내 후닥닥 책장에 꽂아두었을 뿐인 책에는 아니나 다를까 아우라가 없습니다. 책방 안을 걷고 있으면 그런 것이 느껴집니다. 힘이 있는 책과 힘이 없는 책이 있습니다.

정말 그런 것처럼 얘기했지만 반쯤은 허풍입니다. 틀림없이 책에서 나오는 아우라 같은 것은 있지만, '저 책은 아우라를 띠고 있다'는 것은 나중에 지어낸 이야기입니다.

이 말은 우리가 모두 책과의 숙명적인 만남을 추구하고 있다는 의미입니다. 그리고 책과 숙명적으로 만나기 위해서는 절대적으로 양보할 수 없는 조건이 있는데, 그것은 *우연한 만남*이라는 것입니다.

무슨 일이 있어도 책과는 우연히 만나야 합니다. 친구가 '이것 좀 읽어봐, 정말 마음에 들 거야.' 하고 추천해서 책을 읽으면, 재미는 확실히 있을지 모르지만 '숙명의 책'이 되지는 못합니다. 여름방학 과제로 읽어야 해서 읽은 책도, 찬사 가득한 서평을 받은 책도 안 됩니다. 타인의 평가가 끼어들었으니까요. 그런 것은 우연한 만남이 아닙니다. '내가 어쩌다가 이 책을 집어든 것은 이 책이 내비치는 아우라에 마음이 움직였기 때문이야.' 이런 서사가 성립해야 합니다. 어쩌다가 서점 안을 걷고 있었더니 '책과 눈이 맞았다', 별 생각 없이 집어 들었는데 마침 내가 읽어야 할 것이 쓰여 있었다… 이런 이야기를 우리는 간절히 바라고 있습니다.

물론 이것은 착각입니다. 어떤 책을 읽더라도 우리는 그곳에서 자신이 추구하는 언어를 발견할 수 있기 때문입니다. '토마토소스'를 보고 '토마스·만'을 발견할 수 있을 정도니까 말입니다. 무엇이든 가능합니다. 나도 책을 웬만큼 많이 읽어왔지만 '이 책을 읽었다, 이 말에 감동했다'는 기억이 실은 착각이었던 경우가 셀 수 없을 만큼 많습니다. 나중에 출전을 확인하려고 들추어봤더니 아무리 페이지를 넘겨도 그런 말이 없는 겁니다. 그렇지만 본인은 그 책에서 그런 말을 읽었다고 기억하지요. 그 글을 읽고 감동해서 삶이 바뀌었다고 생각합니다.

이런 일은 이런 대로 좋겠지요. 어디에서 읽었는지 모르거나 어쩌면 아무데서도 읽지 않았을지도 모르는 글 덕분에 내 인생이 풍요로워졌다면 그것으로 좋은 일 아닌가요? 결과만 좋으면 다 좋은 법이니까요. 정말로!

　　'곤약 문답'*은 아니지만 그 어떤 책에서도 우리는 빛나는 예지의 언어를 찾아낼 수 있습니다. 이런 것은 '읽는 사람이 이기는 쪽'입니다. 내가 읽고 감동해 훌륭한 지혜의 책이라고 생각한 것을 다른 사람은 허접스러운 책이라고 생각하는 경우도 자주 있습니다. 조금 생각해보면 '흥, 별것도 아닌 책이군.' 하고 내버린 사람이 머리가 좋아 보입니다. 하지만 책과의 만남이라는 관점에서 말하면 '이긴 쪽'은 나입니다. 타인이 가치를 발견하지 못한 행간에서 빛나는 가치를 찾아낸 것은 나의 리터러시 능력이 그만큼 뛰어났다는 뜻이기 때문입니다.

　　'숙명의 책'이 되려면 오로지 나만이 '다른 사람이 가치를 깨닫지 못한 책'과 만났다는 서사가 필요합니다. 따라서 누군가의 추천이 아니라 자기가 자연스럽게 그 책에 반해버렸다는 서사가 필요합니다. 그러기 위해서는 아무튼 '우연한 만남'이어야 합니다. 우연이 아니면 숙명이 아닙니다.

　　그런데 전자책의 경우에는 제도적으로 '우연한 만남'이 있을 수 없습니다. 그도 그럴 것이 전자책의 최대 이점은 **언제든 어디서든 이**

---

*　　**곤약 문답** 갑자기 주지승이 된 곤약 가게 주인이 지나가는 나그네 중에게 선문답을 받자 듣지도 말하지도 못하는 척한다. 그러자 나그네 중은 묵언수행 중이라고 착각하고 존경을 표한다는 내용이다. 일본의 전통 예능 라쿠고落語의 제목에서 유래했으며, 아귀가 맞지 않는 엉뚱한 문답을 가리킨다.

용자의 주문에 맞추어*on demand* 구입할 수 있다는 점이니까요. 전자책은 '사둘' 필요가 없습니다. 읽고 싶으면 언제라도 살 수 있습니다. 전자책의 경우에는 책을 사서 읽지 않고 쌓아 두는 일이 일어나지 않습니다. 그럴 필요가 없으니까요.

전자책은 '이 책을 읽고 싶다'는 *실수요*에 기초해 비즈니스모델을 설계합니다. 우선 '이 책을 읽고 싶다'는 실수요가 있어야 합니다. 배가 고프다, 뭔가 먹고 싶구나, 단팥빵이 먹고 싶네, 그럼 단팥빵 주세요.─ 이런 과정으로 전자책 판매의 모델은 이루어져 있는 것입니다. 이 책을 읽고 싶으니까 이 책을 달라.─ 이것이 다운로드를 해서 책을 읽는 행위의 본질입니다.

그렇지만 실제로 책이란 그런 식으로 사는 물건이 아닙니다. 반드시 이 책을 읽고 싶어서 구입하는 것이 아니라, 까닭은 모르겠지만 '책의 부름에 이끌려' 책을 사는 것입니다.

독자는 이른바 소비자가 아닙니다. 소비자는 어떤 의미에서 훨씬 더 공격적입니다. 눈을 부릅뜨고 조금이라도 비용 대비 효과가 좋은 상품을 발견하려고 혈안이 됩니다. 그러나 서점을 유유자적 거니는 사람은 그렇게 눈을 부라리고 찾아다니지 않습니다. 훨씬 수동적입니다. 책이 보내오는 '시그널'을 감지하려고 숙명의 만남을 기다리며 센서의 감도를 올리고 있을 뿐입니다. '중국고대사에 대한 책을 사야지.'라든가 '템스 강의 수상 교통에 대한 연구서를 사야지.' 하고 책방에 가는 경우는 목표가 뚜렷한 경우겠지만, 보통 책방에 들어가는 경우는 그렇게까지 목표가 뚜렷하지 않습니다. 이런 책을 사고 싶다는 수요가 책을 사기 이전에 미리 설정되어 있지 않습니다. 우리는 자신이 무엇을 찾고 있는지 모르는 채 읽어야 할 책을 찾습니다. 따라서 책과 만난 순간에야 '아, 난 이 책을 읽고 싶었어!' 하고 사후적이고 소급적으로 욕망이 형성됩니다. '줄곧 이 책을 찾고 있었던 자신'의 이미지가 그 책과 만남으로써 선명해지는 것입니다.

'아직 보지 않은' 척하고 읽는 능력

이것과 관련해 잠깐 소녀만화 이야기를 해보지요. 하하, 걱정 말아요, 제대로 본 주제로 꼭 돌아올 테니까….

얼마 전에 나코시 야스후미名越康文 선생과 만화에 대해 대담을 나눈 적이 있습니다. 그는 만화의 열렬한 애독자heavy reader인데 어쩐지 소녀만화는 읽을 수 없다고 합니다. 싫어하는 듯합니다. 왜 그런지 이유를 물었더니 이렇게 대답했습니다. "소녀만화는 글자가 빼곡하게 쓰여 있어 눈이 어지럽잖아요? 그것에 비하면 소년만화는 단순해요. 말풍선 안의 대사와 쿵쾅쿵쾅 같은 의성어와 의태어밖에 없으니까요."

확실히 그렇습니다. 소녀만화는 대사의 층이 다층적입니다. 실제로 입 밖으로 낸 말이 있고, 마음속으로 생각했지만 입 밖으로 내지 않은 말이 있고, '자신이 마음속으로 생각했다는 것도 모르는 무의식의 말'까지 써넣고 있습니다. 그런 것은 인쇄체 글자가 아니라 손으로 쓴 글씨이기 때문에 말풍선 바깥에 그려져 있습니다.

'자신이 생각했다는 것을 본인조차 깨닫지 못한 언어'까지 그려서 넣는 것이 소녀만화의 특징입니다. 이 발화의 다층성은 소녀만화에 익숙하지 않은 사람에게 장애물입니다.

나코시 야스후미 선생에게 '어떻게 하면 소녀만화를 읽을 수 있을까?'에 대해 설명해드렸습니다. 나는 소녀만화를 아무 문제없이 읽습니다. '글자를 꼼꼼히 읽지 않기' 때문입니다. 한 칸 한 칸을 세세하게 읽지 않고 한눈에 주루룩 훑어버립니다. 후릿그물로 쓰윽 훑는 것처럼 슥슥 읽습니다. 그렇게 하면 '눈에 걸리는' 것은 눈에 걸리고 '눈에 걸리지 않는 것'은 그물눈 틈새를 쏙 빠져나갑니다. 한 칸 속에 있는 그림과 말 하나하나에 서치라이트를 비추듯 들여다보면 피곤합니다.

소녀만화는 숙독해서는 안 됩니다. 스윽 읽어야 합니다. 스윽 하고 반쯤 의식을 내던지고 눈을 게슴츠레 뜨는 대신 반복해서 읽습니다. 그렇게 하지 않으면 소녀만화는 이해할 수 없습니다. 이렇게 설명했더니 그는 "소녀만화는 심오하군요." 하고 대꾸하더군요. 딱히 심오할 것은 없습니다. (웃음) 소녀만화에는 의미를 알 수 없는 기호가 흩어져 있습니다. 그것을 뚫어지게 본들 의미를 알 수 없습니다. 그러나 스르륵 넘어가면서 읽는 동안 의미를 알 수 없는 다른 기호군과 얽히고설켜 점차 의미를 이루어갑니다.

레스토랑을 무대로 삼은 사사키 노리코佐々木倫子의 『Heaven?』이라는 만화가 있습니다. 주인공은 이가 간伊賀観이라는 직원입니다. 말도 못하게 제멋대로인 레스토랑의 여성 오너 구로스 가나코黒須仮名

子에 대한 그의 (본인도 깨닫지 못하는) 연심과 이가 간에 대한 오녀의 (본인도 깨닫지 못하는) 욕망이 서사의 밑바닥에 깔려 있습니다. 반면 스토리에는 그런 것이 전혀 그려져 있지 않습니다. 만화에는 연애감정을 풍기는 대사가 한마디도 나오지 않지요. 그래도 독자는 다 압니다. 왜냐하면 글자 모양이 다르거든요. 이가 간의 내면에는 오녀가 무슨 일을 할 때마다 '입 밖으로 내지 않는 마음속 생각'이 있는데 그것은 손으로 쓴 글씨로 쓰여 있습니다. 그리고 그가 구로스 가나코를 향해 하는 말은 사무적인 전달 말고는 거의 모두 손으로 쓴 글씨로 쓰인 대사, 즉 '실제로는 입 밖으로 내지 못한 말'입니다.

똑같은 말이라도 그것이 인쇄체 글자인지, 손으로 쓴 글자인지에 따라 독자는 해석을 바꿉니다. 객관적 사실에 대한 서술인지, 어떤 굴절을 품은 그늘진 메시지인지, 입 밖으로 내뱉은 말인지, 입 밖으로 내지 못한 탓에 비언어적 형태로 표상될 수밖에 없었던 말인지를 판정해야 합니다. 콘텐츠가 아니라 타이포그래피가 해석의 방식을 지시하고 있습니다. 그러므로 소녀만화는 대사의 의미를 일의적인 차원에서 읽으면 의미를 알 수 없습니다.

'토마토소스' 에피소드에서 '스캔'이라는 말을 했는데 만화의 경우도 그렇습니다. 빠른 속도로 스캔합니다. 만화는 글자 배열 처리보다도 더 빠릅니다. 대개 그림이니까요. 따라서 페이지를 여는 순간 한눈에 두 페이지를 전부 읽을 수 있지요. 전부 읽고 나서 그 요소들을 어떻게 해석할지, 문맥을 먼저 결정합니다. 문맥을 정해놓고 나서 *마치 처음 읽는 척하고* 첫 대목부터 읽습니다.

실제로 그런 복잡한 조작을 다 끝내고 나서 읽는 것입니다. 본인은 그런 것을 자각하지 못하지만요. 생각해보면 알 수 있지 않나요? 거리의 풍경을 본 정도로 '움찔'할 수 있을 만큼 고도의 스캐닝 능력을 갖추고 있는 인간이 좌우 두 페이지, 기껏해야 20칸을 한눈에 스캔하지 못할 리 없습니다. 우리는 만화를 읽을 때 페이지를 펼친 순간에 두 페이지 분량의 모든 칸을 다 읽습니다. 그리고 다 읽은 것을 잊고 마치 처음부터 읽는 것처럼 읽습니다. 네 칸짜리 만화도 보는 순간 네 칸째 반전까지 다 꿰뚫어봅니다. 그것을 '아직 보지 못한' 척하고 반전이 나올 때 웃습니다.

자기가 쓴 글을 나중에 퇴고할 때에도 마찬가지입니다. 써놓은 글이니까 무엇을 썼는지는 다 기억하고 있지만, 그것을 '모르는 척하고' 처음 읽는 마음가짐으로 다시 읽지 않으면 '퇴고'는 불가능합니다. 오자를 찾아내거나 '그러나'를 연속해서 쓴 것을 알아차리기 위해서는 마치 처음 읽는 척하지 않으면 안 됩니다. 우리는 누구나 그런 일이 가능하고, 또 그렇게 하고 있습니다.

글을 쓸 때 우리 대다수는 무의식적으로 무슨 일을 하고 있는지 스스로는 별로 알지 못합니다. 책을 읽을 때 우리는 실제로 읽고 있다고 생각하는 분량의 몇 백 배에 달하는 정보를 입력해 그것을 초고속으로 처리합니다. 그런 작업을 모두 무의식적으로 하고 있습니다. 그런 식으로 '우렁각시'가 먹기 좋게 차려놓은 밥상을 보고, '어머나, 이런 맛있는 밥상이 차려져 있네.' 하고 냠냠 먹는 것입니다. 몽유병 상태에서 지은 밥을 잠에서 깬 자신이 먹는 것이지요. 리터러시의 구조는 이것에 가깝습니다. 내가 흥미를 갖는 것은 '우렁각시'들의 행동에 어떤 법칙성이 있느냐 하는 것입니다.

도대체 그들은 우리가 무의식 상태에 있는 동안 어떤 작업을 어떤 순서로 해나가는 것일까요? 그들은 대량의 정보를 잘게 나누어 우리에게 '먹기 좋은 것'으로 만들어주는 것인데, 거꾸로 말하면 그것은 **우리가 알지 못하는 가운데 대량의 정보를 '이런 것은 먹을 수 없어.' 하고 말하고 버리고 있다**는 것을 의미합니다.

참 곤란한 일입니다. 실제로는 정보 입력이 이루어지지만 어떤 이유로 인해 그것을 배제하고는 '처음부터 없었던 것'으로 치부하는 정보라는 것이 있습니다. 이것은 반드시 있습니다. 그것에 대해 '도대체 어떤 기준으로 없었던 것으로 치부할까?'에 대해서는 알아놓고 싶습니다. 나한테 세계가 나타나는 방식은 내 자신이 무의식적으로 설치해놓은 탓에 '지금 내게 보이고 있는 것처럼 보이는' 것이 되었는데, 그것을 '설치'할 때 무엇을 버리고 무엇을 주워 담는지는 가능하면 알아두고 싶습니다.

이것에 대해 좀 더 생각해봅시다. 최초의 실마리는 아까 '토마토소스'에서 '토마스·만'을 읽어낸 무의식의 작용, 즉 '애너그램'입니다. 다음 주는 '애너그램'에 대해 좀 더 파고들어봅시다. 그럼 다음 주에 만나요.

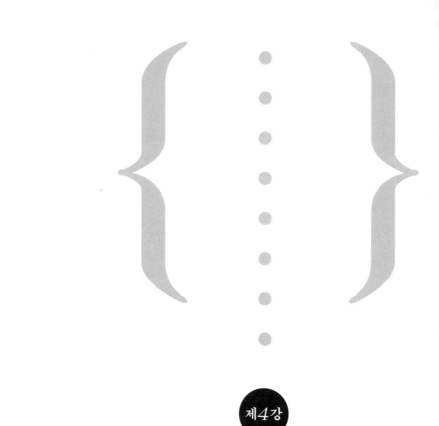

제4강

시인은 자기가 무슨 일을
하는지 알고 있을까?

안녕하세요. 오늘의 제목은 애너그램anagram입니다. 아마 여러분이 별로 못 들어본 말이겠지요. 애너그램이란 '글자 바꿔놓기'를 말합니다. 어떤 단어를 구성하는 글자 요소를 앞뒤로 바꾸어 다른 단어로 읽어내는 것입니다. 지난주에 이야기했지만 **우리는 온갖 시각적인 글자를 입력할 때 애너그램을 작성하고 있습니다.**

하나의 단어가 주어지면 우리는 그것과 똑같은 글자 요소로 이루어진 단어를 모조리 다 목록화합니다. 모조리 다입니다. 물론 글자를 바꾸어버리면 전혀 의미 없는 글자 배열도 나옵니다. 대개는 의미가 없어집니다. 하지만 때로 의미가 있는 글자 배열이 만들어질 때가 있습니다. 그때 우리는 똑같은 글자 요소로 이루어진 두 단어 사이에 숙명적인 연계가 있다는 직감에 사로잡힙니다.

유명한 애너그램을 하나 소개하지요.

'Elvis/lives(엘비스는 살아 있다).'

록 음악의 황제 엘비스 프레슬리는 1977년 사망했습니다. 하지만 지금까지도 엘비스 프레슬리와 만났다고 하는 이야기가 끊이지 않습니다. 공항에서 만났다는 둥, 영화관 화장실에서 만났다는 둥, '엘비스 프레슬리는 아직 살아 있다'는 것은 미국에서도 널리 인구에 회자되는 도시 전설입니다.

유명한 것은 데이비드 린치David Lynch의 영화 〈광란의 사랑Wild at heart〉(1990)입니다. 이 영화에서는 죽은 엘비스 프레슬리가 주인공 니콜라스 케이지에게 삶의 방식을 암시합니다. 쿠엔틴 타란티노가

각본을 쓴 토니 스콧Tony Scott의 〈트루 로맨스True Romance〉(1993)에
서는 주인공 크리스찬 슬레이터Christian Slater에게 인생에 대해 충고
를 해줍니다. 나가세 마사토시永瀨正敏가 나왔던 짐 자무시Jim Jarmusch
의 〈미스테리 트레인Mystery Train〉(1989)에 나오는 에피소드에서도
엘비스 프레슬리의 유령이 등장합니다. 최근에도 돈 카스카렐리Don
Coscarelli 감독의 〈프레슬리 대 미라 남자Bubba Ho-tep〉(2002)라는 영
화가 공개되었습니다. 이 영화는 아직 보지 못했습니다만.

록 스타나 영화배우 가운데 사후에도 이만큼 '아직 살아 있다'고
일컬어지는 사람은 달리 없을 것입니다. '엘비스가 살아 있다'는 말
은 미국인에게 어떤 숙명성을 갖고 있다는 것을 의미합니다. 'Elvis'
와 'lives'는 똑같은 글자 요소로 구성된 애너그램이니까요. '엘비스'
하면 어쩔 수 없이 '살아 있다'로 이어집니다. '엘비스'와 '살아 있다'
는 필연적으로 연관성이 있습니다.

애너그램을 다룬 책도 있지요. 영어 애너그램 중 재미있는 것이
있어서 소개합니다.

'Dormitory(기숙사)'의 애너그램은 매우 잘 구성되었는데, 그것
은 'Dirty Room(더러운 방)'입니다.

'Psychiatrist(정신과 의사)'는 'Sit, chat, pay, sir(앉아, 얘기해, 돈을
내)'랍니다. 대단하지요?

'Southern California(남캘리포니아)'는 'Hot sun, or life in a car(뜨
거운 태양, 또는 차에서 지내는 생활)'입니다.

'Slot machine(슬롯머신)'도 괜찮습니다. 'Cash lost in'em(돈은 그

곳으로 빨려 들어간다).'

표음문자의 문자 배열로 단어가 형성되는 언어권에서는 애너그 램을 지어내기 쉽습니다. 일본어처럼 표의문자와 표음문자가 섞인 혼종 언어에서는 애너그램을 지어내기가 좀 까다롭지요. 그래서 애 너그램의 메커니즘에 대해 별로 진지하게 생각할 기회가 없지만, 이 것은 '글자를 읽는다'고 할 때 인간이 무슨 일을 하는지를 아는 데 매 우 중요한 단서를 제공해줍니다.

소쉬르의 물음 – 애너그램의 시학은 정말 존재할까?

일찍이 본격적으로 애너그램을 연구한 사람이 있습니다. 페르디 낭 드 소쉬르Ferdinand de Saussure, 1857~1913라는 스위스 언어학자입 니다. 그는 20세기 초에 제네바대학에서 '일반언어학 강의'라는 역 사적으로 중요한 강의를 했습니다. 1907년부터 1911년까지 간격을 두고 3학기에 걸쳐 이루어진 이 강의는 현대사상의 패러다임을 바 꾸었습니다. 소쉬르 자신은 강의록을 남기지 않았지만, 그의 사후에 청강생들이 모여 노트를 정리해 강의를 재구축한 것이 『일반언어학 강의』입니다. 나도 대학생 시절에 고개를 처박고 읽었습니다. 하지만 오늘 내가 이야기하는 것은 소쉬르 언어학이 아닙니다. 소쉬르는 줄 곧 애너그램을 연구했습니다.

소쉬르는 인도유럽어족의 대부분 언어에 정통했던 경탄스러운 박식한 학자였습니다. 그러나 그의 학식學殖을 다 동원해도 애너그램에 대한 일반 이론을 세우는 것은 불가능했습니다. 하는 수 없이 애너그램에 대한 이론을 정리하기 위해 우선 가장자리부터 채워나가자는 생각으로 일반적인 언어 현상을 설명할 수 있는 일반언어학 이론을 확정하고, 그것에서 일반 이론으로는 설명할 수 없는 언어 현상인 애너그램 연구로 나아가려고 했습니다. 그러나 그 방향으로 나아가기 전에 세상을 떠났습니다.

소쉬르는 일반언어학 강의를 시작할 때까지 애너그램을 연구했고, 강의가 끝난 다음 다시 애너그램 연구로 돌아왔습니다. 그리고 2년 후에 죽었습니다. 따라서 이것에 대해서도 정리된 저술을 남기지 못했지요. 단편적인 메모만 남겼습니다.

소쉬르는 애너그램 연구의 소재로서 고대 로마 시대의 라틴어 시를 연구했습니다. 로마의 라틴어 시에서는 방대한 애너그램을 찾아낼 수 있습니다. 흔한 것은 '인명'을 둘러싼 애너그램, 즉 '엘비스는 살아 있다'와 같은 종류입니다. 신이나 유명인 이름의 애너그램이 시 속에 반복적으로 들어갑니다.

소쉬르가 인용한 아폴론의 신탁 한 줄을 소개하겠습니다.

Donum *ampl*um victor *a*d mea temp*la* p*o*rtato.

"승리의 새벽에는 내 신전에 많은 공물을 가지고 오너라."

이탤릭체로 쓴 것은 APŌLŎ(아폴론)을 구성하는 소리입니다. 이렇게 짧은 시에 신 이름의 애너그램이 두 번 나옵니다.

루크레티우스Lucretius의 대표작은 『사물의 본성에 관하여De Rerum Natura』라는 시 형식의 저서인데, 그 안에 '비너스'를 찬양한

시가 있습니다. 'Venus'는 라틴어 이름인데 그것의 그리스어 이름인 'Aphrodite'의 애너그램이 13번이나 나옵니다.

소쉬르는 이것을 보고 생각에 빠졌습니다. 확실히 대단한 작업이기는 한데, 과연 시인들은 알고서 이렇게 했을까? 아니면 무의식적으로 했을까?

애너그램은 지극히 효과적인 수사법입니다. 고유명사뿐만 아니라 인물이나 신과 관련 있는 명사와 형용사의 애너그램까지 되풀이해서 나오기 때문에 동일한 음운, 관련 있는 이미지가 그야말로 해안에 파도가 부딪치는 것처럼 계속적으로 귀를 울립니다. 그러나 애너그램을 의식적으로 조작했는지 아닌지는 잘 알 수 없습니다. 틀림없이 시인들은 그 기법을 숙지하고 있습니다. 그럼에도 '애너그램의 시학'이나 '애너그램의 수사법' 같은 문서가 존재하지 않습니다. 소쉬르의 뛰어난 기억력과 박학다식을 총동원해도 애너그램의 시학을 언급한 문서는 이 세상에서 하나도 찾아내지 못했습니다.

그렇다면 애너그램의 시학은 정말 존재했음에도 비밀에 붙여진 것일까요? 그럴 가능성도 없지 않습니다. 움베르토 에코의 『장미의 이름』은 희극을 논했다고 알려진 아리스토텔레스의 『시학』 가운데 잃어버린 단장斷章을 둘러싸고 펼쳐지는 미스터리입니다. 이 작품에 나오는 아리스토텔레스의 희극론과 마찬가지로 애너그램의 시학도 '있지만, 없는' 것이 되어버렸을 가능성에 대해서도 소쉬르는 언급하고 있습니다.

라틴 운율학자가 쓴 것을 특별히 연구한 적이 없기 때문에 그들의 글 안에 리포그램*의 필요성에 대해 어떤 암시가 존재하는지 아닌지에 대해 개인적으로 〔말하는 것은〕 어려운 일이다. 그러한 암시는 한 번도 기록되지 않았기 때문에 라틴 시작법에 종사한 고대의 이론가들은 이 시작법의 기초적이고 초보적인 조건에 대해 언급하는 것을 늘 꺼려했다고 상정해야 한다. 왜 그들은 침묵을 지켰을까? 이 물음은 내가 대답할 수 없는 문제이고, 모든 시인의 주도면밀한 엄수에 직면해….*11*

소쉬르는 이 단장을 의미를 담은 듯한 '…'로 끝내고 있습니다. 몇 세대에 걸쳐 무수한 라틴어 시인이 있었는데도 단 한 사람도 배신자가 나오지 않은 채 비밀이 지켜진 '금기의 시작법'이 정말 존재하는 것일까요? 시작법이 종교에 관한 것이라면 그래도 납득할 수 있습니다. 하지만 완전히 비종교적인 시도 똑같은 시작법에 준거를 두고 있습니다.

애초에 그것 이외의 시작법에 대해서는 공공연하게 숙달하기를 장려했음에도 어째서 애너그램의 시작법에 대해서만 계속 감추어야 할 이유가 있었을까요? 소쉬르는 그 이유를 생각해내지 못했습니다. 그것은 '이 시작법의 기초적이고 초보적인 조건'이 시인 자신에게도 알려지지 않은 채 시를 쓰는 과정 전체를 지배하고 있었을 가능성이 있다는 뜻입니다.

---

* **리포그램** 영어권에서 생각해낸 문장 제작의 제한 규칙으로 어떤 특정한 글자를 사용하지 않고 글을 짓는 것을 말한다.

참으로 흥미로운 주제입니다. 이 주제에 대해 지금부터 내가 하는 이야기는 대개 장 스타로빈스키Jean Starobinski의 『소쉬르의 애너그램』이라는 연구서에서 가져온 것입니다. 이 책에는 놀랄 만한 삽화가 나옵니다. 하나는 토마스 존슨이라는 고전어학자에 관한 에피소드입니다.

토마스 존슨은 1700년 무렵에 케임브리지대학에 있으면서 이튼학교의 라틴어 교과서를 편찬한 인물입니다. 그는 교과서에 그리스어 비문시碑文詩를 실었습니다. 비문시는 각지의 돌 비석에 남긴 그리스 신화의 영웅이나 신들을 찬양하는 시편을 말합니다. 토마스 존슨은 그리스어 비문시를 스스로 라틴어로 번역해 라틴어 교과서에 실었던 것입니다.

2백 년 전부터 영국의 퍼블릭스쿨*에서 사용한 지정 교과서를 읽고 소쉬르는 놀라 자빠졌습니다. 무엇보다 모든 시편에 걸쳐 애너그램이 폭풍처럼 휘젓고 있었으니까요.

어떤 비문시의 경우에는 노래하는 그리스인 이름(헤라그리데스)의 애너그램은 말할 것도 없고, 편자編者인 본인 이름의 애너그램

---

*　　**퍼블릭스쿨** 중세 라틴 문법학교에서 유래한 영국의 사립 중등학교로서 대부분 기숙사 제도를 운영한다. 지역이나 출신 계층의 제한 없이 누구나 평등하게 입학시켰기 때문에 퍼블릭스쿨이라는 명칭이 붙었지만, 차차 상류층 자제를 위한 학교로 바뀜으로써 많은 졸업생이 영국의 지배층을 형성했다.

Thomas Johnsonius, 토마스 존슨을 일부러 라틴어 풍으로 표기한 이름뿐만 아니라 이튼 학교의 지정 교과서에 찍혀 있는 '이튼 학교 납품in usum scholae Etonesis'이라는 애너그램까지 쓰여 있었던 것입니다. 겨우 네 줄, 30 단어에 불과한 비문시 속에 관련자 이름부터 번역자 자신의 이름, 나아가 '이튼 학교 납품'이라는 상투어구의 애너그램까지 꽉 들어차 있었으니 소쉬르의 눈이 휘둥그레지지 않을 수 없었습니다.

도대체 어떤 식으로 토마스 존슨은 이러한 곡예 같은 시 창작을 성취해냈을까요? 토마스 존슨은 2백 년 전 사람이니까 본인에게 물을 수도 없습니다. 그래서 소쉬르는 1909년 이튼 학교의 교장 앞으로 편지를 씁니다. 그리고 그의 라틴어 번역에 또렷하게 나타나 있는 '지극히 현저한 몇몇 성격'이 '라틴어를 쓰기 위한 몇몇 규칙'을 반영하고 있는지를 확인하고 싶다고 부탁합니다. '그 밖의 그의 출판물'과 '상세한 전기적인 사항'에 대해서도 소쉬르는 정보를 달라고 합니다. 편지는 초안만 남아 있을 뿐, 실제로 이튼 학교의 교장에게 도착했는지 여부는 알 수 없습니다. 답장이 있었는지도 알 수 없고요.[12]

소쉬르는 이러한 시작법이 제자에게 은밀하게 전해주는 스승의 비법일 가능성을 살펴보기 위해 동시대의 라틴어 시인에게도 질문을 던졌습니다. 이런 물음은 억지라고 하면 억지스러운 설문입니다. '당신은 비밀의 시작법을 전해 받았습니까?' 이런 질문에 '네, 그럼요.' 하고 대답한다면, 그것은 이미 비밀이 아닐 테니까요.

소쉬르의 시대에는 자유자재로 라틴어의 운문을 지을 수 있는 문인들이 멸종 희귀종이기는 했지만 유럽 각지에 남아 있기는 했습니다. 메이지 시대*의 한시를 술술 지어내는 문인과 비슷한 사정입니다. 소쉬르는 동시대에 남은 얼마 안 되는 라틴어 시의 작자 중 한 사람인 이탈리아의 지오반니 파스콜리에게 1909년에 편지를 보내 다음과 같이 자신의 연구 목적을 솔직하게 밝혔습니다.

> 라틴어 시작법 일반을 연구하기 위해 현대 라틴어 시를 고찰해야 했을 때, 나는 여러 번 다음과 같은 문제가 내 앞에 있다는 것을 깨달았습니다. 그 점에 대해 나는 확실한 대답을 내놓을 수 없었습니다. 그 문제란 즉 현대 시인 몇 명의 시작법을 통해 관찰할 수 있는 몇몇 기술적인 상세한 점입니다. 그것은 순수하게 우연인지요? 아니면 [의도적으로] **요구받은** 것인지요? 의식적으로 적용한 것인지요?*13*(강조는 소쉬르)

파스콜리의 답장은 소쉬르의 불타는 탐구심에 찬물을 끼얹었던 듯합니다. 소쉬르의 두 번째 편지에는 "어떠한 우연의 일치임에 틀림없다고 해두는 것이 타당하겠지요." 하는 낙담한 표현이 남아 있으니까요.*14*

애너그램을 구사하여 라틴어 시를 쓰던 시인들로부터 "내 시에서 애너그램을 찾아낸다고 해도 그것은 우연의 일치일 것입니다." 하

---

*　　**메이지 시대** 왕정복고로 메이지 정부가 수립한 1868년부터 메이지 천황이 통치한 1912년까지를 이른다. 일본제국의 전반기에 해당한다.

는 답장이 있었습니다(그런 것 같습니다). 소쉬르는 이 편지를 받고 어깨가 축 늘어져서는 이를 계기로 애너그램 탐구를 중단해버립니다.

이리하여 소쉬르의 가설은 증명되지 못한 채 끝나고 말았습니다. 그러나 소쉬르의 애너그램 가설은 인간이 어떤 식으로 언어를 조작하고 있는지를 아는 데 사활이 걸린 중요한 아이디어를 함의하고 있다고 생각합니다.

소쉬르는 인간이 언어를 다룰 때 스스로 생각한 것보다 무의식적으로 훨씬 더 많은 작업을 해낸다는 것을 알고 있었습니다. 애너그램은 우리가 생각하는 차원의 수사나 기교가 아닙니다. 그것은 **훨씬 자연적인 것**, 훨씬 무의식적인 것입니다.

발화할 때 발화 주체가 직면하는 '소리의 기회'는 실로 다양합니다. 그중에서 애너그램을 구성하는 소리를 선뜻 선택한다는 것도 어떤 층의 발화 주체에게는 귀찮은 작업이 아니겠지요. 단지 소리의 조합에 대해 조금만 깊게 주의를 기울이면 족합니다. 그렇게 장 스타로빈스키는 추론하고 있습니다.

이 조작jeu은 펜을 쥐는 모든 라틴 사람들이 사고에 형태를 부여할 때 사고가 머릿속에서 솟아올라 그것을 산문이나 운문으로 만들어내려고 하는 그 순간, 아주 일반적으로 동시에 수행하는 것일 수 있었다.[15]

'우렁각시'에 의한 언어의 '사전 준비'

이 사정은 '압운'이라는 문학적 행위 전반에 대해서도 마찬가지입니다. 앞에서 압운을 맞춘다는 것은 '버스를 기다리는' 것과 같다는 이야기를 했습니다. 그것은 중국문학자 요시카와 고지로吉川幸次郎와 영문학자 후쿠하라 린타로福原麟太郎의 왕복 서간 중에 나오는 이야기입니다. 요시카와는 한시의 '미운'*이라는 수사에 대해 이렇게 말합니다.

> 단철의 중국에서는 -an이면 -an, -i라면 -i로 말끝을 똑같이 하는 말, 좀 더 정식으로 말하면 단지 말끝을 똑같이 할 뿐 아니라 사성을 똑같이 하는 말이어야 합니다. 그것이 몇 십 내지 몇 백이 있지요. 이를테면 -an의 평성이라면 山, 殘, 難과 (…) 살짝 떠오르는 것만 해도 端, 蘭, 看, 干, 乾, 寒, 般, 盤, 珊, 丹, 安, 鞍, 官, 閑, 冠, 寬, 環, 灣 등이 생각납니다. (…) 외국인이 보기에는 까다롭게 보이는 시작법을 본국 사람들은 가려는 행선지와 노선이 일치하는 버스를 길모퉁이에서 기다리는 정도로 귀찮다고 느끼게 하지 않을까 말씀드리는 바입니다.[16]

'압운을 맞추는' 작업이 요구하는 수사적 노력은 "가려는 행선지와 노선이 일치하는 버스를 길모퉁이에서 기다리는 것과 비슷한 까

---

* **미운尾韻** 행의 끝에서 보통 이루어지는 압운押韻.

다로움"이라고 합니다. 이 비유는 내게 어쩐지 대단히 다채롭게 느껴집니다. 버스를 길모퉁이에서 기다릴 때는 괜히 될 대로 되라 하는 느낌이잖아요. 버스는 언제 올지 모르겠지만 뭐, 머지않아 오겠지 하잖아요. 마치 이 일에 관해서는 자신에게 별로 결정권이 없어서 수동적으로 있지만 어쩐지 낙관적인 느낌 말입니다. 그것이 한시 짓는 사람이 무의식적으로 무수한 같은 음의 운율을 초고속으로 '스캔'할 때 느끼는 실감에 꽤 가깝지 않을까요?

운동선수가 '존zone에 들어가다'라는 표현이 있습니다. 내가 하는 무도의 세계에서도 '안정 타좌*에 들어가다', '순간적인 명상 상태에 들어가다' 같은 표현을 씁니다. 둘 다 의식이 반쯤 날아간 상태에서 자신의 신체가 '차마 가능하다고는 스스로도 몰랐던 복잡하고 정묘精妙한 동작'을 하는 것을 가리킵니다. 의식적으로 신체를 통제하려고 '주체'가 마구 앞서 나가면 불가능했던 일이 '존에 들어가면' 가능해지는 것, 이것은 어느 정도 집중적으로 신체 기법을 훈련한 적이 있는 사람이라면 누구라도 경험했으리라고 생각합니다.

한시 시인도 라틴어 시인도 시작에 임해서는 아마도 '존'에 들어갑니다. 그때 시인은 자신이 쓰는 텍스트를 통제하는 사람이 아니라 어떤 수동적인 상태에 놓여 '버스가 오기를 기다리는' 사람입니다. '버스'를 운전하는 사람은 시인 자신이 아닙니다. 여기에 있으면

---

*　**타좌打座** 잡념을 조금도 두지 않고 오직 한결같은 마음으로 좌선하는 것을 가리키는 불교 용어 '지관타좌只管打座'에서 온 말로서, '타좌'란 앉는 일, 좌선하는 것을 뜻한다.

언젠가 버스가 온다고 확신하고 있지만 언제 오는지, 어떤 차종인지, 어떤 승객이 탄 버스인지는 모르는 느낌, 그런 것이 아닐까 합니다.

시인이 쓰는 시구의 다음 글자, 또는 다음 음으로 무엇을 선택하면 좋을지 그의 머릿속에서는 초고속으로 스캐닝이 일어나고 있습니다. 초고속 스캐닝의 무의식적인 과정과 그것이 뽑아 올린 말의 심미적 적합성을 음미하는 의식적인 과정은 별개의 차원에 속합니다. 요시카와 고지로는 '초고속 스캐닝'을 '버스'에, '몇몇 제시된 최종 후보 중에 심미적 기준으로 말을 결정하는 사람'을 '버스를 기다리는 사람'으로 비유한 것이라고 생각합니다.

그렇게 생각하면 소쉬르가 파스콜리에게 '애너그램의 시작법'에 대해 비전秘傳이 있느냐고 묻는다고 해도 바보 같은 대답밖에 얻지 못한 이유를 알 수 있습니다. *시인은 자신이 무슨 일을 하는지 알지 못했던 것입니다.*

확실히 주체는 말의 선택을 완전히 통제할 수 없습니다. 누군가 사전 작업을 해주었습니다. 옛날부터 사람들은 그것을 '다이모니온daimonion'이라고 부르거나 '시신詩神, Muse'이라고 부르거나 '영감inspiration'이라고 불러왔습니다. 무엇으로 부르든 상관없지만 이것들은 다 의식적인 주체가 활동하는 경지보다 더 깊은 곳에 있으면서 주체의 활동보다 앞서 언어를 조작하는 *별개의 주체*를 가리킵니다. 애너그램이란 그러한 별개의 주체가 우리가 모르는 언어 생성 과정의 심층에서 이루어내는 작용의 표출이라고 생각합니다. 우리가 모르는 곳에 '우렁각시'가 있고, 우리가 잠들어 있는 밤중에 부엌에서 감자껍질을 벗기거나 양파를 다져두면, 아침에 일어나 금방 크로켓을 튀길 수 있습니다. 우렁각시, 고마워…. 이런 마음이 훈훈해지는 정경을 나는 언제나 머릿속에 그려보고 있습니다만, 여러분은 어떤가요? 이 '우렁각시'에 의한 언어의 '사전 준비' 이야기를 좀 더 이어가보겠습니다.

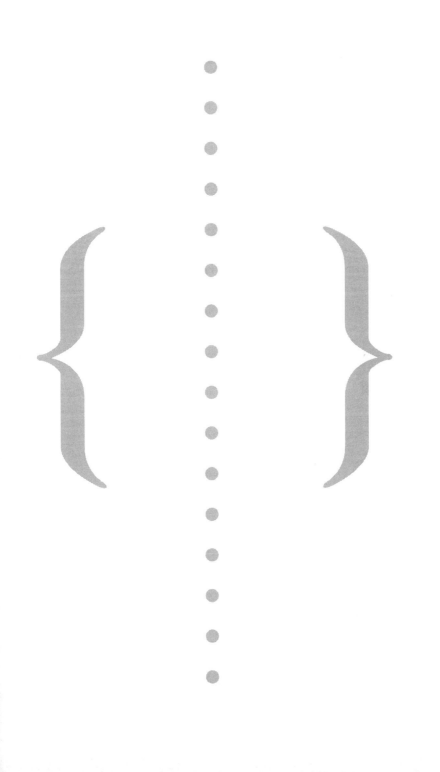

제5강

아직 쓰이지 않은 글이 나를 이끈다

소쉬르는 결국 애너그램의 연구를 미완인 상태로 남기고 세상을 떠났기 때문에 '애너그램의 시학'은 존재하는가라는 물음에 대한 대답은 공중에 붕 떠버렸습니다.

지난주 말했듯 불초 우치다 다쓰루의 가설은 이렇습니다. "인간의 언어 능력은 우리가 상상하는 것보다 훨씬 심오하고 복잡한 일을 믿을 수 없을 만큼 빠른 속도로 해내고 있다." 따라서 토마스 존슨과 지오반니 파스콜리의 시작법은 둘 다 무의식중에 그들이 성취한 위업이었습니다. 그들은 그것을 알지 못한 채 고도로 비밀스러운 수사법을 구사하여 시를 지었습니다.

인간은 그런 일을 해낼 수 있습니다. 스승이 제자에게 비의秘儀를 계승해주지 않아도, 인간은 바닥을 알 수 없는 언어 능력을 갖고 있다고 생각합니다. 그러므로 애너그램이 의식적인 조작인지, 우연한 일인지, 또는 읽는 사람이 멋대로 읽어낸 환상인지 등을 구별하려고 하는 것은 별로 의미가 없다고 봅니다. 의식적인 요소도 있고 우연적인 요소도 얽혀 있고, 읽는 사람의 망상도 섞여 있습니다. 어느 것이든 애너그램을 만드는 것은 어디까지나 인간입니다.

'발화의 주체'인 인간은 간단한 사고 기계가 아니라 다층적인 존재입니다. 각각 벽으로 가로막혀 있는 몇 개의 작은 방이 있고, 그곳에서 동시 평행적으로 언어를 처리하고 있습니다. 어느 방에서 하는 일은 다른 방에서는 알 수 없습니다. 그곳에서 가공한 '반제품'을 다음 방으로 가져가 그것을 가공하고, 또 그것을 다음 방으로 가져갑니다. 그런 작업의 전체가 '쓰다' 또는 '읽다'라는 행위입니다.

우리는 <u>스스로</u> 글을 쓰면서 어째서 이 말을 선택하고 그 밖의 말을 선택하지 않았는지에 대해 <u>스스로</u> 물어도 대답할 수 없습니다. 질문을 던진 방과 말을 선택한 방이 다른 방이기 때문입니다.

여러분이 잘 아는 '퇴고'라는 고사성어가 있지요. 당나라 시인 가도賈島가 '僧推月下門'이 좋을지, '僧敲月下門'이 좋을지, 망설이다가 친구인 한유韓愈에게 물어보았더니 '두드리는 것敲'이 좋지 않겠느냐는 의견을 주었다는 이야기입니다. 그런데 곰곰이 생각하면 '밀다推'와 '두드리다敲' 말고도 '스님은 달 아래 문을 열다開'나 '문을 당기다引'나 '문에 기대다凭'도 괜찮습니다. 선택의 여지는 달리 있었습니다.

우리는 '퇴고'라는 말을 들으면 "시인은 복수의 후보 어휘 중에서 적당한 것을 하나만 선택해야 하는구나, 참 힘들겠다."그밖에 생각하지 못합니다. '복수의 후보 어휘'로 달랑 동사 두 개만 의식했다는 것을 '이상하구나' 하고는 생각하지 않습니다. 실제로는 '달 아래 문' 앞에 놓을 수 있는 동사는 방대한 수(아마도 수백 개)에 이를 것입니다. 둘로 좁혀서 시인이 양자택일로 고민할 때 그 밖의 모든 말에 대한 선택 작업은 *이미* 끝나 있었던 것입니다.

왜 어떤 말은 선택받고 어떤 말은 선택받지 못할까요? 우리가 '다른 방'에서 일어나는 일에 대해 알기 위해서는 이렇게 물을 수밖에 없습니다. "그곳에서는 왜 어떤 일은 일어났는데 다른 일은 일어나지 않았을까?"

언어의 생성 과정을 생각할 때 우리는 '일어나도 좋았는데 일어나지 않았던 것'에 대해 상상해볼 필요가 있습니다. 그리고 '일어나도 좋았는데 일어나지 않았던 것'이 배제당한 이유를 추리해야 합니다. 그것밖에는 '다른 방'에서 글이 생성될 때의 작업 준칙을 알 수 있는 실마리가 없습니다.

나 자신도 글을 쓸 때 같은 뜻의 말이라도 '어쩐지 이쪽이 더 어감이 확실한데…' 하면서 끊임없이 선택 행위를 되풀이합니다. 가까운 곳에 같은 음이 지나치게 반복되면 귀에 거슬리고, 형용사를 두 개 나란히 쓸 때는 글자 수가 같은 것을 선택합니다. 따라서 스스로는 '글에 어울리도록' 생각해서 선택한 말이지만, 사실은 그런 이유로만 그 말을 선택하지 않았다는 것은 경험적으로 알고 있습니다.

내 자신도 깨닫지 못하는 요소가 말의 선택에 관여하고 있다는 것은 압니다. 하지만 그보다 낮은 차원에는 '나 자신도 깨닫지 못하는 요소가 말의 선택에 관여하고 있다'는 것을 *나중에 생각해봐도 알 수 없는* 어떤 작용이 있습니다. 내가 '다른 방'이라든가 '우렁각시'라는 비유를 사용하는 이유는 그런 점을 말합니다. 하지만 그런 식으로 생각하는 사람은 뜻밖에도 소수파입니다. 사람들은 이런 주제에 별로 흥미를 갖지 않습니다.

현재 소쉬르의 사망 이후 그의 애너그램 연구는 관심의 바깥으로 밀려났습니다. 장 스타로빈스키의 연구가 거의 유일한 예외인데, 그것조차도 소쉬르의 유고 노트를 복간하는 것이 주요한 목적이었고, 애너그램 이론을 현대의 언어학적 지식과 결부시켜 심화시키려는 것은 아니었습니다. 내가 읽어본 소쉬르의 연구서는 애너그램 연구에 대해 기껏해야 교사들에게 삽화 정도로 소개할 따름입니다. 적극적으로 그것의 의미를 평가하는 것을 보지 못했습니다(그렇기는커녕 이것을 소쉬르의 '일탈'이나 '광기'라고 처분해버리는 연구자도 적지 않습니다).

먼저 '강한' 키워드가 있다

애너그램 따위는 '언어학적으로 시답지 않은 이야기'라는 입장을 보여주는 전형적인 예로서 조너선 컬러Jonathan Culler의 소쉬르론을 다루어보고자 합니다. 약간 내려다보는 시선으로 그는 애너그램 연구의 의의에 대해 다음과 같이 '합리적인' 해설을 붙여놓았습니다.

> 소쉬르의 이론에 대해 우리는 무엇을 말할 수 있을까? 그것을 정신분석적 조망 안에 놓고, 그는 '무의식적인 글자의 고집'이라고 부를 수 있는 특수한 경우를 발견했다고 말할 수 있을까? 자신이 쓴 것을 다시 읽어보면서 의도하지 않게 하나의 말을 두 개의 다른 의미로 반복하고 있다든지, 똑같은 음의 말을 금세 가까운 곳에서 사용한 경우를 발견하는 일은 우리에게 매우 익숙하기 짝이 없는 경험이다. 그것은 아마도 어떤 키워드가 무의식 속에 잔존해 후속하는 말의 선택을 결정하는 데 도움이 되었다고 설명할 수 있을 것이다.[17]

조녀선 컬러가 애너그램의 예로 든 것은 자주 인용으로 나오는 보들레르의 『파리의 우울』 중 한 행입니다.

Je sentis ma gorge serree par la main terrible de l'hysterie. (나는 히스테리가 섞인 난폭한 손이 내 목을 졸라맨다는 것을 느꼈다.)[18]

sentis(느꼈다)의 'i' 음과 serre('졸라매다'의 수동형)의 's' 음과 terrible(난폭한)의 'teri' 음을 합하면 'isteri'가 됩니다. 이것은 키워 드 hysterie(히스테리)와 같은 음이 됩니다(프랑스어의 h는 묵음입니다).

조녀선 컬러에 따르면 위 시구詩句 도중에 출현한 '이'와 '스'와 '테리'라는 음이 '후속하는 말'인 '이스테리'를 무의식적으로 호출했 다는 말입니다.

음, 어떨까요? 나는 이 설명을 납득할 수 없습니다. 이런 식의 애 너그램 해석은 아무래도 지나치게 단순하다고 생각하기 때문입니다. 본래부터 우리가 진행하는 작문의 과정도 몇몇 단어에 포함된 소리 의 요소를 단순하게 가산해서 만들어진 단어가 다음 단어를 호출하 는 일방적인 것이 아닙니다.

위 시구 중에서도 가장 인상 깊은 말은 물론 '히스테리'입니다. 시인의 머릿속에는 우선 이 강렬한 단어가 떠올랐고, 이것이 시구의 정점, 시적 어감의 핵이 되는 음입니다. 시적인 핵이 발생시키는 강 력한 자력 같은 것에 이끌려 '동족'에 속하는 '키워드의 음 요소를 포 함한 말들'이 줄줄이 모여들었다는 것, 이것이 이 시구를 지을 때 실제로 있었던 시간의 흐름이 아닐까 생각합니다. 우선 '강한' 키워드가 있고, 그 다음에 그것을 소용돌이의 중심으로 삼아 '약한' 말이나 음이 빨려 들어가는 것입니다.

물론 이것은 내 상상입니다. 만약 이 자리에 보들레르 본인을 초대해 직접 해명을 해달라고 한들, 시인 자신도 "글쎄요, 어떻게 했더라? 그 한 행은 번개 치듯 팍 튀어나왔어요. 어떤 말이 맨 처음에 떠올랐느냐고 물은들 그게 참…" 하고 곤란한 표정을 짓지 않을까 합니다.

다만 나도 경험적으로 알고 있는 것은 이렇습니다. 말을 한 올씩 짜나갈 때 어구는 반드시 연대순으로chronologically 현재에서 미래를 향해 배열되지 않습니다. 애너그램이라는 현상이 가르쳐주는 바는 오히려 그 반대입니다.

한마디로 우리가 글을 쓰고 있을 때 '지금 쓰고 있는 글자'가 '이제부터 쓸 글자'를 데려온다기보다는 오히려 '이제부터 쓸 글자'가 '지금 쓰고 있는 글자'를 불러일으키는 것입니다. 말하자면 **멀리 있는 표적을 활로 쏘는 식으로** 말은 줄을 잇는 것입니다.

이러한 목적 지향적으로 사물이 생겨나는 것을 '확률론적stochastic 과정'이라고 부릅니다.

'바늘구멍에 실을 꿰는' 작업을 떠올려보십시오. 이때 '바늘구멍을 향해 실이 움찔움찔 접근하는' 시간적 흐름의 진행에 따라 동작을 수행하려고 하면, 실은 바늘구멍으로 들어가지 않습니다. 우리는 실제로 바느질을 할 때 '바늘구멍을 이미 통과한 실 끝을 손가락으로 붙잡고 한꺼번에 실을 확 당기는 자신'을 먼저 상상하고, 그러한 '미래의 자신'에게 동화되어 '현재의 작업'을 하는 것입니다.

모터사이클을 타고 코너를 돌 때에도 그렇습니다. 핸들을 꺾어 코너에 진입했을 때는 '이미 코너를 빠져나가 가속으로 달리는 자신'을 떠올리고 그것에 상상적으로 '신체를 던져 넣는' 식으로 운전해야 합니다. 코너를 계속 돌고 있는 리얼타임의 자신에게 동화되어 있으면, 모터사이클의 뒷바퀴 타이어는 미끌미끌 미끄러지기 시작해 운이 나쁘면 넘어집니다. 이상한 일이지만 '미래의 어느 시점에 이미 일을 끝낸 자신'이라는 전前미래적인 환상에 동화되지 않으면 '지금 해야 할 일'을 할 수 없습니다. 인간의 신체는 그런 식으로 되어 있습니다. 바늘구멍에 실을 꿰는 것도, 모터사이클의 코너를 돌 때도, '확률론적인 과정'입니다. 높은 정확도를 요구하는 일은 대개 그렇습니다. 따라서 나는 언어를 사용하는 과정도 확률론적이라고 생각합니다.

키워드가 **먼저** 있지만, 그것은 **아직** 쓰이지 않았습니다. 그것은 '아직 실을 꿰지 않은 바늘구멍'이나 '아직 빠져나가지 않은 코너'와 비슷한 종류입니다. 그것은 '아직 현재가 된 적이 없음'에도 전미래적인 방식으로는 '끝난 일'이 되어 있습니다.

그것은 '시인의 머릿속에 생각으로서는 있지만 아직 종이에 쓰이지 않았다'는 뜻이 아닙니다. 시인 자신도 아직 자신이 무엇을 쓸 것인지 알지 못합니다. 그러나 확률론적인 과정의 '대상'으로서 그것은 이미 글 쓰는 과정을 끝내고 있습니다. 따라서 "아직 쓰이지 않은 말에 유인이라도 당하듯 그것에 관련성이 깊은 글자나 음운이 선택받는" 일이 일어납니다. 이런 일이 일어나는 것이 당연하다고 생각합니다.

'확률론적'인 것은 지향적인 미래에 있습니다. 그것은 아직 실현되지 않았습니다. 아직 '대상'으로서 의식하지 못하고 있습니다. 그것에 '화살'이 적중함으로써 사후적으로 '그곳에 대상이 있었다'는 것을 알 수 있는 식으로 '대상'은 존립하고 있습니다. 그렇게 역동적인 방식으로 '확률론적'인 것은 구조화되어 있습니다.

좀 어려운 이야기지요? 미안합니다.

아마도 우리가 일상적으로 쓰는 글에도 구성된 음운을 자세하게 살펴보면, 애너그램을 구성하는 음이 키워드 주변에 집중적으로 흩어져 있는 현상이 드러날 것이라고 생각합니다. 시간이 있는 사람은 조사해보십시오. 분명히 재미있는 것을 발견할 겁니다.

소쉬르가 애너그램 연구로 나아간 까닭은 역동적인 언어생성 과정을 직감했기 때문일 것입니다. 복수의 차원에서 각각 기능을 달리하는 복수의 언어주체가 언어의 생성에 관여하고 있습니다. 인간의 의식은 그중 지극히 일부만 통제할 수 있을 뿐입니다.

그것은 어느 방향에서 보면 언어의 운용이라는 측면에서 인간이 얼마나 부자유스러운가, 얼마나 주체적이지 못한가 하는 '인간의 한계'를 나타내는 것이고, 다른 방향에서 보면 의식하지 않은 상태로 고성능의 언어 생성 기계를 구사하는 '인간의 바닥 모를 깊이'를 입증하는 것이기도 합니다. 한계와 바닥을 알 수 없음, 그것을 동시에 보여주는 특권적 현상이 애너그램입니다. 소쉬르는 이런 식으로 생각하지 않았을까요?

 언어와 관계를 맺을 때 인간은 자유로운 동시에 제약을 받습니다. 이 양의적인 양상을 집중적으로 연구한 소쉬르의 계승자가 있습니다. 롤랑 바르트Roland Barthes입니다. 다음 주에는 롤랑 바르트의 '에크리튀르' 이론을 소개하고, 애너그램이 전면적으로 제기한 물음을 좀 더 심화시켜보려고 합니다. 그럼 내주에 만나요.

제6강

세계문학, 하루키는 되고 료타로는 안 되는 이유

어제 "무라카미 하루키와 한신간* 문화"라는 강연을 했습니다. 무라카미 하루키는 고로엔香櫨園에 있는 초등학교를 나왔고 아시야芦屋에서 자랐습니다. 세이도精道 중학교를 나와 고베神戸 고등학교, 그후 와세다에 들어가 도쿄로 떠날 때까지 한신간 사람이었습니다. 맨 처음에는 "무라카미 하루키와 니시노미야西宮"라는 주제로 이야기해 달라는 의뢰를 받았지만, 아무리 생각해도 마땅하게 할 말이 없었기 때문에 "무라카미 하루키와 한신간"으로 바꾸었습니다.

아무런 준비 없이 달려갔습니다. 아무것도 생각해둔 것이 없는데도 연단에 오르니까 이런저런 생각이 마구 솟아올라 뜻하지 않게 재미있게 이야기를 풀어냈습니다. 그때 떠오른 이야기 중 하나를 아까 중등부와 고등부에서 하고 왔습니다. 국어 특강이라는 수업에서 『일본변경론日本邊境論』을 읽어온 학생들과 이 책에 대해 질의응답을 나누었는데, 고등학교 3학년 여학생과 좀 티격태격했습니다. 재미 있었어요.

그때 왜 무라카미 하루키는 세계 각국의 언어로 번역이 나오고 있는데, 시바 료타로司馬遼太郎는 번역이 나오지 않느냐는 질문이 나왔습니다. 그러고 보면 『일본변경론』에서는 그 이유까지 서술하지

---

*   **한신간阪神間** 일본 오사카부府의 부청 소재지인 오사카시大阪市와 효고현兵庫県 남동부에 위치하면서 현청 소재지인 고베시神戸市 사이에 있는 지역.

는 않았지요.

시바 료타로는 일본을 대표하는 국민작가입니다. 외국 사람이 일본의 가치관이나 미의식, 조직이나 권력 구조를 알고자 한다면 시바 료타로를 읽는 것이 제일 좋습니다. 『료마가 간다竜馬がゆく』나 『타올라라 검燃えよ剣』이나 『언덕 위의 구름坂の上の雲』을 읽으면 일본인이 무슨 생각을 하는지, 무엇을 느끼는지 알 수 있습니다. 일본인을 알고 싶고 연구하고 싶은 사람이 있다면, 시바 료타로, 후지사와 슈헤이藤沢周平, 야마모토 슈고로山本周五郎를 읽는 것이 가장 효율적이라고 생각합니다. 하지만 이런 계열의 작품은 왜 번역이 없을까요?

마침 현재 시바 료타로의 『언덕 위의 구름』을 영어로 번역하는 프로젝트를 진행하고 있는데, 그렇다고 『언덕 위의 구름』의 영어판이 팔릴 것인지는 회의적입니다. 아마도 번역을 해도 그리 매상을 올리지는 못하겠지요. 일본에서 내면 100만 부 팔리겠지만 미국에서는 수천 부 정도밖에 주문이 오지 않겠지요.

『언덕 위의 구름』의 재미는 일본인이 아니면 알 수 없을 겁니다. 도쿠가와德川 3백 년의 태평성대가 끝나고 갑자기 식민지를 삼으려는 구미열강의 위협에 직면한 일본인이 봉건제도를 거칠게 붕괴시키고 급속한 근대화를 이루어냅니다. 그리고 메이지유신 후 겨우 40년 만에 세계 최강으로 불리던 러시아의 육군과 세계 제2위의 해군을 상대로 전쟁에 승리합니다.

이 이야기는 극동의 가난하고 힘없는 농업국이 가련할 만큼 근대화의 노력을 기울여 거대한 제국주의 국가를 무찔렀다는 극적인 전환이 있기 때문에 스릴이 넘칩니다. 이길 리 없는 전쟁에 이겼기에 가슴이 콩닥콩닥합니다. 하지만 외국 사람이라면 『언덕 위의 구름』을 필시 자랑거리로 읽어버리겠지요. "우리는 이렇게 근대화의 노력을 성취해 결국 전쟁에 승리했다. 일본인은 위대하단 말이다. 아하하." 전승국의 이러한 메시지를 읽어낼 것입니다. 독자는 '그래서 뭐? 어쩌라고?' 하는 느낌이 들겠지요. 내가 만약 표준적인 일본사에 대한 지식밖에 없는 미국인으로서 『언덕 위의 구름』을 읽었다면 도중에 싫증이 나서 '아이고, 됐다, 길기도 하군.' 하고 불평을 했을지도 모릅니다. 끝까지 다 읽더라도 별다른 감동을 느끼지는 못하겠지요.

일본인 독자는 그런 독서 감상이 있으리라고는 상상하지 못합니다. 일본인은 '러시아와 전쟁을 벌여 이길 리 없다'는 비관적 심정을 떠안고 절망감을 '품은' 상태에서 그 책을 읽기 때문입니다. 그래서 압도적인 비하인드* 상태를 극복해나간 메이지 시대의 선조들이 이루어낸 업적에 경탄하는 것입니다. "우리 선조들이 애를 많이 썼겠구나. 전쟁에 지면 모든 것을 잃을지도 모르는 벼랑 끝에 서 있었으니까. 얼마나 심한 고초를 겪었을까?" 이렇게 생각하면 가슴이 메어집니다. 그것은 자신들의 약함, 가난함 후진성을 뼛속 깊이 실감하기 때문입니다. 이것은 '인사이더'가 아니면 알 수 없습니다.

일본인, 아니 어느 나라의 국민이라도 그렇겠지만 자기들이 숙

---

* **비하인드behind** 스포츠 경기에서, 자신이 속한 편이 상대편에게 지고 있는 경우. 전하여 남보다 뒤처져 있는 상태를 말함.

지하고 있는 자기 자신의 가난함, 연약함, 취약함에 대해서는 별로 이야기하지 않습니다. 필요가 없으니까요. 모두들 알고 있는 것은 초들어 말하지 않습니다. 그러나 '굳이 입 밖으로 말하지 않은 상식'을 공유하지 않는 독자에게는 서사적 감동이 전해지지 않습니다.

문학을 '내향'과 '외향'으로 나누는 것은 별 의미 없는 구분이지만, 굳이 나눈다면 시바 료타로의 문학은 '내향'입니다. 그것은 시바 료타로가 일본인만 알 수 있는 이야기를 글로 썼다는 말이 아닙니다. 알기 쉽고 명료하고 논리적인 글이기 때문에 영어로 번역해도 읽기 쉬운 글일 것입니다. 그럼에도 어딘가 외국인 독자에 대해서는 '문이 닫혀 있는' 느낌입니다. 그것은 시바 료타로가 결국 '우리 편 이야기'를 쓰기 때문입니다. 우리 편은 욕할 수 없습니다. 우리 편의 수치는 겉으로 드러낼 수 없습니다. 그런 억제가 작동합니다. 프랑스인이나 영국인 작가가 자국의 역사를 쓸 때에는 동포를 한데 묶어 껴안으려고 하지 않습니다. 나쁜 놈은 자국민이라도 나쁜 놈이고 비열한 놈은 동향 사람이라도 비열한 놈입니다. 그러나 시바 료타로는 그렇지 않습니다. 그는 정말로 비열한 인간에 대해서는 쓰지 않습니다. 쓸 수 없습니다. 품에 껴안을 수 있는 동포, 좌절과 비극에 대해 눈물 흘릴 수 있는 동포에 대해서만 글을 쓸 수 있습니다. 잘 알려진 일인데, 시바 료타로는 노몬한 사건*에 대해 글을 쓰려고 방대한 자료를 섭렵하고 생존 군인들도 인터뷰했습니다만 결국 글을 쓸 수 없었습니다. 그것은 노몬한 사건에 관여한 군인들 중에 그가 공감할 수 있는 인물이 한 사람도 없었기 때문이라는 증언을 읽은 기억이 있습니다.

시바 료타로의 문학은 **일본인을 위한 것**입니다. 일본인을 보듬어 안고 혼내고 격려하고 이끌어줍니다. 국민을 상대로 쓰는 글입니다. 물론 훌륭한 스케일의 기획이라고 생각합니다. 그러나 외국인 독자는 '자기의 독자로 상정하지 않는' 것을 막연하게나마 눈치 챌 수 있습니다.

전후문학에 대해서도 똑같이 말할 수 있다고 봅니다. 어떤 작가의 작품을 영어로 번역하고 어떤 작가의 작품을 영어로 번역하지 않는가를 조사해본 적이 있습니다. 지금은 아마존에서 간단하게 유럽 언어에 의한 번역의 유무를 알 수 있습니다. 전후세대로는 요시유키 준노스케吉行淳之介, 야스오카 쇼타로安岡章太郎, 쇼노 준조庄野潤三, 엔도 슈사쿠遠藤周作, 시마오 도시오島尾敏雄 같은 지극히 순도 높은 문학작품을 쓴 작가들이 있는데, 그들의 작품은 영역도, 불역도, 독역도 거의 없습니다. 뛰어난 문학적 성취임에도 번역이 나와 있지 않습니다. 요시모토 다카아키吉本隆明도, 에토 준江藤淳도 마찬가지입니다.

이 세대의 공통 조건은 패전입니다.

전쟁에 패했고 모든 것을 잃었다, 자부심도 잃었다, 심신이 다 상처 입었다, 가정도 가족도 친구도 잃었다, 자기 자신도 전쟁터에서 사

---

* **노몬한 사건** 1939년 만주와 몽골의 국경지대인 노몬한에서 일본군과 몽골군·소련군 사이에 벌어진 대규모 충돌 사건. 이 분쟁으로 인해 일본군은 전멸에 가까울 정도로 대패했고, 일본 군부는 일본군 근대화의 필요성을 절감하고 그동안 주장해온 대對소 개전론을 포기하고 남진론으로 궤도를 수정했다.

람을 죽였다, 굶주렸다, 동료를 내버렸다, 동포를 먹었다 등등…. 그들은 이토록 처참한 경험을 해왔지만 어떻게든 살아남아 종전을 맞이했고, 그 후 전후사회를 살아갔습니다. 전후문학은 전쟁에 살아남은 보통 샐러리맨, 보통 저널리스트, 보통 작가 등의 전후 생활을 묘사했습니다. 회사에 다니고, 학교에서 가르치고, 미국의 건축 잡지에 있는 모던한 주택을 지었더니 비가 샜고, 아내가 미국인과 불륜을 저질렀다는 이야기를 썼습니다. 이것은 특정 세대의 일본인이 읽으면 만감이 교차하는 이야기입니다.

소중한 것을 깡그리 다 잃어버리고 나서 다시 한 번 평범한 일상생활을 구축하려고 보통 샐러리맨이 되어 묵묵히 출근한다는 것, 그것은 전쟁터에서 돌아온 사람들이 필사적으로 이루어낸 성취입니다. 방금 전까지 서로를 죽였던 사람들이 마치 전쟁 따위는 없었던 일인 것처럼 태연한 얼굴로 살아갑니다. 마음속에 떠올리고 싶지도 않고 누군가에게 이야기할 수도 없는 트라우마의 경험을 가슴속에 꽁꽁 숨겨둔 채 어떻게든 나날의 살림을 꾸리고, 부부싸움을 하고, 아이들을 키우고, 집을 짓고, 불륜을 저지릅니다. 그러나 때때로 불현듯 마음이 횅해질 때 갈라진 틈으로 트라우마의 경험 조각이 엿보일 때가 있습니다. 그러면 다리에 힘이 풀리고 숨이 막히는 것 같습니다. 아는 사람은 압니다. 수면 위에 고개를 내민 것이 눈속임에 날림 공사일수록, 샐러리맨 생활이 공허할수록, 가정생활이나 부부관계가 얄팍할수록, 범용하고 따분한 시민적 생활이 필사적으로 억누르고 있는 비일상성이 두드러집니다. 그러한 대비적 느낌을 공유할 수 없는 독자에게는 그런 작품이 왜 좋은지 알 수 없습니다. 따라서 외국어로 번역하는 데 저항감이 작용합니다. 그런 생각이 듭니다.

왜 요시모토 다카아키는 서양언어로 번역이 안 될까?

번역이 나오는 것과 나오지 않는 것의 차이는 어디에 있을까요? 어떻게 생각하든 작품의 질과는 상관없습니다. 이렇게 훌륭한 작품을 왜 번역하지 않을까 의아스러운 것이 몇 작품 있습니다. 이를테면 요시모토 다카아키가 그렇습니다. 그가 쓴 것은 유럽 언어에 의한 번역이 하나도 없습니다. 그는 전후 일본의 사상을 이야기할 때 빼놓을 수 없는 중요한 작업을 남긴 사람입니다. 그런 사람의 서적을 하나도 외국어로 번역하지 않았다는 것을 알고 나는 몹시 놀랐습니다. 이전에 프랑스어로 옮겨서 낸 『공동환상론共同幻想論』이 있기는 있었는데 아마도 개인적으로 번역 출간해 배포하는 데 그친 듯합니다.

일본정치사상사의 연구가 중에 마루야마 마사오丸山眞男가 있습니다. 그는 일본의 군국주의 이데올로기를 논의했습니다. 일본은 왜 전쟁을 선택했는가? 대일본제국의 전쟁 지도부는 왜 그토록 무능했는가? 왜 제국은 와해되었는가? 그는 이런 점에 대해 지극히 냉철하게 분석했습니다. 요시모토 다카아키와 마루야마 마사오는 연구대상도 비슷하고 시원스레 읽어나가면 결론도 거의 비슷해 보입니다. 그런데 요시모토 다카아키의 번역은 하나도 없는데 마루야마 마사오의 주요 저서는 거의 영역판이 나와 있습니다. 무엇이 다를까요?

문체만 비교해보면 요시모토 다카아키의 글이 훨씬 읽기 쉽습니다. 그는 시인이기도 하니까요. 글이 꼿꼿이 서 있습니다. 마루야마 마사오는 도쿄대학 법학부 정치학 선생이기 때문에 문학적인 문장을 쓰지 않았습니다. 명문가도 아닙니다. 그런데도 영어로 번역본이 나와 있으니까 일본 사상을 연구하는 외국인은 요시모토 다카아키가 아니라 마루야마 마사오를 읽습니다.

마루야마 마사오는 군국주의를 싫어해 전시 때부터 줄곧 비판을 늦추지 않았습니다. 이런 구질구질한 체제는 팍삭 부서지는 것이 좋다고 마음속으로 생각했지요. 도쿄대학의 조교수였을 때 이등병으로 징벌적인 소집을 당한 그는 전선으로 끌려가 그곳에서 고참병들에게 무지막지한 기합에 시달려야 했습니다. 그래서 전쟁이 끝나고 전쟁 시스템이 폭삭 주저앉았을 때 속이 후련했을 것입니다. 이런 나라는 망하는 것이 당연하다고 말입니다. 그의 『초국가주의의 논리와 심리超國家主義の論理と心理』는 왜 일본제국이 붕괴했는지를 선명하고도 비정하게 폭로하고 있습니다.

그러나 요시모토 다카아키는 다릅니다. 그는 군국소년이었습니다. 황국의 대의를 굳게 믿고 조국을 위해 스무 살까지는 죽겠다는 각오를 다졌습니다. 그랬는데 어느 날 갑자기 모든 것이 송두리째 엎어져버렸습니다. 어제까지 성전 관철聖戰貫徹이라는 깃발을 휘두르던 어른들이 '민주주의 세상이 되었다'고 외치기 시작했습니다.

무슨 일이 일어났는지 해명하려는 의욕의 강도로 보면 요시모토 다카아키와 마루야마 마사오는 별반 다르지 않습니다. 다만 전쟁에

졌다는 사태에 대해 요시모토 다카아키는 '한마디'로 말할 수 없다는 점이 다릅니다. 마루야마 마사오는 대일본제국에 주관적으로 '빚'을 받아낼 일밖에 없었습니다. 그의 전후 작업은 빼앗긴 만큼 돌려받는 것이었습니다. 그러나 요시모토 다카아키는 그렇지 않았습니다. 그의 몸 '반쪽'이 전시체제에 남아 있습니다. 소년 시절 자체가 대일본제국에 '인질'로 잡혀 있지만 그 족쇄를 끊어낼 수 없습니다. 끊어내면 피를 흘리며 죽어버릴 테니까요. 그는 자신을 구원하고 싶었습니다. 군국소년으로 보낸 소년 시절 가운데 '구제할 만한 것'을 추려서 전후로 넘겨주고 싶다고 생각했습니다.

전쟁 이전의 자기 자신을 형성한 것 중에 '이것만은 믿을 수 있다'는 것만 도려내어 살려내고 싶은 마음이 절실했습니다. 이것이 요시모토 다카아키와 동세대 사람들이 지닌 특징입니다. 그들보다 더 나이 든 사람들, 또는 전쟁에 나가지 않았던 사람들, '이긴 전쟁'을 원체험으로 갖고 있는 세대는 그렇게까지 애달프지 않습니다. 간판만 바꾸어 달면 비교적 전후 일본에 적응할 수 있었습니다. 그러나 요시모토 다카아키나 에토 준은 간판만 바꾸어 달 수 없었습니다. 소년 시절 끄트머리에 패전을 맞이한 세대에게는 소년 시절 말고는 '자기 인생'이 없기 때문입니다. 그것을 부정하라고 한들 부정할 수 있을 리 만무합니다. 소년 시절의 생생한 감수성으로 살아가던 전쟁의 나날을 어떻게 전후로 이어갈 수 있을까? 이것이 이 세대의 고유한 사상적 과제였습니다. 이 문제가 결국 그들에게 사상적 순도純度와 성숙을 가져다줍니다. 그렇지만 에토 준이나 요시모토 다카아키의 서적의 외국어 번역은 없습니다. 필시 외국 독자는 의미를 잘 이해할 수 없을 테니까요. 도대체 그토록 필사적으로 무엇에 매달렸는지, 바깥에서 바라보면 알 수 없습니다.

요시모토 다카아키와 에토 준은 소년 시절을 '격리 병동'에서 보내다가 퇴원한 아이들 같습니다. 되돌아보니 병동 건물은 '잘못된 제도였다'는 이유로 부서지고 그 자리는 황량해졌습니다. 이 소년들은 병동에서 지낸 기억밖에 없습니다. 그곳에서 사계절의 변화를 느끼고, 사상적 틀을 형성하고, 감수성을 길렀습니다. 기쁨도 슬픔도 분노도 병동에서 경험했습니다. 그런데 느닷없이 '그곳은 잘못되었다'는 이유로 부서졌습니다. 소년들은 "그래도 그곳에 '진실한 무언가'가 있었을 것"이라고 이의를 제기하고 싶습니다. 더 이상 존재하지 않는 것, 사람들이 '잘못되었다'고 힐난하며 파괴하라고 동의한 것 가운데 자신의 생생한 원점이 있기 때문입니다. 선행 세대도, 후속 세대도, 그들의 작업이 얼마나 절박한지 알아주지 않습니다. 그렇다면 스스로 해나갈 수밖에 없다는 고립감과 자부심이 이 세대의 특징을 이루고 있습니다.

이해하기 힘든 이야기지요? 미안합니다. 어쨌든 전쟁에 패배했다는 사실로 인해 일본인의 글쓰기에 어쩔 수 없는 '이해하기 어려움'이 각인되고 말았다는 것은 부정할 수 없습니다. 글쓰기의 핵심에 '트라우마'가 놓여 있는 것입니다.

트라우마는 '적절하게 언어화할 수 없다'는 무능력 자체가 인격의 근원적인 부분으로 자리 잡는 경험을 말합니다. 트라우마를 언어화할 수 있는 사람은 '트라우마를 끌어안은 사람'과는 이미 **다른 사람**입니다. 치료의 측면에서는 그것으로 족합니다. 그러나 과거의 '트라우마를 끌어안은 사람'은 이른바 병렬하는 '다원 우주' 가운데 어딘가 다른 우주에 내던져져 그곳에서 영원히 치유되지 않는 트라우마 때문에 고통 받고 있습니다.

헐리웃 영화에는 '다중 인격 스릴러'가 다수 있습니다. 거기에 나오는 사람들은 실은 전부 동일한 사람입니다. 그 사람의 다양한 다중 인격적 측면이 해리解離되어 개인의 모습으로 등장합니다. 치료 과정에서는 인격을 하나로 통합하기 위해 다른 인격을 '죽이는' 일이 필요합니다. 영화에서는 수미일관 '정상적인 인격'이 아닌 기괴한 인격을 전부 정리하고 해피엔드를 맞이하는 곳에서 '최악'의 인격이 땅속이나 거울에서 툭 튀어나와 '정상적인 인격'의 목을 조르거나 도끼로 내려침으로써 갑자기 컷아웃*으로 끝나는 방식이 정형적입니다. 이는 '트라우마 치유'가 지닌 본질적인 폭력성과 무력함을 교묘하게 풀어내고 있다고 생각합니다.

'지금의 나'로 통합할 수 없는 인격적 요소는 '요괴'가 되어 회귀합니다. 프랑스어로는 유령을 '돌아온 것revenant'이라고 말하는데 정말 그렇습니다. 그리고 요시모토 다카아키 등이 하려고 한 일은 '트라우마를 치유하여 다른 사람이 되는 것'이 아니라(그렇다면 '유령'은

---

*   **컷아웃** 영상 또는 음성을 갑자기 끄는 일.

영원히 회귀해 돌아옵니다) '트라우마을 끌어안은 사람=대일본제국에 몸의 반쪽을 남겨둔 소년'을 통째로 받아들일 수 있는, 새롭고 광활한 문맥을 만들어내는 것이었습니다. 그런데 이렇게 설명할수록 점점 더 어려워지네요. 흐음….

다니자키 준이치로를 통해 보는 세계문학에 필요한 능력

이런 이야기로 흘러온 출발점은 "무라카미 하루키와 한신간 문화" 강연이었습니다. 한신간 문화를 대표하는 문인이 두 사람 있습니다. 한 사람은 무라카미 하루키이고, 또 한 사람은 다니자키 준이치로谷崎潤一郎입니다. 아시야에 다니자키 준이치로 기념관이 있습니다. 아마도 아시야시에서는 '무라카미 하루키 기념관'을 세우자는 프로젝트가 진행 중이라고 짐작이 갑니다만, 무라카미 하루키 자신은 그런 일을 아주 싫어하는 타입이기 때문에 필시 "무슨 일이 있어도 아시야시에 무라카미 하루키 문학 기념관을 세우는 것을 허락해서는 안 된다"는 유언을 남기지 않을까 상상해봅니다. 왜 다니자키 준이치로는 YES인데 무라카미 하루키는 NO일까요? 이것은 상당히 흥미로운 주제입니다.

왜냐하면 다니자키 준이치로와 무라카미 하루키의 공통점은 두 사람 다 아시야에 산 적이 있다는 것이 아니라 둘 다 외국어 번역이 많이 있다는 것이기 때문입니다. 한신간을 대표하는 두 작가의 주요 저작은 거의 외국어 번역본이 나와 있습니다.

『세설細雪』의 번역판이 있습니다. 『세설』 같은 것은 아시아의 부르주아 네 자매가 '슬슬 결혼해야 하지 않을까? 아이 싫어.' 하면서 꽃구경을 간다든지, 산노미야三宮로 밥을 먹으러 간다든지 하는 이야기만 꿰어나가는 소설입니다. 도중에 수해가 나거나 신분 차이가 나는 연애를 하거나 살짝 가슴이 두근거리는 전개도 있지만, 기본적으로는 꽃구경을 가거나 단풍놀이를 가거나 초밥을 먹거나 와인을 마시는 것뿐입니다. 그런데 그것이 영어로도 프랑스어로도 옮겨져 있습니다. '다니자키 준이치로의 『세설』이 최고야.' 하는 프랑스인이 있습니다. 어째서? 왜 그런데? 하고 묻고 싶지요? 『료마가 간다』가 훨씬 더 재미있는데? 『세설』이야 1920년대 한신간의 부르주아 생활을 모르는 사람에게는 뜻을 모르지 않겠느냐고 생각하겠지요. 그렇지만 이 작품이 '세계문학'입니다.

예전에 프랑스의 지방도시를 이리저리 돌아다녔을 때 뭔가 읽을거리를 찾으려고 책방을 들어갔더니 다니자키 준이치로의 『그늘에 대하여陰翳禮讚』의 프랑스어 번역이 있는 것을 보고 깜짝 놀란 적이 있습니다. 『그늘에 대하여』는 다니자키 준이치로가 일본의 전통문화가 훌륭하다는 것을 맥없이 줄줄 늘어놓은 책입니다. 일본 가옥의 미닫이가 좋다든가, 뒷간에서 바라보는 풍경이 좋다든가, 시마바라島原의 유곽 방에서 촛불 아래 어슴푸레한 칠기 바닥에 국물이 말라붙어 있는 것이 좋다든가 등등…. 이런 이야기를 외국인이 읽고 과연 재미있다고 생각할까 의문입니다만, 그것이 이 책의 재미입니다. 프랑스어로 읽으면 말이지요. 『세설』도 『그늘에 대하여』도 프랑스어로 읽으면 일본어로 읽는 것과 마찬가지로 재미있습니다. 신기하지요?

왜 그런가 하면, 다니자키 준이치로가 한신간 문화의 아웃사이더이기 때문이라고 생각합니다. 그는 니혼바시日本橋 가키가라초蛎殻町에서 태어난 도쿄 시티보이인데 간토대지진이 일어나자 간사이關西로 옵니다. 그곳에서 친해진 마쓰코松子 씨 자매를 모델로 『세설』의 마키오카蒔岡 집안 네 자매를 묘사했습니다. 소설에 나오는 자매의 대화는 당시 센바*의 언어입니다. 그는 도쿄 토박이이기 때문에 입말은 전부 마쓰코 씨가 교열했습니다. 완벽하고 가슴이 울렁거릴 만큼 아름다운 센바 언어로 이야기하는 쇼와** 초기의 한신간 홈드라마, 그것을 도쿄 사람이 썼습니다. 그 거리감이 아마도 『세설』의 세계적인 성격을 형성하지 않았을까 생각합니다.

도쿄 사람이 간사이에 와서 '여기 참 예쁘네, 이것 참 맛있네.' 하고 늘어놓습니다. 교토의 요정料亭은 이렇습니다, 센바의 큰 가게는 이렇습니다, 슈쿠가와夙川의 거리는 이렇습니다, 이런 식으로 살랑살랑 세밀하게 그려냈습니다. 비꼬는 구석도 없고, 트라우마나 결핍감도 없습니다. 간사이 토박이라면 이런 글을 쓸 수 없을 것이라고 생각합니다. 쑥스러울 테니까요. 글을 쓴다고 해도 좀 더 잘난 체하거나, 민망하다고 손사래를 치거나, 또는 끈적대며 억지로 강요하기 십

---

*　**센바船場** 오사카시 중앙구의 도심 지역.

**　**쇼와昭和** 일본의 연호. 쇼와 천황의 통치에 해당하는 1926년부터 1989년까지를 가리킨다.

상이었다고 생각합니다.

아웃사이더가 아니면 쓸 수 없는 글이 있습니다. 문화인류학자가 미개 사회에 찾아가 민족지 자료를 쓸 때와 마찬가지로, 왕성한 호기심과 경의를 품고 다니자키 준이치로는 『세설』을 썼습니다. 이것은 '외지에서 온 인간'이기 때문에 가능했다고 봅니다. 현지의 인간은 자신들의 제도와 문물에 대해 이렇게 진지한 호기심이나 경의를 품을 수 없습니다. 거꾸로 그렇기 때문에 보편성이 있습니다. 읽어보면 누구라도 알 수 있습니다. 프랑스인이든 미국인이든 중국인이든 알 수 있습니다. '외부의 시선'으로 쓴 글이니까요.

그런 생각이 듭니다. 세계문학은 자신이 있는 곳을 '외부의 시선'으로 보는 능력이 없으면 안 됩니다. 그렇지 않으면 역사적인 문맥을 공유하지 않는 타국의 독자들과 '대상에 대한 거리감'을 나눌 수 없습니다. 거기에 쓰여 있는 것에 대해 독자는 글쓴이가 '자신과 똑같은 거리만큼 떨어진 장소'에 있다고 생각할 수 없습니다.

똑같은 거리이기 때문에 약간 소원한 대상을 바라보는 기분이 들면 외국인이라도, 시대가 몇 백 년쯤 떨어진 사람이라도, 왠지 모르게 자신도 그 텍스트의 정통적인 독자로 인정받고 있다는 기분이 듭니다. 세계문학이라면 글쓴이가 바로 자기 옆에 서서 '이봐, 저것은 어떻게 생각해?' 하고 작은 소리로 친근하게 말을 거는 것 같은 느낌이 드는 작품이어야 할 것 같습니다.

도쿄에서 태어나고, 도쿄에서 살고, 도쿄를 잘 아는 인간이 쓴 도쿄의 묘사가 정확하고 생생하기 때문에 국경을 넘어 타국의 독자에

게 이해하기 쉬운 것은 아닙니다. 인사이더가 쓴 '인사이더 스토리'는 웬만큼 기량이 없으면 재미있는 글이 되지 못합니다. 밖으로 나와 바깥에서 되돌아보는 글쓰기가 필요합니다. 도쿄 사람이 도쿄에 대해 쓰려고 하면 일단 도쿄 바깥으로 나와야 합니다. 파리나 뉴욕이나 베이징이나 어디에서든 '도쿄에서는 이것이 보통'이지만 그것이 전혀 없는 곳에 가서 그곳에서 돌이켜보아야만 외국인도 읽을 수 있는 도쿄론을 쓸 수 있습니다. '이봐, 백화점에 르무기ルムギ-라는 카레 진문 식당이 있잖아?', '아, 그래, 달걀 카레가 있었지?', '맞아!' 이런 대화를 쓰면 빵점입니다. 아무리 현실적이라고 해도 말이지요.

어느 집이라도 그 집 고유의 냄새가 나지만 그곳에 사는 인간은 깨닫지 못합니다. 자기 집은 냄새가 안 난다고 생각합니다. 국내적domestic인 문화적 환경에 머물러 있는 이상 그 냄새를 깨닫지 못합니다. 그리고 자기 집 냄새를 '냄새'라고 느끼지 못하면 자기 집에 대해 '외부 독자'의 공감을 얻을 수 있는 글을 쓸 수 없습니다. 그런 것입니다.

'국지적local'이었던 것은
요시모토 다카아키가 아니라 세계가 아닐까?

오늘은 문학의 세계성과 지역성에 대해 이야기하고 있습니다. 요시모토 다카아키나 에토 준은 위 세대와도, 아래 세대와도 공유하지 못하는 그들 고유의 '트라우마 경험'을 어떤 문맥 속에 놓아야 그 사상적 의미를 공통의 자원으로 삼을 수 있을까 하는 절박한 물음에 대답하려고 했습니다. 이 주제는 보편성을 품을 기회가 있었다고 생각합니다. 그러나 실제로는 없었습니다. 이는 요시모토 다카아키의 책임이 아닙니다. 예컨대 프랑스에는 비시 정부에 순종해 유대인 학살에 간접적으로 가담한 경험을 전후에 들어와 억압한 프랑스인들이 있었습니다. 그들은 그 일을 입 밖으로 내지 않았습니다. "아, 비시 시대에도 어떤 종류의 진실은 있었어. 내 소년기와 청년기의 가장 좋은 기억은 그곳에 봉인되어 있어." 이렇게 말하는 사람이 있었어도 좋았을 것입니다. 그렇다고 그런 사람들이 '굳이 없었던 것으로 치부한 시간'에서 '구제할 만큼 가치가 있는 것'을 골라내어 전후에 그것을 자신의 리버럴하고 좌익적인 삶의 방식으로 봉합하는 곡예acrobatie를 기획했다면 요시모토 다카아키의 『전향론轉向論』에 깊은 공감을 느끼는 일도 있을 수 있었다는 이야기를 하자는 것이 아닙니다. 여하튼 그런 일은 **일본 이외에는 어느 곳에서도 일어나지 않았습니다.**

애초부터 전승국에서는 그런 '단절'이 없었던 일이 되어 버리기 때문입니다. 다시 말해 본질적으로는 전쟁 전과 전쟁 후의 나라가 똑같은 나라이고 아무것도 바뀌지 않았다는 이야기입니다. '적과 내통한 나쁜 놈'은 모두 처벌을 받고 사회는 티 한 점 없이 깨끗해졌다는 것입니다.

가즈오 이시구로Kazuo Ishiguro의 『남아 있는 나날The Remains of the Day』을 보면, 1930년대 영국 귀족이 제1차 세계대전 배상금으로 괴로워하는 독일에 지원의 손길을 내밀기 위한 국제적인 회의를 소집한다는 에피소드가 하나의 축을 이루고 있습니다. 고귀한 영혼을 지닌 달링턴 백작은 페어플레이 정신 때문에 패전국에 지나치게 무거운 벌을 내리기 꺼려하는데, 그 때문에 결과적으로 나치 독일의 대두를 허용하고 히틀러와 내통해 명예를 실추시킵니다. 백작을 섬기는 집사 스티븐스는 남몰래 주인의 명예 회복을 바라지만, 안타깝게도 그는 죽은 주인이 1930년대 실행하려고 한 사업의 의의를 현재적인 문맥 속에서 재평가할 만한 논리나 어휘를 갖고 있지 못합니다.

솔직히 말해 나는 이 작품이 그려낸 것이 얼마간 요시모토 다카아키와 비슷하다는 인상을 받았습니다. '적과 내통한 나쁜 놈'이 되어 역사적으로 스러져간 노귀족의 모습 속에서 대영제국의 가장 좋은 점을 찾아내려고 하는 스티븐스의 바람과 요시모토 다카아키가 '일본 봉건성의 우성 유전'이라는 말로 표현한 것이 깊은 저류에서 통하고 있다는 느낌이 들었기 때문입니다.

히틀러나 무솔리니나 페튼 원수가 지배하던 시대를 드러내놓고 그리워하고 찬미하는 네오나치나 네오파시스트의 심성과 이것은 결이 전혀 다릅니다. 그들은 이야기를 단순화시키려고 하면서 '모든 죄과는 전쟁 지도부에 있던 전쟁 범죄자의 책임이고 국민은 피해자'라는 서사에 의해 면죄부 발급을 끝낸 것이나 다를 바 없습니다. 그러나 우리가 추구해야 할 바는 훨씬 더 복잡합니다.

유럽에는 과거를 모조리 부정하지도 않고 과거를 모조리 긍정하지도 않는, 그 중간에 서려는 사람을 위한 공간이 거의 없었습니다. 그런 사람이 없지는 않았습니다. 알베르 카뮈Albert Camus나 레이몽 아롱Raymond Aron이 그런 사람이었다고 봅니다. 그들이 행동적인actual 사상가라고 여겨지지 않습니다. 여러분 역시 이름도 잘 모를 것입니다. 앞으로도 나오지 않겠지요. 따라서 요시모토 다카아키의 사상은 세계성을 획득할 수 없었습니다. 본질적으로는 세계적인 사상이었지만 *세계 각국의 지역성이 그것을 받아들일 만큼 성숙함에 도달하지 않았습니다.* 그런 이유로 '번역이 나오지 않는' 경우도 있습니다. 마루야마 마사오는 번역하지만 요시모토 다카아키는 번역하지 않는 까닭은 요시모토 다카아키가 '국지적local'이기 때문이 아닙니다. 그것은 요시모토 다카아키가 '온갖 나라의 사람들이 외면하려고 하는 일'을 다루기 때문일 것입니다.

롤랑 바르트와 '에크리튀르' 이야기를 할 작정이었는데 그 이야기로는 발도 들이지 못했군요. 하지만 오늘의 이야기는 그것과 이어질 것입니다. 다음 주에는 반드시 에크리튀르 이야기로 넘어갈게요.

제7강

계층적인 사회와 언어

안녕하세요. 이제야 드디어 롤랑 바르트와 기호학 이야기로 들어갑니다.

기호학semiologie이라는 학문 이름이 처음으로 등장한 것은 소쉬르의 『일반언어학 강의』입니다. 소쉬르는 이 학문을 이렇게 정의했습니다.

> 사회적 활동 안에 있는 기호의 양상을 연구하는 과학을 구상할 수 있다. 그것은 사회심리학의 일부이고, 그렇기 때문에 일반심리학의 일부를 이룬다. 우리는 그것을 '기호학'이라고 부른다. 기호학은 기호란 무엇인가, 어떠한 법칙이 기호를 통제하고 있는가를 우리에게 가르쳐 줄 것이다. 기호학은 아직 존재하지 않기 때문에 그것이 어떤 것인지를 지금 말할 수는 없다. 그러나 기호학은 존재할 권리가 있고, 그 지위는 미리 결정되어 있다.[19]

학문에 대한 정의는 다양하지만 소쉬르의 기호학 정의는 훌륭합니다. 아직 존재하지 않는 학문입니다. 그러나 이 학문은 존재해야 합니다. 존재할 권리가 있습니다. 이런 것을 연구했고, 어떻게든 그것에 학學이라는 이름을 붙이겠다고 하는 사람은 모래알만큼 많습니다. 그렇지만 소쉬르의 천재성으로도 기호의 본질에 대한 학문적 체계화는 이루어내지 못했습니다. 그래도 반드시 체계화해야 합니다. 언젠가 몇 세대의 집합적 노력에 의해 기호에 대한 일반이론은 필시 성립할 것입니다. 그는 일단 이름을 붙여놓습니다. 그가 완성할 수 없었던 학문 영역에 대해 그것을 '공백'이라고 가리킬 수 있다는 것은 자기 자신이 학적으로 무엇을 달성하고 무엇을 달성하지 못했는지를 전체적으로 조망할 수 있다는 뜻입니다. 자기 자신을 포함한 학술사의 문맥을 서술한다는 뜻입니다. 이는 정말 대단한 일입니다.

『일반언어학 강의』만 읽고 있으면 기호학이 아직 존재하지 않는다는 소쉬르의 말을 들어도 보통은 '그렇지 않아요. 『일반언어학 강의』가 기호학 자체이잖아요.' 하고 생각할 것입니다. 어째서 일반언어학 이외의 분야로서 기호학이 있어야 할까요? 그 이유를 잘 모를 것입니다.

그러나 이유가 있습니다. 소쉬르의 일반언어학은 본래 애너그램 연구에서 시작되었기 때문입니다. 왜 인간은 스스로도 알아채지 못하는 사이에 읽지도 않은 것을 읽고 쓰려고 하지도 않은 것을 쓰게 될까? 자기는 한 가지 이야기를 할 작정이었지만 나중에 꼼꼼하게 분석해보니 백 가지 이야기를 하고 있고, 자기는 한 가지를 볼 작정이었지만 나중에 돌이켜보니 백 가지를 보고 있습니다. 애너그램은 실로 그런 현상입니다. 스스로 입력하려고 한 것의 몇 십 배, 몇 백 배나 입력합니다. 그리고 그 과정은 온통 의식 밑에 억지로 밀어 넣습니다.

문장을 써보았더니 어쩐지 술술 글이 풀려나왔습니다. 다시 읽어보았더니 압운을 맞추기도 하고, 5·7·5 자수가 맞기도 하고, 이중 의미를 이루기도 하고, 애너그램이 지어져 있는 등 '자신은 그렇게 하려고 생각하지도 않은 것'이 풍성하게 담겨 있습니다. 또는 자신이 쓸 생각도 없었던 것을 써놓기도 하고 읽을 생각이 없는 것을 읽기도 합니다. 이것이 언어활동의 신묘하고 신비로운 점입니다. 소쉬르는 이것에 대한 일반이론을 세우려고 했습니다. 즉 뇌는 어떻게 언어정보를 처리할까에 대한 일반이론을 추구했던 것입니다. 하지만 20세기 초의 자연과학과 사회과학의 식견을 총동원해도 아직 소쉬르의 요청에는 부응하지 못했습니다. 따라서 소쉬르는 기호학의 체계화를 미래의 세대에게 부탁한 것입니다.

롤랑 바르트의 '에크리튀르' 개념

여기에 대답한 것이 롤랑 바르트Roland Barthes, 1915~1980입니다. 그는 '에크리튀르'라는 개념을 제시함으로써 소쉬르가 출발점을 찍은 기호학의 체계화에 크게 공헌했습니다. 이번 주는 그의 '에크리튀르' 개념을 통해 여러분이 기호학의 이해를 심화시키도록 하고 싶습니다.

'에크리튀르écriture'는 프랑스어 동사 'écrire'의 명사형입니다. '글을 쓰는 것', '글로 쓰인 것'을 의미합니다. 영어 'writing'과 거의 비슷한 뜻입니다.

롤랑 바르트는 언어를 세 가지 층으로 나누어 파악하려고 했습니다. '랑그langue'와 '스틸style', 그리고 에크리튀르입니다.

랑그는 영어의 'language'입니다. 일본어, 영어, 프랑스어 등 인간은 어떤 언어를 공유하는 집단으로 태어납니다. 그때 부모나 주변 사람들이 이야기하는 언어가 '모어'입니다. 그것이 랑그입니다. '국어'라고 해도 좋겠지만 '국민국가'라는 정치 개념은 베스트팔렌 조약* 이전에는 없었고, 국민국가를 형성하지는 않았지만 주위와 다른 언어공동체를 형성하는 집단의 언어도 있기 때문에 여기에서는 '랑그'로 부르고자 합니다.

랑그에 대해 말할 수 있는 하나는 이것입니다. 즉 **우리는 랑그를 선택할 수 없습니다.** 태어날 때 부모가 이야기하는 인어이기 때문에 우리에게 선택할 자유가 없습니다. 인간은 '모어 속에 던져지는' 방식으로 태어납니다. 랑그에는 관여할 수 없습니다. 태어나면서 쉼 없이 물로 적시듯 랑그를 듣고 자라기 때문에 어느새 그 언어로 사고하고, 그 언어로 숫자를 세고, 그 언어로 말장난을 하고, 그 언어로 네올로지즘neologism, 新語을 창조합니다. 그것이 랑그입니다. 문법적으로 파격적이고 처음 보는 표현을 만나도 금방 뜻을 알 수 있고, 또 파격적인 표현을 스스로 만들어낼 수도 있습니다. '장난 아니다'라든지 '정반대'라든지 들으면 곧장 뜻을 압니다. 몇 사람이 사용하다 보면 '그런 일본어는 없어.' 하고 고칠 마음도 없어지고, 내버려두는 사이에 사전에 올라가기도 합니다. 외국어의 경우는 그렇지 않지요. 내가 영어로 문법적인 잘못을 저지르면 곧장 정정을 받습니다. 내가

---

* **베스트팔렌 조약** 30년 전쟁을 끝내기 위해 1648년에 체결한 평화 조약. 가톨릭 제국인 신성로마제국을 사실상 붕괴시키고 주권 국가들의 공동체인 근대 유럽의 정치구조를 성립시키는 계기가 되었다. 근대 국제법의 원조라고 일컬어지는 조약이다.

'I gave' 대신에 'I gived'라고 말했다고 해서 '어머나, 그 말, 참 멋진데?' 하고 퍼져나가는 일은 없습니다. 랑그란 그 안에 있는 이상 화자에게 폭넓은 자유를 줍니다. 그러나 그것을 선택할 권리는 없습니다.

또 하나는 '스틸style'입니다. 사전적인 번역어는 '문체'이지만 일본어의 '문체'와는 상당히 뉘앙스가 다릅니다. 문체보다는 오히려 '어감'이라고 할까요. 이는 언어에 대한 개인적인 호오의 감각을 말합니다. 개인적이지요. 누구나 언어의 소리나 리듬에 대한 호오가 있습니다. 글자의 타이포그래픽 형상에 대해서도 사람마다 취향이 다릅니다. 여백이 많은 페이지를 좋아하는 사람도 있고, 한자나 기호를 잔뜩 채워 넣은 페이지를 좋아하는 사람도 있습니다. 좋고 싫음의 문제이기 때문에 어쩔 도리가 없습니다.

나는 어릴 적 말더듬이였습니다. 중학생 때 갑자기 어떤 소리를 낼 수 없었습니다. 그때는 '타 행'*을 말하지 못했습니다. 옛날에는 차표를 살 때 창구에서 역 이름을 역원에게 대야 했는데, '다카다노바바高田馬場'를 말하지 못했습니다. 어쩔 수 없이 '메지로目白'나 '이케부쿠로池袋'를 대고 표를 샀습니다. '마 행'을 못하는 시기도 있었기에 친구인 마쓰시타松下 군에게 전화를 걸어도 마쓰시타 군이라는 말을 못했습니다. '마쓰시타, 집에 있나요?' 하는 말을 못해 수화기를 들고 '쿠…' 하고 말이 막혔습니다. 그래서 그 시기에 나는 '타'와 '마'가 맨

제7강 : 계층적인 사회와 언어

---

* **타た 행** 일본어의 음 중에 타た, 치ち, 쓰つ, 테て, 토と를 말한다.

앞에 오는 문장을 말하지 못했습니다.

내 경우는 극단적인 예입니다만, 말버릇이나 글쓰기 버릇은 누구에게나 있다고 생각합니다. 어떤 소리를 내지 못한다든가 잘 말하지 못한다든가, 어떤 종류의 소리가 귀에 거슬린다거나 어떤 소리는 말하기 쉽다든가 등등. 글자에도 좋고 싫음이 있습니다. 이 글자는 좋고 이 글자는 싫다거나 '그러나'를 '허나'라고 쓴다든지, '부탁해'를 '付託해'라고 쓰는 것은 개인적인 취향이기 때문에 스스로도 어쩔 수 없는 일입니다. 아까 나온 마쓰시타 마사키松下正己 군은 내가 최초로 낸 책『영화는 죽었다映画は死んだ』의 공동 저자입니다. 중2 때 둘이서 SF 동인지를 냈습니다. 그때 그가 붙인 필명이 '루리바라우쓰히코瑠璃薔薇鬱彦, 유리장미를 슬퍼하는 남자'였지요. (웃음)

이런 것이 '스틸'입니다. 기호에 대한 개인적 호오라고 해도 좋겠는데, 신체화된 것입니다. 스틸도 주체가 자유롭게 선택할 수 없습니다. 싫은 것은 싫고 좋은 것은 좋지요. 자유의사로 어떻게 할 수 있는 것이 아닙니다.

한마디로 인간이 언어기호를 조작할 때에는 두 가지 규제가 있습니다. 즉 '랑그'는 외적인 규제, '스틸'은 내적인 규제입니다.

에크리튀르는 이 두 가지 규제의 중간에 위치합니다. 에크리튀르는 일본어로 잘 옮겨지지 않습니다. 군이 말하자면 '사회방언 sociolecte' 또는 '집단적 언어 운용'이라고 하면 될까요?

에크리튀르는 일본어라는 커다란 틀 속에 산재하고 있는, **국소
적으로 형성된 방언** 같은 것입니다. '방언'이란 태어나 자란 지역의
언어니까 랑그로 분류됩니다. 하지만 사회적으로 형성된 방언은 직
업이나 라이프스타일을 선택할 때 동시에 따라옵니다. 그런 점에서
는 선택할 수 있지요. 오사카 동네의 할머니들의 말, '양키(불량청소
년)' 중학생의 말, 조직폭력배의 말, 지방의원의 말, 세일즈맨의 말 등
등…. 방언은 여러 종류가 있고, 우리는 사회방언 중 어느 것을 선택
할 자유가 있습니다. 랑그나 스틸에는 선택의 자유가 없지만 에크리
튀르에는 선택의 자유가 있습니다.

　　직업 선택의 시행착오 끝에 조직폭력배가 된 사람이 있다고 하
지요. 그 직업을 선택한 이상 그 나름의 말을 사용해야 합니다. 은행
원처럼 말해서는 곤란하지요. 본인도 큰일이고 주변사람도 곤란합니
다. 조직폭력배가 된 이상은 말하는 법도, 머리 모양도, 복장도, 걷는
자세도, 조직폭력배 취향으로 통일해야 합니다.

　　선택하는 것은 가능합니다. 그렇지만 한 번 선택하면 그 사회집
단을 떠날 때까지 바뀌지 않습니다. 일괄적인 집합package은 선택할
수 있지만, 한 번 선택하면 그것에서 빠져나올 수 없습니다. 에크리
튀르의 무서운 점은 그것이 언어 운용뿐 아니라 그 사람의 사회적 행
동 전체를 규정해버린다는 것입니다. 말하는 방식뿐만 아니라 패션,
신체 움직임, 표정, 가치관, 미의식 등을 전부 세트로 정해버립니다.

　　나는 '창조적 글쓰기'라는 수업의 선생으로서 교단에 서 있습니

다. 따라서 이에 어울리는 말을 쓰고 있습니다. 그뿐만이 아닙니다. 복장도, 표정도, 신체의 움직임도, 실은 전부 '대학 선생'의 코드로 통제하고 있습니다. 지금 이야기한 것과 동일한 수업을 부석부석한 머리 꼴에 잠옷을 입고 해달라든가, 헐렁한 잠방이에 복대를 매고 해달라든가, 연미복에 예장용 모자를 쓰고 해달라고 해도 그렇게는 못합니다. 전부 세트를 이루고 있으니까요. 점 하나, 획 하나 바꿀 수 없습니다. 옷을 바꾸고 머리 모양을 바꾸면 말하는 어조, 이야기 내용, 이쩌면 이야기의 결론까지 싹 다 바꾸어야 합니다. 그런 겁니다.

우리는 에크리튀르를 선택할 수 있습니다. 자신을 유폐시키는 '우리檻'의 종류를 선택할 수 있습니다. 그렇지만 한 번 선택하면 언어 사용에 대한 결정권을 상실합니다. 에크리튀르가 요청하는 언어 사용법으로 에크리튀르와 어울리는 콘텐츠를 이야기하도록 대체로 발화자는 *강요당합니다.*

모어를 선택할 수 없다는 것을 여러분은 금방 수긍해주었습니다. 나에게는 고유한 어감이 있고 기호에 대한 좋고 싫음이 있다는 것도 인정해줍니다. 하지만 '당신은 에크리튀르의 포로입니다.' 하고 말하면 돌연 기분이 상합니다. "나는 나답게 이야기하고 있어요. 개성적인 의견을 개성적인 어조로 말하고 있단 말이에요." 이렇게 항변합니다.

롤랑 바르트가 '에크리튀르'에 초점을 맞춘 것은 언어적 정형定型에 묶여 있다는 사실을 대다수 사람이 깨닫지 못하고, 지적을 받더라도 부정하기 때문입니다. 우리는 자유롭게 자신의 의견을 말하려는 의도를 갖고 있을 때 종종 '주어진 대사'를 말합니다. 실은 '종종'이라기보다는 '거의 항상'이라고 해야 할지도 모릅니다.

여러분은 '고베여학원대학의 학생다운 말'을 사용하고 있습니다. 언어 사용뿐만 아니라 복장, 머리 모양, 화장, 걸음걸이, 대화의 화제, 대화 내용, 어쩌면 결론까지도 죄다 에크리튀르에 의해 제약당하고 있습니다. 그렇지만 알아채지 못합니다. 딱히 알아채지 못해도 괜찮습니다. 그렇게 집단적으로 서로 닮는다고 해도 무슨 해가 되는 것도 아니니까요. 다만 옆에서 보면 *개체를 식별할 수 없어질* 따름입니다.

'개체를 식별할 수 없다'는 것은 다른 식으로 말하면 '얼마든지 바꿀 수 있다'는 말입니다. 잔인하게 표현하자면 '없어진다고 한들 아무도 알지 못하는' 것입니다.

에크리튀르가 미치는 표준화 압력에 대해 지나치게 자각하지 못한다면, *인간으로서 조잡한 방식으로 취급받는다*는 리스크를 받아들여야 합니다.

계층사회적 에크리튀르의 속박

다행히도 일본의 경우는 에크리튀르가 미치는 표준화 방식에 대해 그렇게까지 경계할 필요는 없습니다. 롤랑 바르트가 에크리튀르에 대해 쓴 것은 그것이 프랑스 사회에서 행사하는 특수한 기능을 경계했기 때문입니다.

일본인의 에크리튀르는 '할머니'나 '조직폭력배', '불량청소년' 같은 식으로 수평적으로 다양합니다. 반면 유럽은 그렇지 않지요. 상하로 계층화되어 있습니다. 상층의 에크리튀르, 중간층의 에크리튀르, 하층의 에크리튀르, 이런 식으로 뚜렷하게 구분되어 있습니다.

어떤 식으로 다르냐 하면 이렇습니다. 상층의 에크리튀르는 '헐 겁'습니다. 표준화 압력이 약합니다. 유럽에서는 상류 계층로 올라가면 올라갈수록 계층적인 속박에서 자유로울 수 있습니다. '윗사람'은 무엇을 입든 상관없고, 무슨 말을 해도 좋고, 어떤 곳에서 어떤 행동을 하든 문제되지 않습니다. 절도 있는 행동을 하면 '과연 우아하군.' 하는 말을 듣습니다. 격식을 차리지 않고 말하면 '과연 젠체하지 않는 사람이군.' 하는 말을 듣습니다. 과시적인 소비를 하거나 추문을 퍼뜨리면 '과연 자유분방하군.' 하는 말을 듣습니다. 무슨 짓을 해도 어울립니다.

거꾸로 하층으로 내려가면 내려갈수록 그런 자유가 없어집니다. 계층적인 규정이 엄격해지고 자유로움이 점점 적어집니다. 말하는 법, 표정, 신체 운용, 가치관, 미의식을 다 '잠금lock' 장치로 채워버립니다. 그 밖의 행동을 하지 못하도록 서로 감시하고, 일탈하는 사람에게 엄한 벌을 내립니다. 클래식 음악을 듣거나 시를 읽거나 '취미는 크리켓 관전입니다.' 하고 말하는 것이 하층계급에게는 허용되지 않습니다. 랩을 듣고, 텔레비전을 보고, 축구를 관전하도록 강요받습니다. 다른 사람이 아니라 바로 자기들이 속한 집단에 의해 금지당합니다. 하지만 본인들은 그런 식으로 서로 자유를 제약하고 있다는 것을 깨닫지 못합니다. 자기들 사이에서만 통용되는 은어jargon로 말하고, 자기들 집단의 고유한 패션으로 몸을 치장합니다. 또, 자기들의 가치관을 양보하는 일 없이 '털 색깔이 다른 개체'로 나타나는 동료를 비관용의 자세로 대합니다. 계층 안에서 행동하는 자유는 하층으로 내려갈수록 희박해집니다.

한마디로 계층사회란 단지 권력이나 재화나 정보나 문화자본의 분배에 계층적인 격차가 있을 뿐만 아니라 계층적으로 행동할 것을 강제하는 표준화 압력 자체에 격차가 있는 사회라는 말입니다.

좀 어려운 이야기지요. 계층적인 에크리튀르의 속박에서 자유로운 사람은 사회적으로도 유동적일 수 있습니다. 이를테면 상위 계층 사람은 노동계급의 패션이나 음악을 즐길 수 있고 외국에도 나갈 수 있습니다. 정치체제가 다르고, 종교가 다르고, 음식문화가 다른 곳에 가도 그곳 사람들과 편안하게 대화할 수 있습니다. 이렇게 다문화 사이를 자유롭게 오고갈 수 있습니다. 하위 계층의 사람은 그럴 수 없습니다. 누구와 만나든, 어디에 가든, 자기 동네에 있을 때와 똑같이 언어를 사용하고, 똑같이 행동합니다. 엄격하게 틀에 끼워 맞추어놓은 바람에 틀을 벗어날 수 없습니다. 타자를 응접할 때 드러나는 자유로움의 차이가 사회적으로 성공할 기회에 뚜렷한 격차를 초래합니다.

계층적인 에크리튀르를 깊이 내면화해버린 사람은 스스로 자유롭게 독창적인 의견을 이야기하려고 하지만, 실은 주어진 대사를 그대로 읽을 뿐입니다. 그렇게 함으로써 한 마디 한 마디 할 때마다 자기 자신을 자기 계층에 못 박고 있지요. 사회적 유동성을 결여한 사람들이 결과적으로 최하층으로 쏠려갑니다.

계층사회는 단순한 것이 아닙니다. 상위 계층에 자원이 배타적으로 축적될 뿐 아니라 계층 격차가 벌어지도록 역동적으로 구조화되어 있습니다.

2년 전 학생들을 데리고 프랑스어 어학연수를 갔을 때 파리에서 학생이 카르트 뮈제carte musée를 사고 싶다고 했습니다. 카르트 뮈제란 미술관과 박물관의 프리패스입니다. 16유로로 이틀 동안 오르세와 루브르 등 파리의 미술관을 돌아다닐 수 있지요. 미술관 입장료가 8유로쯤 하니까 두 곳만 들러도 본전을 찾습니다. "지하철 주요 역에서 팔고 있다고 가이드북에 쓰여 있었으니까 함께 가주세요." 그래서 동행했지요. 맨 처음 호텔 가까이에 있는 지하철 매표소에 가서 카르트 뮈제를 달라고 하니까 자기네는 팔지 않는다고 했습니다. 음, 주요 역이 아니라서 그런가 보다 싶어 "어디에서 팔아요?" 하고 물으니까 샤틀레역에 있다고 했습니다. 샤틀레역 창구에 물어보니까 여기에는 없고 오스테를리츠역에 가면 판다고 했습니다. 오스테를리츠역의 지하철 창구에 갔더니 여기에는 없고 SNCF(국철)역에 있다고 했습니다. SNCF역에 갔더니 여기에는 없고 관광안내소에서 판다고 했습니다. 그곳에 갔더니 그것은 지하철에서만 취급한다면서 자기들은 취급하지 않는다고 했습니다. 그런 식으로 11개소를 돌아다녔습니다. 결국 포기하고 루브르에 가서 혹시나 싶어 창구에서 혹시 카르트 뮈제가 있느냐고 물었더니 있다고 하더군요. 그러나 이틀짜리 프리패스는 이미 작년에 발매를 중지했다고 합니다.

이때 나는 프랑스 사회의 '병'을 느꼈습니다. 카르트 뮈제는 지하철이 팔기 시작한 상품이었는데 내가 만난 직원 누구도 자사 상품의 발매 중지 사실을 모르고 있었습니다. 뭐, 그거야 그럴 수도 있다고 칩시다. 문제는 누구 한 사람 '그 상품에 관해 모르겠다'고 말하지 않았다는 사실입니다. 동료에게 "카르트 뮈제는 어디에서 살 수 있어?" 하고 물어보는 사람조차 없었습니다. 모든 사람이 '여기에는 없는데 저기에 가면 있다'고 즉시 대답했습니다.

이 현상은 프랑스인의 계층사회가 낳은 병이라고 생각합니다. '모릅니다'라는 말을 할 수 없다는 것입니다. '모릅니다. 가르쳐주세요.' 하는 말을 부끄럽게 생각합니다. 역에서도, 우체국에서도, 호텔 로비에서도, 레스토랑에서도, 관광객을 상대하는 사람은 상위 계층이 아닙니다. 그들은 '모릅니다'와 '가르쳐주세요'라는 말을 하지 못하도록 제도적으로 강제당합니다. 그런 말을 하면 사람들에게 경멸을 받고 괜히 욕먹을 빌미를 만들어준다고 믿고 있지요. 하지만 우리가 사회적으로 상승하고 싶다면 현실적으로 '그런 말을 하는 것'밖에 방법이 없습니다. 자신이 무엇을 모르는지, 무엇을 할 수 없는지를 정확하게 언어화하고, 자신이 결여하고 있는 지식, 기능, 정보를 갖고 있는 사람을 찾아 가르침을 받아야 합니다. '모릅니다. 가르쳐주세요. 부탁드립니다.' 배움을 구성하는 요소를 최소한으로 줄여 말한다면 이 세 마디 말로 집약되지 않을까요? 자기 무능함의 자각, '멘토'를 찾아내는 힘, '멘토'에게 가르쳐줄 마음을 생기게 하는 예의범절, 이 세 가지를 갖추고 있으면 인간은 성장할 수 있습니다. 이 중 하나라도 없으면 성장할 수 없습니다. 사회적인 상승도 마찬가지입니다. 배울 기회를 체계적으로systematic 물리치는 사람에게 계층 상승의 기회는 찾아오지 않습니다. '난 다 알아', '난 할 수 있어', '난 절대 부탁하지 않아', '난 누구에게도 머리를 숙이지 않아' 이런 신조를 삶의 규율로 삼는 사람은 하위 계층이라는 굴레에 얽매여 있는 것입니다. 계층사회의 무서운 점은 하위 계층에만 '배우지 않는' 자세를 선택적으로 권장한다는 점입니다.

이것은 '허虛의 에크리튀르'라고 불러도 좋을 것 같습니다. 어떤 말을 입에 담는 것에 대한 집단적인 금기, 어떤 사회 집단에 고유한 '결여의 언어', 어느 집단에서만 선택적으로 말하지 않는 표현, 이것을 검사해 알아내는 것은 곤란합니다. '없는 것'이 있다는 말이니까요. 어떤 집단에서만 사용하는 언어는 '변말argot'이라든지 '은어jargon'로서 구체적인 목록을 만들 수 있지만, '그곳에서는 사용하지 않는 언어'는 목록으로 작성할 도리가 없습니다. 입 밖에 내도 좋고, 입 밖에 내어야 하는데도 입 밖에 내는 것을 허락받지 못한 언어가 있고, 그것이 집단의 구성원들에게 고유한 지위나 관습 행동을 '나누어 맡기고' 있다면 그것 역시 일종의 '에크리튀르'라고 부를 수 있을 것입니다.

계층 재생산에 강한 힘을 발휘하는 교양자본과 문화자본

휴우, 이제부터 오늘의 본론으로 들어가겠습니다. 에크리튀르는 이런 식으로 집단의 사회적 행동을 규정하는 무의식적인 속박이며, 그것이 유럽 같은 계층사회를 성립시키고 있는 보이지 않는 힘입니다. 에크리튀르의 양태와 기능을 분석하고 있는 롤랑 바르트나 피에르 부르디외Pierre Bourdieu, 1930~2002 같은 사람들이 쓴 책 자체가 하위 계층 사람이 접근하기에는 어려운 난해한 학술적인 문체로 쓰여 있습니다.

롤랑 바르트나 피에르 부르디외를 읽어낸다면 하위 계층 사람들이라도 "아하, 과연 우리 사회의 언어 정치는 이런 식으로 되어 있구나. 그 때문에 우리는 사회적 상승 기회를 빼앗기고 있구나." 하고 깨달을 기회를 얻을 것입니다. 그러나 그들의 책은 수천 명, 기껏해야 수만 명의 지적 엘리트 독자를 대상으로 쓰였을 뿐입니다. 미셸 푸코Michel Foucault, 1926~1984도 『말과 사물Les mots et les choses』을 썼을 때 '기껏해야 2천 명'의 독자밖에 상정하지 않았다고 합니다. 롤랑 바르트가 『글쓰기의 영도Le Degré zéro de l'écriture』(1953)를 썼을 때도, 피에르 부르디외가 『구별짓기La Distinction. Critique sociale du jugement』(1979)를 썼을 때도, 저자가 주관적으로 예상한 독자의 수역시 비슷하지 않았을까 짐작합니다.

피에르 부르디외의 『구별짓기』는 계층사회가 어떻게 재생산되는가를 선명하게 분석한 사회학의 역작입니다. 그중의 키워드가 '문화자본capital culturel'입니다.

문화자본이란 평이하게 말하면 '교양'입니다. 인간의 사회적인 위치를 결정하는 데 '돈(경제자본)', '인맥, 연줄(사회관계자본)', '교양(

문화자본)' 등 세 가지 요소가 깊이 관여하고 있다는 것이 부르디외의
이론입니다. 돈은 눈에 보이고 수치로 표시할 수 있지만, 사회관계
자본과 문화자본은 눈에 보이지 않습니다. 하지만 계층사회를 구성
하는 가장 결정적인 계층화 요인은 '눈에 보이지 않는 자산'입니다.

　일본인은 '교양'이라는 말에 거의 정치적인 힘을 느끼지 않지만,
유럽에서 교양은 계층 재생산에 강한 힘을 발휘합니다. 그러므로 문
화*자본*이라는 생생한 언어를 선택합니다. 학력이나 음악과 미술에
대한 취향, 식사 예절이나 포도주의 선택 등은 소속 계층을 나타내는
신체화된 지표이자 문화적인 격차를 재생산하는 장치입니다.

　부르디외가 문화자본의 필두로 내세운 것은 '음악적 취향'입니
다. 음악적 취향은 가정환경을 통해 자연스레 체득하는 경우도 있고,
집에서는 아무도 음악을 듣지 않았지만 어느 정도 나이가 들어 독학
으로 음악을 듣고 체득하는 경우도 있습니다. 그러나 문화자본으로
선천적으로 부여받은 교양과 자신이 노력해서 체화한 교양은 확실하
게 차이가 있습니다. '아주 어릴 때부터 가정에서 이루어지는 체험적
습득'과 '늦게 시작해 계통적으로 흡수한 방식'으로 몸에 익힌 문화
자본은 한눈에 차이를 알아볼 수 있지요. 어릴 적부터 자연스레 몸에
익힌 취향은 '문화적 정통성을 소유하고 있다는 확신에 찬 자신감'
을 드러냅니다. 그뿐만이 아닙니다. 그 교양은 '정당한 상속자를 통
해 물려받은 가족의 재산 같은 것'이기 때문에 '상대적인 무지 상태
에 안주할 여유'를 허용합니다.[20] 따라서 '모른다'는 말도 태연하게
할 수 있습니다. 음악이나 미술에 대한 지식도, 작가 이름도, 역사적

의의도, 유파도, 시장 가격도 모르지만 아무렇지도 않은 듯 태연하게 '흠, 이것이 참 좋군.' 하거나 '응접실에 걸면 좋겠군.' 하면서 직설적인 감상을 내뱉을 수 있는 사람은 오직 선천적인 문화귀족뿐입니다.

후천적인 노력으로 몸에 익힌 문화자본은 '금욕주의'의 마각을 금세 드러냅니다. 필사적으로 학습해서 외운 지식이기 때문에 본 적이 없는 영화에 대해서도, 들은 적이 없는 음악에 대해서도, 마신 적이 없는 포도주에 대해서도, '그것에 대해 알고 있다'는 것을 곧장 과시합니다. 타고난 문화귀족은 그런 태도를 보이지 않습니다. 예전에 그 포도주를 마셨을 때 잔의 감촉이 어떠했는지, 식탁에서 나눈 화제가 무엇이었는지, 방안으로 불어온 바람의 냄새가 어떠했는지 등을 어렴풋이 떠올릴 따름입니다. 포도주의 시장 가격을 맞추거나 그것의 탁월한 맛이 어떻다고 굳이 말할 필요를 느끼지 않습니다. 조상 대대로 내려온 가산처럼 문화자본을 풍요롭게 누리는 문화귀족의 '아랑곳하지 않는 태도nonchalance'는 금욕적으로 교양을 익힌 사람들이 결코 흉내 낼 수 없습니다.

> 프티부르주아 사람들은 문화 게임을 게임으로서 즐길 줄 모른다. 그들은 문화라는 것을 지나치게 진지하게 생각하기 때문에 (…) 문화와 진정으로 깊이 친해졌다는 것을 입증하는, 거리를 둔 여유나 뒤틀림 없는 상태를 손에 쥐는 것조차 불가능하다.[21]

학습 노력으로 문화자본을 획득한 사람들(프티부르주아)에게 교양이란 학식과 동의어입니다. 따라서 '교양 있는 사람'이란 '학식의 방대한 보고寶庫를 소유한 사람'이라고 믿어버립니다. 교양이란 결국 **문화에 대한 관계**일 뿐이라는 것, '모든 것을 잊어버린 뒤에 남는 것'이라는 점을 이해할 수 없습니다.

'문화와 맺는 관계' 안에 바로 계층을 '대부르주아'와 '소부르주아', 귀족과 평민으로 차별화하는 '배분allocation'의 가장 눈에 띄는 지표가 있습니다. 잔혹한 얘기입니다.

언어는 가장 알기 쉬운 교양입니다. 어떤 말을 사용하는가? 어떤 표정을 짓는가? 무엇이 가치 있다고 생각하는가? 어떤 것을 아름답다고 느끼는가? 이런 것은 입을 벌려 한마디 이야기하는 순간 통째로 알 수 있습니다. 언어는 단적으로 소속 계층을 나타냅니다. 따라서 영화〈마이 페어 레이디My Fair Lady〉 같은 이야기가 성립하는 것입니다.

헨리 히긴스Henry Higgins 교수는 일라이자 도리틀Eliza Doolittle이 런던 사투리cockney 밖에 못하는 하층 계급의 꽃 파는 아가씨라는 것을 알고 있었고, 그녀에게 언어를 가르친 것은 자신임을 알면서도 일라이자가 상류 레이디 같은 언어를 말하기 시작하자 그녀에게 반해버립니다. 그럴 만큼 언어의 운용이 발휘하는 계층 지표의 힘은 강합니다. '상류 레이디'에 대해서는 이런 식으로 행동해야 한다는 히긴스 자신의 신체화된 규범이 현실, 즉 '일라이자는 빈민가의 꽃 파는 처녀'라는 사실을 압도해버린 것입니다.

이 점은 일본과 유럽의 사정이 상당히 다르다고 생각합니다. 일본에는 계층마다 언어적 사용이 다르고, 복장이 다르고, 걸음걸이가 다르고, 먹는 것이 다르고, 듣는 음악도 다르고, 타는 차도 다르고, 즐기는 스포츠도 다르고, 출입하는 레스토랑도 다르고, 숙박하는 호텔도 다르다는 현실이 존재하지 않습니다. 일반 샐러리맨도 골프를 치고, 미슐렝의 별이 달린 레스토랑에서 밥을 먹습니다. 비용이 들기는 해도 '가서는 안 될 곳에 들어갔다가 구박을 받는' 일은 없습니다. 문화자본에는 '선천적인 것'과 '획득한 것'이 있는데 그 차이가 어떠한 것이냐 하는 주제를 갖고 천 페이지에 가까운 책을 쓴 학자도 없습니다.

> 요컨대 획득물로 문화를 얻은 그들은 출생에 의해, 즉 선천적으로 처음부터 문화를 지니고 태어난 사람들과 달리, 특유한 자유로움이나 대담함을 가능하게 해주는 깊이 있는 친밀함을 통해 문화와 관계를 맺고 그 관계를 유지하는 것이 불가능하다.[22]

이런 식으로 '그러니까 프티부르주아는 맵시가 나지 않아.' 하는 말이 이 책 처음부터 끝까지 몇 번이나 나옵니다. 정말이지 부르디외는 프티부르주아의 행동이 싫은 것이겠지요. 일본인인 나로서는 '어째서 그런 것에 정색을 하는지' 잘 모릅니다. 일본에도 '원래부터 집안이 좋은 사람'과 '집안은 좋지 않지만 노력해서 좋은 취미를 익힌 사람'은 분위기가 다르다거나, '집안이 좋은 사람'이 역시 멋지고 세련되었다는 에세이를 쓰는 사람이 가끔 있습니다. 하지만 이런 글을 쓰는 사람은 거의 100퍼센트 '집안이 대단치 않은 사람'이기 때문에 그런 이야기는 '할수록 촌스럽다'고 여겨집니다. 상식적으로 그렇습니다.

그러므로 부르디외를 읽고 있노라면 '이런 것이 프티부르주아적인 것이로구나…' 하는 생각이 듭니다. "사회적 주체가 사회를 실천적으로 알기 위해 활용하는 인식구조는 신체화된 사회구조이다."[23] 이런 문장을 읽으면 "부르디외 선생, 이것은 당신 자신의 이야기가 아닌가요?" 하면서 한마디 내지르고 싶어집니다.

그러니까 한마디로 말하면, 계층사회의 문화자본을 논한 이 책 자체가 '계층사회의 문화자본' 중 하나입니다. 또한 이 책이 '부르디외의 『구별짓기』를 읽을 수 있고 이해할 수 있는 계층'과 '그것을 읽을 수 없고 이해할 마음도 없는 계층'으로 프랑스 사회를 분할해버리는 것이 아닐까 하는 생각이 듭니다.

'부르디외의 『구별짓기』를 읽을 수 없고 이해할 마음도 없는 계층'에는 '서민'과 '대부르주아' 양쪽이 포함됩니다. 예를 들어 이 책의 II에 나오는 대부르주아의 인터뷰(변호사, 45세)를 보면 대화를 통해 미루어 짐작할 수 있듯, 이 사회적 조사에 아무런 흥미도 보이지 않습니다(따라서 자신의 인터뷰가 실린 이 책도 사지 않았을 것입니다).

나는 이런 일이 왠지 의아스럽습니다. 분명 이 책은 프랑스 사회가 어떻게 계층화되고 재생산되는지를 뛰어나게 분석하고 있습니다. 만약 여기에 쓰여 있듯 노력을 통해 학식을 획득하고 그것을 자랑하는 것이 '프티부르주아'라고 서술해버리면, 『구별짓기』를 쓴 인간도, 이 책을 읽고 있는 인간도 모두 '프티부르주아'라는 말이 됩니다. 서민은 이런 어려운 책을 읽을 수 없는 반면, 대부르주아는 '대부르주아와 프티부르주아는 이런 점이 다르다'는 구별에 흥미가 없습니다. 애당초 '문화귀족'이란 스스로 존재하지도 않고 스스로를 명명하지도 않습니다. "나는 필사적인 노력으로 지식을 익혔지만, 결국 '문화귀족'은 따라잡지 못했다…"는 프티부르주아의 '비하인드'라는 느낌이 산출한 '상상 속의 어드밴티지'일 따름입니다. 그런 것에 대해 이야기하면 이야기할수록 계층사회의 구조는 도리어 강화되어갑니다. 나는 그런 생각이 듭니다. 부르디외 학파의 사회학자라면 화를 내겠지만요.

어쨌든 일본의 경우는 '상류 사회high society'가 없습니다. 황족이나 구舊 화족, 구 재벌의 배타적인 커뮤니티는 있을지도 모르지만, 'high'하기 짝이 없기 때문에 아래쪽에 있는 우리로서는 알 도리가 없습니다. 별로 관계가 없기 때문에 주눅이든 동경이든 어떤 감정을 가져야 할지도 일상적으로 절박하지도 않습니다.

'고복격양'*이라는 고사故事가 있습니다. 매우 영예로운 현군賢君이었던 요堯 황제 치세에 대한 이야기입니다. 요 황제는 나라가 제대로 다스려지고 있는지 살펴보러 밖으로 나갑니다. 그러자 늙은 농

---

* **고복격양**鼓腹擊壤 태평한 세월을 즐김을 이르는 말. 중국 요 임금 때 한 노인이 배를 두드리고 땅을 치면서 요 임금의 덕을 찬양하고 태평성대를 즐겼다는 데서 유래한다.

부가 '격양'(볼링이나 페탕크*에 해당하는 고대 중국의 놀이인 듯합니다)으로 흥을 내면서 배를 두드리며 노래를 부르는데 이런 노래였습니다. "해가 뜨면 일하고, 해가 지면 쉬고, 우물 파서 마시고, 밭을 갈아 먹는다. 임금의 힘이 내게 무슨 소용 있으랴."(평안하게 살아가고 있으니 황제 따위는 내 살림과 관계없다는 뜻) 이 노래를 듣고 요 황제는 매우 기뻐했다고 합니다. 명군明君이 덕정德政을 베풀고 있다는 것을 확실하게 의식하고 있는 것보다 '황제가 어디에 있는지 모르겠다'고 백성이 느끼는 것이 훨씬 더 통치에 성공한 것이기 때문입니다.

　계층에 대해서도 같은 말을 할 수 있지 않을까요. 계층 격차를 의식하지 못하는 것, 다시 말해 어느 계층이 어떤 행동을 한다든지, 자기 계층은 이렇게 행동해야 한다든지, 이런 것에 대한 과잉 의식 때문에 사람들이 항상 소속 계층을 기준으로 사물을 생각하거나 느끼는 사회가 계층사회라고 정의한다면, 일본은 *비계층적인 사회*입니다. 우선 전후 60년 이상 그러했고, 위정자 자신도 의식적으로 그런 사회('일억 총중류'**)를 지향했습니다.

　이를테면 프랑스에는 부르디외의 문화자본론을 내가 지금 설명한 언어로 '다시 한 번 쉽게 설명한' 학자가 별로 없을 것입니다. 예전

＊　　**페탕크** 지름 3CM 정도의 목제 표적구에 금속제 공을 던져 표적구에 가까운 공의 수로 겨루는 스포츠.

＊＊　**일억 총중류** 일본 사회의 1970~1980년대에 걸쳐 나타난 평등한 국민의식 또는 평등한 사회 현상을 지칭한다. 1991년 거품경제의 위기를 계기로 평등의 분위기도 다소 가라앉았다.

에 『푸코, 바르트, 레비스트로스, 라캉 쉽게 읽기』라는 책을 낸 적이 있는데, 유럽의 학자 중에는 첨단의 학술적 지식을 '알기 쉬운 언어'로 해설하는 사람이 거의 없습니다. 있을지도 모르지만 그런 작업은 학문적인 업적으로 평가받지 못합니다. 나는 그런 것을 본 적이 없습니다. 한편 일본에는 어렵고 전문적인 학자의 이야기를 일반 시민의 일상적인 논리나 어휘로 바꾸어 알기 쉬운 비유를 찾아내는 사람이 있는 동시에 그런 사람이 쓴 책을 즐겨 읽는 독자가 있습니다. 전문적인 학자에 대해 '저 사람 이야기는 알아듣기 쉬워'라고 평가하는 것이 일본에서는 결코 나쁜 의미가 아닙니다. 그러나 유럽은 그렇지 않지요. 그런 기준으로 학문적 업적을 평가하는 습관이 없습니다. 알기 쉬운가, 알기 어려운가는 학문의 질과 관계가 없으니까요. 학문의 질을 정확하게 검증하는 것은 동업계의 전문가들이고, 그들이 이해하는 것으로 충분하다면 일반 독자가 알기 쉽게 쓸 필요는 없습니다.

일본에서는 '학문의 질'과는 별도로 학문적 앎을 '얼마나 널리 공유할 수 있는가'를 문제 삼습니다. 모처럼 세계의 성립이나 인간에 대해 가치가 있는 지식을 얻었다면 될수록 다수의 사람들과 공유해야 한다는 사고방식이 우리에게는 있기 때문입니다. 이것은 세계 표준으로 볼 때 '상식'은 아닙니다.

나는 이러한 작업을 '다리 놓기'*라는 말로 부릅니다. 일본에는

---

* **다리 놓기** 원서에서 저자는 '브리지 BRIDGE 하기'라고 표현한다.

'상아탑'과 일상생활 사이에 '가교를 놓는' 것, 이 작업을 일정하게 평가해주는 문화적 문맥이 있습니다. 그 이유는 예전에 『일본변경론』에도 기술했지만, 일본문화가 '외래의 혼종 문화'와 '토착적인 생활 실감'이라는 이중구조로 되어 있기 때문이라고 생각합니다.

일본어는 '한자(마나)'로 쓰인 본문textual 언어와 '가나'로 쓰인 회화체coloquial 언어가 섞인 혼종 언어입니다. 이와 마찬가지로 '마나적인 문화'는 '가나적인 문화'의 뒷받침이 없으면 일본사회에 잘 착상하지 못합니다. 생활자의 신체 실감이 담보하는 사상이나 이론이 아니면 수용하기 어려운 경향이 있습니다.

그러므로 레비스트로스의 구조인류학이든, 롤랑 바르트의 텍스트 이론이든, 라캉의 정신분석이론이든, 레비나스의 철학이든, '평이하게 말하면'이라는 설명적 환언paraphrase을 하지 않으면 일본에서는 '탁상 위의 공론'으로 끝나버립니다. 그런데 탁상 위의 공론으로 끝나게 내버려둘 수 없습니다. 유럽의 경우 이러한 학술의 업적은 실로 문화적 풍토에서 자생해온 **토착적인** 지적 작물입니다. 그래서 학술과는 다른 형태나 다른 분야, 말하자면 예술이나 정치나 종교 같은 분야에서 병행 진화하고 있는 '그것과 비슷한 무언가'가 있습니다. 반면 일본에는 애초에 그런 학술적인 지식을 낳는 토양이 없습니다. 당연히 '그것과 비슷한 것'도 없습니다. 따라서 완성해놓은 '제품'만 갖고 와서 턱하고 놓아두기만 하면 금방 말라죽습니다. 일본의 문화적 풍토에 뿌리를 내리고 토착적 문화와 '화학작용'을 일으켜 새로운 것을 낳는 것이 되지 않으면 살아남을 수 없습니다. 수입 작물이 착상하고 본고장의 작물과 교배를 이루어 일본 고유종이 태어날 때까지 누군가 보살피는 작업을 해야 합니다. 이러한 '다리 놓기' 작업은 일본이라는 '변경'의 지적 풍토에 고유한 것이 아닐까 생각합니다.

『푸코, 바르트, 레비스트로스, 라캉 쉽게 읽기』*, 『유대문화론(사가판)私家版·ユダヤ文化論』**이라는 책과 『청년이여, 마르크스를 읽자若者よ'マルクスを読もう』(이시카와 야스히로石川康宏와 공저)*** 등은 한국어 번역본이 나와 있습니다. 이런 책의 한국어 번역이라니, 고개가 갸웃거려지는 선택이라는 생각이 들지 않나요? 한국에서 번역 출간 제안이 왔을 때 이런 생각이 들었습니다. 어쩌면 한국에는 '외래의 학술적 지식을 본고장의 언어로 환언하는' 기술을 가진 사람이 별로 없는 것이 아닐까? 그런 기술 자체에 대한 사회적 요청이 없는 것이 아닐까? 점잖은 학술서는 전문적으로 연구하는 사람만 읽고 일반 시민은 읽지 않는데, 그 사이에 지적인 틈이 벌어져 있지만 별로 신경 쓰지 않는 것이 아닐까? 그것을 옳든 그르든 다리를 놓지 않으면 거북하다고 생각하는 학자가 별로 없는 것이 아닐까? 그러니까 내 책 같은 작업이 드문 것이 아닐까?

시바타 모토유키柴田元幸는 엄청나게 정력적으로 미국문학을 번역하고 있습니다. '영어를 할 줄 아는 사람은 원서로 읽으면 될 것 아

---

*   한국어판은 이경덕 옮김, 갈라파고스, 2010.

**   한국어판은 박인순 옮김, 아모르문디, 2011.

***   한국어판은 김경원 옮김, 갈라파고스, 2011.

닌가?' 하고 말한다면 달리 할 말이 없지요. 그렇지만 그는 영어를 잘 못하는 사람도 미국문학의 질 높은 작품을 읽을 수 있기를 바라고 있습니다. 이것은 무척 뛰어난 '다리 놓기' 작업이라고 생각합니다.

*지적인 계층 차를 만들어내고 싶지 않다*는 사회적 요청이 '수준 높은 학술 정보를 섭취하고 싶다'는 요구와 비슷할 만큼 강한 것입니다. 일본 사회가 지적으로 비계층적이었으면 좋겠다고 바라는 사람이 적지 않게 존재합니다. 이는 프랑스에서 느낄 수 없는 경향이라고 봅니다.

내 자신도 사회는 가능하면 높은 유동성을 유지해야 한다고 생각합니다. 에크리튀르라는 것은 본질적으로 집단을 고정시키고 유동시키지 않기 위한 장치입니다. 그것이 가능한 만큼 자유롭고 유동적이고 생성적인 것이기를 바라는 마음으로 나는 이 수업에 임하고 있습니다. 힘든 과제라는 것은 잘 알고 있지요. 그러나 나는 무슨 일이 있어도 고집스럽게 그것을 추구하려고 합니다. 과연 유동적이고 생생하고 자유로운 에크리튀르의 가능성은 존재할까요?

이 물음을 다음 주에 이어가려고 합니다.

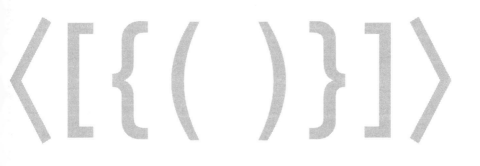

제8강

어째서 프랑스 철학자는 글을 어렵게 쓸까?

에크리튀르를 '어법langage의 우리檻'라고 말했습니다. 우리는 말을 한마디 할 때마다 자신이 소속한 계급을 지시하거나 자신이 빠져 있는 이데올로기를 고백하기도 합니다. 에크리튀르는 국지적인local 질서이고, 국지적인 우주관cosmology이며, 늘 (집합적인 방식이지만) 주관성을 드러냅니다. 과연 어떤 주관성과 무관한 에크리튀르를 구상하는 것이 가능할까요? 화자의 계급성, 믿는 종교, 정치적 입장, 사생관, 성적 기호 등 무엇 하나 흔적을 남기지 않는 투명한 어법이라는 것이 있을까요? 롤랑 바르트는 그것을 가설적으로 '무구한 에크리튀르écriture innocente' 또는 '하얀 에크리튀르écriture blanche'라고 불렀습니다. 가설이니까 현실에 존재하는지 아닌지는 별도로 치고, 그것을 '지향할' 목표로서 내걸 수는 있습니다. 사회개혁이 '격차 없는 사회'라든지 '투쟁 없는 사회'를 지향하는 것과 마찬가지입니다. 무한소실점처럼 현실적으로는 있을 수 없다고는 해도 목표로서 그것을 내걸지 않으면 가는 방향을 정하지 못합니다.

롤랑 바르트는 그것을 프랑스 문법의 용어를 빌려 '직설법적indicatif'인, 또는 '법mode과 관계없는' 에크리튀르라고 설명했습니다.

프랑스어 문법을 공부한 사람은 알겠지만 '법'이라는 개념이 있습니다. 동사가 어떤 사용법을 취할지를 지시하는 것으로 일본어에는 비슷한 것이 없기 때문에 설명하기가 어렵지만, 명령이나 바람이나 금지 등 어떤 문맥에 두는가에 따라 동사의 형태를 변화시킵니다. 인칭이나 시제가 같아도 형태가 변합니다. 예컨대 '비가 오기 전에는 집에 돌아가겠습니다.'일 때 '비가 오다'라는 동사에는 '가능하면 비가 내리지 않았으면 좋겠다…'는 뉘앙스가 이미 들어 있습니다. 순수하게 기술적인 '비가 오다'와는 다릅니다. 감촉이 다릅니다. 이 **감촉의 차이**를 동사의 변화가 나타내는 것입니다. 섬세한 기술입니다.

이러한 법 가운데 '직설법'이 있습니다. 어떤 주관적 판단도 배제한 순수하게 기술적記述的인 법으로 바람, 금지, 명령, 조건, 양보 등 동사에 '뉘앙스'를 초래하는 것이 아무것도 없습니다. 문맥이 없거나 '**무-법적**amodale'인 동사의 형태입니다. 롤랑 바르트는 만약 전체를 직설법만으로 쓴 텍스트가 있다면 그것은 중립적인 에크리튀르일 수 있지 않을까라는 문제를 제기합니다.

> 어떤 언어학자들은 '단수-복수, 과거-현재'라는 양극성을 띤 두 항의 중간에 제3항, 즉 중립적인 또는 영도의 항terme degré zéro을 세운다. 이 설에 따르면 직설법은 접속법과 명령법의 중간에 있어서 마치 무-법적인 것으로 보인다. 이야기의 수준은 다르지만, 영도의 에크리튀르는 요컨대 직설법적 에크리튀르, 또는 무-법적 에크리튀르가 아닐까?[24]

주관성을 배제한 에크리튀르…. 롤랑 바르트는 그것을 '저널리스트의 에크리튀르'라고 바꾸어 말해봅니다. 이상적인 방식의 저널리스트적인 에크리튀르가 있다면, 그것은 어떤 선행적인 가치 판단을 벗긴, 순수하게 기술적인 것이 될 것입니다. 비장하고 생생한 외침 소리와 냉철하고 비정한 판결문 중간에 위치하는 에크리튀르⋯. 저널리스트의 문체는 현실적으로 전혀 그런 것이 아니지만 '본래는' 그래서는 안 됩니다.

> 중립적인 새로운 에크리튀르는 외침과 판결의 사이에 위치하면서 어느 쪽에도 가담하지 않는다. 그 어느 쪽도 결여하고 있다. 그것이 이 새로운 에크리튀르를 형성한다. (⋯) 그것을 무감동의 에크리튀르라고 부를 수도 있지만, 오히려 무구한 에크리튀르라고 불러야 할 것이다.[25]

그리고 롤랑 바르트는 이 무구한 에크리튀르가 이상적으로 도달한 성과로서 알베르 카뮈의 『이방인』을 손꼽습니다.

> 이 투명한 언어는 카뮈의 『이방인』이 창시했다. 그것은 부재不在의 문체, 즉 문체의 거의 이상적인 부재를 달성한 것이다.[26]

『이방인』을 읽은 사람은 번역문을 통해서도 카뮈의 시원하고 성큼성큼 나아가는 문체의 하드보일드 감촉을 알아보리라고 생각합니다. 실제로 『이방인』은 기존의 소설과 동사의 사용법이 전혀 달랐습니다. 카뮈는 애당초 법정 저널리스트 출신이었고 나치 점령기에는 레지스탕스의 지하신문 『전투Combat』의 주필이었기 때문에 당시 프랑스의 작가 중에서는 가장 '저널리스틱'한 문체를 구사했습니다. 장식적인 수사나 끈적끈적한 감정적인 표현을 싫어하기는 하지만, 먼 곳에서 감정 개입 없이 바라보는 거리 두기detachment의 입장도 아닙니다. 비인정非人情이라고 하면 비인정이라고 할 수 있겠지만 '남이야 어떻게 되든 난 몰라.' 하는 무책임한 냉정함이 아니라 흘러넘치는 뜨거운 마음과 용솟음치는 언어를 지긋이 억눌러서 달성한 한계치의 비인정입니다. 한가운데가 아니라 감정 과다와 무감동이라는 두 가지 양극성을 힘껏 되밀어 달성한 필사적인 '중간'인 것입니다. 나도 카뮈의 노력에 경의를 표하는데 롤랑 바르트도 높은 평가를 내렸습니다.

『이방인』은 예외적으로 달성한 성과입니다. 그렇지만 무구한 에크리튀르는 누구의 모방도 허용하지 않습니다. 이상적인 문체라고 범례로 삼는 것도 불가능합니다. 그런 것이 아니기 때문이지요. 정형적인 것이 아니라 운동이니까요. 이토록 투명감 있는 문체의 배후에는 식은땀을 짜내는 혼신의 억제가 있습니다.

에크리튀르의 막다른 곳은 사회의 막다른 곳

에크리튀르라는 것은 일종의 '틀'입니다. 누구라도 선택하면 다음날부터 금방 구사할 수 있습니다. 졸업생이 회사에 들어간 지 단 2주일만 지나면, '본사에서는'이라든가 '현장 사정을 이해해주시면 좋겠습니다.' 하는 말을 술술 합니다. 나는 언제나 이런 말을 감동하며 듣는데, 그런 것입니다. 그러니까 당연히 『이방인』 같은 에크리튀르'도 모방 가능합니다. 하지만 그것이 에크리튀르의 함정이 됩니다.

『이방인』같은 스타일로 쓴 글'을 독자들이 더 읽고 싶다고 갈망한다면, 작가 자신이 모방의 우리에 갇히고 맙니다. 자기 자신의 창작 활동에 대해 아류epigonen가 되어버리니까요. 그것은 더 이상 무구하지도 않고 중립적이지도 않습니다.

아무리 자유로운 에크리튀르를 구사하려고 해도 글쓴이가 국민국가든, 인종집단이든, 종교 공동체든, 사회계급이든, 성차性差든, 연령이든, 어떤 차이를 보이는 사회집단에 속해 있는 이상 그 집단 고유의 에크리튀르의 당파성을 벗어날 수는 없습니다. 에크리튀르가 사회가 몇몇 국지적인 권역으로 분할되어 있는 것을 나타낸다면, 이 상태를 해결하는 방법은 원리적으로 하나밖에 없습니다. 그것은 *사회를 변화시키는 것*입니다.

에크리튀르에는 막다른 골목이 있는데, 그것은 사회 자체의 막다른 골목과 동일한 것이다. 오늘날 작가들은 그것을 느끼고 있다. 따라서 그들이 비문체적인 문체, 또는 구어적인 문체, 에크리튀르의 영도, 또는 에크리튀르의 구어적인 차원을 탐구하는 것은 요컨대 절대적으로 균질적인 사회 상태를 선취하는 것이다.[27](강조는 우치다 다쓰루)

여기에서 롤랑 바르트는 계급사회의 근절이라는 마르크스주의적 사회개혁의 방향을 소극적으로 제시합니다. 이 글을 쓴 시기인 1950년대 초 프랑스에서는 '절대적으로 균질적인 사회 상태état absolutement homogéne de la société', 즉 '계급 없는 사회'를 지향한다는 것이 거의 지식인의 필수적인 서약이었기 때문에 롤랑 바르트가 이런 글을 쓴 것은 당연하다고 생각합니다.

그러나 지금 읽으면 약간 억지가 있습니다. 실제로 '계급 없는 사회'를 위한 몇몇 실험이 이루어진 바 있습니다. 소련과 중국의 사회주의, 캄보디아의 폴포트, 리비아의 가다피, 북한의 김일성 왕조도 '절대적으로 균질적인 사회 상태'를 실현했다고 공공연하게 선언합니다. 그런 사회에서는 단 하나의 관제 에크리튀르만 허용하고, 그밖의 언어는 금지하고 억압하며 입 밖으로 내면 처벌받는, 말하자면 에크리튀르의 억압밖에 일어나지 않았습니다.

에크리튀르의 막다른 골목은 사회의 막다른 골목을 반영하고, 에크리튀르의 부족성部族性은 사회의 부족성을 반영합니다. 그렇다고 사회를 균질화하고 평평하게 만듦으로써 에크리튀르를 글로벌화하면 되지 않느냐고 할 수는 없습니다. 에크리튀르가 글로벌한 것이 되어 70억 명이 동일한 언어로 이야기한다면, 실로 세계 자체가 우리檻가 되어버리는 '역逆유토피아'가 도래할 테니까요.

롤랑 바르트의 에크리튀르 이론은 비교적 비관적으로 끝을 맺습니다. 무구하고 중립적이고 중성적인 에크리튀르는 지향해봐야 소용없을지도 모릅니다. 손으로 만지는 것 전부를 금으로 바꾸는 마법을 얻은 탓에 굶어죽게 생긴 미다스 왕처럼, 우리는 새롭고 생기 있는 언어를 창출한 바로 그 순간 그것을 고사시켜 생명 없는 형식으로 바꾸어버리는 '저주'에 걸릴지도 모릅니다.

만약 작가가 자유로운 어법을 창조했다고 해도, 그것은 기성제품이라는 모양으로 그에게 되돌아올 것이다.[28]

그렇다면 결국 작가에게 남겨진 유일한 가능성은 아마도 '자유로운 어법을 창조하자마자 그것이 금방 기성제품이 되어 맨 처음의 싱싱함을 잃어버리는' 상황 자체의 증인이 되는 수밖에 없습니다. '에크리튀르의 실추失墜'라는 서사를 이어가는 수밖에 없습니다. 그것이 어쩌면 작가가 해야 할 진정한 작업일지도 모릅니다. 롤랑 바르트는 그런 식으로 생각한 듯합니다.

문학의 에크리튀르는 '역사'의 소외와 '역사'의 꿈을 둘 다 짊어지고 있다. '필연성'으로서 문학의 에크리튀르는 계급의 분열과 불가분한 어법의 분열을 증명하고 있다. '자유'로서 문학의 에크리튀르는 이 분열의 의식이며, 그것을 극복하는 노력 자체이다.[29]

롤랑 바르트는 그가 기도한 무한 소실점으로서 '언어가 더 이상 소외되지 않는 천지 창조적인 신세계un nouveau monde adamique'를, 그리고 '꿈꾸는 어법un langage rêvé'을 상정합니다. 물론 이런 목표는 환상적인 것에 불과합니다. 하지만 그것을 지향하고 그 기도가 그때마다 실패한다는 사실을 고통으로서, 패배로서 감지하는 것보다 작가에게 더 긴급한 작업은 없습니다.

'선언'은 낡은 어법과 새로운 어법의 '사이'에서 출현한다

그러한 에크리튀르를 예외적으로 이룩해낸 예가 없지는 않습니다. 이를테면 전간기*에 무더기로 나온 다양한 '선언'의 에크리튀르가 그러합니다. 필리포 마리네티Filippo Marinetti의 「미래파 선언」(1902), 트리스탕 차라Tristan Tzara의 「다다 선언」(1918), 앙드레 브르통Andre Breton의 「초현실주의 선언」(1924) 같은 텍스트는 어느 것이나 완전히 새로운 언어, 전대미문의 어법을 모든 사람 앞에 제시하려는 선언이었습니다.

'선언'이란 정의로 볼 때 낡은 어법과 새로운 어법의 '경계 지대'에 출현합니다. 낡은 어법밖에 모르는 사람도 이해할 수 있는데, 그것이 대단히 생생하고 신선도가 높은 전대미문의 언어라는 것은 알 수 있습니다. 앞으로 전혀 새로운 어법이 생겨난다는 메시지를 충분하게 전하는 것이 바로 선언입니다.

그렇지만 선언의 비극성은 선언하는 글이 가장 재미있다는 것입니다. 다시 말해 그 후 선언이 제시하는 방침이나 규범에 따라 쓴 글은 벌써 재미가 줄어듭니다. 초현실주의가 좋은 예입니다. 시행착오를 저지른 초기의 글은 재미있지만 '이것이 초현실주의다.' 하는 정의를 내리고 틀과 조건이 갖추어져 '이런 것은 초현실주의적이지 않다'는 비평의 언어가 생겨나면 더 이상 재미있지 않습니다.

---

* **전간기戰間期** 제1차 세계대전 종결부터 제2차 세계대전 발발에 이르는 기간, 즉 1919년에서 1939년까지를 가리킨다. 특히 유럽의 역사에서 중요한 의미를 지닌다.

앙드레 브르통은 『나자Nadja』의 끝에 "미美란 마비적인 것이리라. 그렇지 않다면 존재하지 않으리라.la beauté sera convulsive ou ne sera pas." 하는 유명한 말을 남겼습니다. '마비적'이라는 형용사는 의식을 제어할 수 없는 격렬한 운동성을 가리킬 뿐 아니라 '죽음을 눈앞에 둔 생물 고유의 몸짓'도 함의하고 있다고 생각합니다. 죽기 직전에만 미는 성취된다는 것, 요절하는 것만 허용되며 장수를 바라면 타락이 시작된다는 것, 이것이 에크리튀르의 숙명입니다. 그렇다면 언어의 미의 가능성은 생성과 타락, 창조와 사멸의 '틈바구니'에 있을 수밖에 없습니다.

그러므로 '선언의 에크리튀르'가 예외적인 미적 달성이라는 것은 일리가 있습니다. 그것은 지지자를 찾고 있는 텍스트이며, 경우에 따라서는 반대자를 겁박하기 위한 텍스트이기도 하기 때문에 읽기 쉬움readability이 필수적입니다. 읽을 수 없는 것은 아니지만 동시에 전대미문의 정신적 운동이 지금 시작되고 있다는 것을 분명하게 밝혀야 합니다. 무엇을 말하는지 전해지지 않아도 곤란하지만, 무엇을 말하는지 금방 술술 알아들어도 곤란합니다. 이러한 이중의 요청으로 분열되어 있다는 것이 선언의 숙명입니다. 그러한 분열 가운데 있으면서 분열을 강하게 의식하고 쓴 텍스트는 아름답습니다. 마비적으로 아름답습니다. 따라서 언어적 모험의 기념비로서 문학사에 남습니다. 선언적인 텍스트는 20세기 초에 거의 다 쓰였고, 그 이후에 쓰인 선언 중에 그만큼 강렬한 것은 존재하지 않습니다. 안타깝지만 그렇습니다.

'읽기 쉬우면서 전대미문의 내용을 이야기하는 것' 즉 선언을 규정하는 이러한 모순적인 요청에 부응해야 한다는 과제를 얼마나 제대로 의식화하고 있는가, 이것이 실은 글을 쓸 때 글의 수준에 결정적으로 관여하지 않을까 하는 생각이 듭니다.

미야자키 하야오는 '세계의 시장'을 의식하지 않는다

2, 3년 전에 스튜디오 지브리의 미야자키 하야오는 인터뷰에서 "당신은 누구를 향해 작품을 만듭니까?" 하는 질문을 받은 적이 있습니다. 그는 "일본의 어린이"라고 대답했습니다. 일본의 어린이들을 상정해 작품을 만들고 있다고 말입니다. "세계의 시장은 의식하고 있지 않습니까?"라는 질문에는 "의식하고 있지 않습니다." 하고 대답했습니다.

그때 그는 재미있는 발언을 했습니다. "내게는 실패작이 몇 개 있습니다." 〈붉은 돼지〉라는 작품이 있는데 그것이 실패작이었다고 말입니다. 왜냐하면 자신이 하고 싶은 것을 했을 뿐, 관객인 어린이가 아니라 자신의 미의식이나 기호에 맞추어 만들어버렸기 때문이라고. 여하튼 일본의 어린이가 기뻐해주는 작품이라고 스스로 한정한 작품을 만들어야 한다고 그때 생각했다고 합니다.

그때 인터뷰한 사람이 약간 의심쩍었던 듯, "그런 것은 내향적인 작품에 불과하지 않은가요?" 하고 물었습니다. 그러자 미야자키 하야오는 살짝 거칠어진 목소리로 다음과 같은 반론을 내놓았습니다.

"일본에는 1억 3천만 명이라는 시장, 즉 일본어를 이해할 수 있고 일본적인 가치관이나 미의식을 공유할 수 있는 규모 있는 시장이 있습니다. 우리는 일본인만 상대해도 먹고 살아갈 수 있습니다. 자국민만 상대해도 수지가 맞는 나라는 세계에 별로 없습니다. 세계 시장을 겨냥해야 하는 것은 지나치게 좁은 국내시장만으로는 먹고 살아갈 수 없기 때문입니다. 영화를 만들어도 제작비를 회수할 수 없으니까 할 수 없이 세계 시장을 노리는 것입니다. 그러나 우리는 일본 시장만으로도 들어간 자본을 회수할 수 있기 때문에 일본의 어린이만 위해서 작품을 만듭니다. 그 결과 우연히 세계 시장의 지지도 받은 것입니다. 이것은 기쁘지만 내게는 '보너스' 같은 것입니다."

이 인터뷰를 읽고 나는 깜짝 놀랐습니다. '나는 세계를 지향하고 있다'고 공언하는 에크리튀르가 대부분인 가운데 세계적으로 압도적인 대중성을 얻고 있는 미야자키 하야오 자신이 일본의 어린이만 대상으로 한정한 작품을 만든다고 단언하고 있었기 때문입니다.

그때 몇 가지 생각이 떠올랐습니다.

하나는 우리가 놓여 있는 언어 환경은 지극히 특수하다는 것입니다. 일본은 식자율이 높고 어휘력이나 논리적 사고력, 충분한 이해력을 갖춘 거대한 독자층을 갖고 있습니다. 우리는 1억 남짓한 그들을 상정하고 언어를 발화하고 있습니다.

지난 주 '다리 놓기'라는 작업에 대해 이야기했습니다만, 내가 지금 하고 있는 일, 즉 학술적인 전문 정보를 회화체coloquial의 생활언어로 바꾸는 작업이 가능한 까닭은 지적으로 충분한 잠재력을 지닌 거대한 독자층을 상정할 수 있기 때문입니다. 다른 나라는 내가 하는 작업의 수요가 애초부터 없습니다. 영국이나 프랑스에는 '이런 이야기'를 듣고 싶고 이해하고 싶다는 두터운 독자층이 존재하지 않으니까요. 에크리튀르라든지 문화자본이라든지 애너그램 같은 주제는 아카데미 내부에서 '자기들끼리 나누는 이야기'일 뿐, 신체 감각을 동반한 생활언어로 그것을 어떻게 바꾸어야 할까는 그다지 긴급한 사안이 아닙니다.

그러나 일본은 그렇지 않습니다. 지적인 계층성이 유럽 같은 형태로 일본에 존재하지 않는다는 것은 '좋은 일'이라고 생각합니다. 물론 모든 일에는 좋은 면과 나쁜 면이 있지요. 나쁜 면은 '자기가 하고 싶은 말을 알아주는' 몇 십만, 몇 백만이라는 불특정 다수의 독자나 시청자를 부당하게 선취해버린다는 것입니다. 다시 말해 '저기, 내가 하려는 말이 뭔지 알겠지요?' 하고 돌아보면 '그럼, 알고말고!' 하고 대꾸해주는 사람들이 무수하게 자기 뒤에 있다고 믿어버린다는 것입니다. 그러면 어떤 일이 일어날까요? 논리적으로 이야기해야 한다든지, 증거를 제대로 갖추어 이야기한다든지, 마음을 다해 설득하려고 노력해야겠다는 동기가 약해집니다. '내가 무슨 말을 하는지 다 알겠지?' 하면 '그럼, 그럼.' 해주는 관계를 상정해버리면 그렇게 됩니다.

이는 본인에게 몹시 쾌적한 언어 환경입니다. 사사로운 어조나 표정의 변화로도 내가 하려는 말을 상대방이 짐작해주니까요. 실로 '후한' 언어 환경에서 우리는 언어활동을 영위하고 있습니다. 그러나 이렇게 뜨뜻미지근한 언어 환경에 놓인 인간이 과연 '창조적인 언어'를 습득할 수 있을까요? 실로 이제까지 내 이야기는 거의 외국 문헌의 인용이었습니다. 원原이론으로서는 여러분도 이해하겠지요. 그렇지만 실제로 우리가 언어를 사용할 때, 글을 쓰거나 이야기할 때, 이런 이론이 직접적인 도움이 될까요? 꽤 특수한 일본의 언어 환경에 유럽에서 나온 언어 이론을 그대로 적용할 수 있을까요? 나는 좀 부정적인 견해를 갖고 있습니다.

롤랑 바르트도 부르디외도 '엘리트 한정'

이를테면 '어법langage'을 볼까요? 롤랑 바르트가 '랑가주'라는 말로 그려내는 언어 현상과 우리가 '어법'이라는 일본어를 통해 막연하게 떠올리는 것과 과연 같을까요? 나는 자신이 없습니다. 다음 글을 읽어봅시다.

우리는 누구나 자신이 사용하는 어법의 진리 안에, 즉 그 지역성 안에 얽매여 있다. 내 어법과 이웃의 어법 사이에는 격렬한 경합 관계가 있고, 거기에 우리는 끌려들어가 있다. 왜냐하면 모든 어법(모든 픽션)은 패권을 다투는 투쟁이기 때문이다. 따라서 한번 어떤 어법이 패권을 쥐면 그것은 사회생활 전반에 퍼져 무無징후적인 '편견doxa'이 된다. 정치가나 관료가 말하는 비정치적인 말, 신문, 텔레비전, 라디오에서 이야기하는 말, 일상적으로 떠드는 말, 그것이 패권을 쥔 어

법인 것이다.[30]

    윗글은 『텍스트의 즐거움』(1973)이라는 롤랑 바르트의 에세이에서 인용한 대목입니다. 이것을 읽었을 때는 '과연 그렇군.' 하고 고개를 끄덕였습니다. 하지만 이것을 그대로 일본사회의 언어 환경에 적용할 수 있을까 생각하니 그럴 수 없었습니다. 왜냐하면 앞 단계가 다르기 때문이지요. "우리는 누구나 자신이 사용하는 어법의 진리 안에, 즉 그 지역성 안에 얽매여 있다."는 문장이 있는데요. 이것은 내가 말하는 '샐러리맨의 에크리튀르'나 '아주머니의 에크리튀르' 같은 지역성을 말하는 것이 아닙니다. 일본의 경우 그런 어법은 딱히 패권을 다투지 않으니까요. 간사이關西 사투리를 쓰는 사람도 간사이에 있을 때나 가족이나 친구와 간사이 말을 하지, 취직하러 도쿄에 가면 표준어로 바꾸어 말합니다. 딱히 표준어라는 '패권 언어'에 대해 굴복하는 자세를 내면화하고 있는 것이 아닙니다. 그도 그럴 것이 간사이로 돌아오면 다시 지역의 언어로 돌아오니까요.

    일본의 경우는 어법을 간단하게 바꿀 수 있습니다. 어떤 어법에 얽매였다고 해서 평생 그대로 얽매이지 않습니다.

    그렇지만 롤랑 바르트 같은 프랑스인이 갇혀 있는 우리는 글자 그대로 우리입니다. 학자는 학자끼리 통하는 어법밖에 쓰지 않고, 노동계급은 그 계층에서 통하는 어법밖에 쓰지 않습니다. 그 이외의 언어 사용은 허용되지 않습니다.

    예컨대 파리의 '교외'에 위치한 이슬람 계통의 이민 집안에서 태어나 지역의 공립학교에 다니는 아이들은 주위의 어른들이 사용하는 특이한 언어를 습득하고, 복장, 걸음걸이, 인사법 등도 소속 사회집단의 독특한 방식에 따라야 합니다. 다른 대화법, 다른 복장으로는 동료와 어울릴 수 없습니다.

미국도 그렇습니다. 건국 300년이 지났는데도 아직도 어느 나라 출신인가에 따라 집단 별로 엄밀하게 나뉩니다. 아이리시 아메리칸, 프렌치 아메리칸, 아프리칸 아메리칸 등등 세밀하게 구별합니다. '그냥 아메리칸'은 존재하지 않습니다. 이민 집단의 구심력으로부터 쉽게 빠져나오지 못합니다. 히스패닉이라면 스페인어를 씁니다. 도시의 흑인들은 '에보닉스'*라는 언어를 씁니다. 영어와는 어휘와 문법이 다른 언어입니다. 그런 언어를 쓰면서 다른 집단과 차별화를 꾀합니다. 이런 사람들에게는 어떤 어법이 언어적 패권을 획득하느냐가 집단의 정치적 패권과 직접적으로 결부됩니다. 따라서 어법의 문제는 사활이 걸린 문제입니다. 일본인이라면 롤랑 바르트의 글을 읽고 "어머, 그렇군요, 국지적인 어법이 패권을 다투어 투쟁하고 있군요." 하면서 순순히 고개를 끄덕일 리 없습니다. 외국의 문헌에 쓰인 글을 문면만 스윽 읽어서는 안 됩니다. 그 말을 깨달을 때까지 시간이 걸립니다. 그런데 리미터**가 달려 있어서 손쉽게 고개를 끄덕거

---

*　　**에보닉스**Ebonics 흑인을 뜻하는 Ebony와 음성학을 뜻하는 Phonics가 합쳐진 말로서 미국에서 흑인들이 사용하는 영어를 가리킨다.

**　　**리미터**limiter 주파수 변조파의 일정한 양 이상의 강도를 제거하는 진폭 제한기.

립니다. '우리는 누구나…' 하는 롤랑 바르트의 인용은 꽤 알기 쉬운 일본어였지요? 내가 번역했기 때문입니다. 원본의 프랑스어는 이해하기 무척 어렵습니다.

롤랑 바르트의 『텍스트의 즐거움』을 '그래, 그래.' 고개를 주억거리면서 마지막까지 읽을 수 있는 사람은 프랑스인 6천만 명 중에 기껏해야 10만 명쯤 되겠지요. 롤랑 바르트 자신도 그 정도의 한정된 독자 집단을 상정하고 글을 썼을 것입니다. 그래서 아무렇지도 않게 어려운 글을 쓸 수 있습니다. 아니, 어렵게 글을 씀으로써 "이것은 어디까지나 '우리끼리 읽는 것'이지, 프랑스인 전체를 상대로 쓴 것이 아닙니다." 하는 '꼬리표'를 붙인 것이 아닐까 합니다.

내가 불문과 학생이었을 무렵, 이런 글을 읽으면서 '어째서 프랑스 철학자는 글을 어렵게 쓸까?' 하고 한숨을 내쉰 적이 있습니다. '누가 읽어도 알 수 있는 일본어'로 도저히 바꾸어 쓸 수 없는 글이었기 때문입니다. 이렇게 20년, 30년을 계속 한탄해오다가 어느 날 불현듯 깨달았습니다. '누가 읽어도 알 수 있는 일본어로 바꾸기'라는 기획 자체가 번지수가 틀렸다고 말입니다. 처음부터 독자를 한정해서 쓴 글이었습니다. 같은 교육을 받고, 같은 책을 읽고, 같은 정치적 상황에 관여한, 같은 지적 수준의 독자를 상정해서 쓴 글이었습니다. 따라서 '알기 쉽게 바꾸어 쓰는paraphrase' 일을 하지 않습니다. 일반 독자에게는 '해독 불가능'해도 상관없습니다. 오히려 해독 불가능한 것이 좋습니다. 오랫동안 번역을 해오면서 이제야 겨우 이것을 깨달았습니다.

이런 언어 사용은 *그 자체가 계층 형성적으로 기능하고 있습니다*. '너무 어려워서 의미를 알 수 없어.' 하는 독자는 '파티에 초대받지 않은' 것입니다. 다시 말해 이런 뜻이지요. '너는 네 친구들과 파티를 즐겨라. 이곳은 네가 올 곳이 아니니까.' 롤랑 바르트도, 푸코도, 데리다도, 라캉도, '어째서 여러분은 이렇게 어렵게 글을 씁니까?' 하는 질문을 받는다면 깜짝 놀라서 이렇게 말하겠지요. "내 글이 어렵다고? 그건 네가 독자로 상정되지 않았다는 뜻이야. 그러니까 읽지 않아도 돼."

이런 말을 들으면 반론할 수 없겠지만, 나라면 '뭐라고? 말 다했어?' 하고 화를 낼 것입니다. 나는 1억 3천만 동포를 위해 될수록 질이 높은 학술 정보를 전하기 위해 온힘을 쏟는 '수입업자'니까요. 양질의 외국 제품을 우리 동포에게 전해주려고 최선을 다해 노력하는 수입업자가 수출국 제조업자로부터 "우리 상품은 품위 있고 돈 많은 유명인 손님에게만 팔고 싶어. 너희 나라의 가난한 사람들이 사면 브랜드 이미지가 떨어진단 말이야." 하는 말을 들으면 울화가 치밀 것입니다.

어법의 양상은 사회 상황의 양상과 딱 맞아떨어집니다. 프랑스에서는 '어법의 우리'가 바로 '사회의 우리'로 기능하고 있습니다. 롤랑 바르트도, 부르디외도, 계층 재생산의 시스템을 선명하게 분석하면서도 정작 분석을 이야기하는 어법은 '엘리트로 한정'하고 있습니다. 지적 엘리트 외에는 '접근 불가'라는 배타적 어법으로 '배타적 어법의 형성 방식'에 관한 논의를 펼치는 것입니다. 그것이 '좀 이상하다'는 것을 롤랑 바르트도, 부르디외도 자각하지 못합니다. 그렇게 말할 수 있습니다. 정말로 이 어법의 우리를 부수고 싶다면, 더욱 자유롭고 개방적인 어법으로 동포들과 공유하고 싶다고 생각한다면, *이런 글쓰기 방식은 취하지 않을* 것이라고 생각합니다.

필시 일본인만 있는 것이 아닐까요? '이 글은 너무 어려워.' 하고 불평하는 독자는…. *'이것을 진정으로 읽어야 하는 독자에게 이렇게 하면 전해지지 않잖아?'* 하고 불평히는 독자 밀입니다. 노대체 누구를 대상으로 글을 쓰는 것일까요? 이것은 아주 중요한 문제입니다. 다음 주 주제는 바로 이것입니다.

제9강

가장 강한 메시지는 '자기 앞으로 온' 메시지다

며칠 전 대학원생에게 흥미로운 질문을 받았습니다. "자기 생각을 남이 이해해주기를 바란다고 하면서 왜 만인을 향한 어법을 구사하는 것일까요? 그렇게 해도 괜찮은 것일까요?"

"개성적인 표현으로 전달하려고 하면 아무래도 생각이 전해지지 않는 것 같아요. 예를 들어 입사시험의 면접 때 자기 생각을 이해시키려고 하면 자기도 모르게 모든 사람을 상대로 한 이야기를 하고 맙니다. 그렇게 해도 괜찮은 것일까요?"

이 질문에 대해 나는 이렇게 대답했습니다. "학생은 '모든 사람을 상대로 한'이라는 관형어구의 의미를 좀 잘못 파악하고 있는 것이 아닐는지?"

물음에 대해 물음으로 대응하는 것은 얍삽한 느낌이 들지만, 그녀가 무척 중요한 질문을 했기 때문에 무언가 실용적인 대답을 해주기보다는 물음 자체에 내재한 거대한 문제를 논의하는 것이 낫겠다고 여겼습니다.

'누구나 이해할 수 있는 언어'란 어떤 언어일까요? 누구나 이해할 수 있는 언어, 그것이 담고 있는 메시지에 관해 전혀 오해가 없는 언어란 어떤 것일까요?

내가 지금 여기에서 말하는 수업의 언어는 잘 이해하는 사람도 있고, 절반쯤 이해하는 사람도 있고, 무슨 소리를 하는지 당최 모르겠다는 사람도 있습니다. 사람에 따라 이해는 반드시 들쭉날쭉합니다. 하지만 전원이 다 제대로 이해할 수 있는 언어는 절대적으로 있습니다. 이를테면 '커튼 좀 닫아줄래?'라든지 '뒤쪽에 있는 사람도 잘 들립니까?'라든지 '배포한 자료는 다 받았나요?' 같은 언어입니다. 이런 말은 100퍼센트 오해의 여지가 없습니다.

대학의 강의는 하나의 '허구fiction'입니다. 정해진 곳에서, 정해진 시간에, 정해진 교수가 이렇게 칠판 앞에 서서 마이크를 잡고 떠드는 것을 학생들이 듣고, 잠자코 노트 필기를 합니다. 이것은 허구입니다. 무엇을 하는지 대충 틀이 정해져 있지요. 그리고 이 '틀'의 설정에 관한 언급에 대해서는 이 자리에 있는 모든 사람이 100퍼센트 오해의 여지없이 이해하고 있다고 되어 있습니다. 예컨대 마이크가 고장 나서 소리가 나지 않는다든가 내가 교단에서 발을 헛디뎌 떨어질 때는 무슨 일이 일어났는지 전원이 압니다. 강의 내용은 전혀 이해할 수 없었다는 사람도 강의가 시작되었다든지 끝났다든지 갑자기 휴강이 되었다든지 하는 것은 틀림없이 압니다.

한마디로 '모든 사람을 상대로 한' 메시지, 누구나 오해하지 않는 메시지는 메시지의 설정에 관한 메시지입니다. '액자의 틀'이라고 해도 좋습니다.

'액자의 틀'이 전하는 메시지는 이렇습니다. "이 안에 그려진 것은 그림입니다. 현실의 사물이 아닙니다. 벽 위에 걸려 있지만 벽의 일부가 아니지요. 착각하지 마시기 바랍니다." 액자의 틀을 보지 못하는 사람은 '그림'을 보는 것이 불가능합니다. 액자의 틀 속에 다빈치의 '모나리자'가 있어도 액자의 틀을 보지 못하는 사람은 그것을 '벽 모양 같은 것'으로만 인식합니다. 그것조차 올바르지 않지요. 왜

나하면 벽의 모양은 그림이 걸려 있기 때문에 보이지 않을 테니까요. 다시 말해 **액자의 틀을 보지 못하는 사람은 세계를 통째로 잘못 볼 가능성이 있다**는 말입니다. 그러므로 액자의 틀과 '액자의 틀이 아닌 것'을 올바르게 구분한다는 것이 인간에게는 지극히 긴급성을 띤 생물적 과제입니다.

유럽의 거리를 걷노라면 어디에 가든 가장 호화로운 건물은 극장과 교회입니다. 장식이 비일상적이기 때문에 일반 주택과 극장을 혼동하거나 레스토랑과 교회를 착각하는 일은 일어나지 않습니다.

요로 다케시 선생의 가르침에 따르면 이는 교회나 극장이라는 건축물이 '액자의 틀' 같은 기능을 맡고 있기 때문이라고 합니다. "이 안에서 말하는 것은 현실 생활에서 말하는 것과 다르니까 헷갈리지 않도록 해." 이렇게 주의를 환기하기 위해 일부러 건축물 자체를 비현실적이고 비실용적으로 지었다는 것입니다.

극장에서 배우가 연기하는 것을 현실이라고 혼동하면 큰일 납니다. 무대 위에서 연기한 살인사건이나 유령의 출현, 세계의 멸망을 현실과 연계된 사건이라고 믿어버리고 밖으로 뛰쳐나간다면 소동이 벌어질 것입니다. 그렇다고 연기를 보는 동안 줄곧 '이것은 허구야, 이 사람들은 배우고, 이 풍경은 전부 합판에 페인트로 칠한 소품이야.' 하고 현실을 환기시키면서 절대로 이야기에 빠져들지 않도록 노력한다면, 연극 관람을 전혀 즐길 수 없습니다. 허구의 세계에 깊이 납치당해 가슴을 쿵쾅거리면서도 그것을 현실이라고 오해하는 리스크를 회피하기 위해서는 반드시 '액자의 틀'이 필요합니다.

한마디로 극장에서 연극을 보는 사람이 절대로 간과해서는 안 되는 것은 연극의 극작가가 말하고 싶은 것도 아니고, 배우들의 명연기도 아니고, 음악이나 장치의 훌륭함도 아닙니다. 그것은 오로지 '이곳은 극장'이라는 사실입니다.

그곳에서 오고가는 말이나 몸짓의 해석 방식을 지정하는 것, 그것이 '액자의 틀'입니다. 언어학의 용어로는 '메타 메시지'라고 합니다.

'메타 메시지'는 '메시지를 읽는 법을 지시하는 메시지'를 뜻합니다. 메시지 자체는 듣지 못하거나 오해해도 상관없습니다. 그러나 메타 메시지는 절대로 듣지 못하거나 오해해서는 안 됩니다. 그것은 사활이 걸린 중요한 정보이기 때문입니다.

지금 우리는 대학 강의를 진행하고 있는데, 대학 건물도 극장이나 교회와 조금 닮은 점이 있습니다. 교사도 목사나 배우와 조금 닮았습니다. 이것은 강의니까 다들 벨이 울리고 다음 벨이 울릴 때까지 90분 동안 강사가 이야기하는 것을 조용히 들어야 합니다. 그것은 현실의 언어가 아니라 '강의의 언어'입니다. 따라서 내 강의 내용을 전혀 이해할 수 없는 학생이라도 '뒤쪽에 있는 사람도 잘 들립니까?'라는 메시지는 반드시 이해할 수 있습니다. '반드시'라는 말은 정말 '반드시'입니다. '뒤쪽에 있는 사람도 잘 들립니까?' 하고 묻더라도 '잘 안 들립니다!' 하는 대답이 되돌아올 수 있으니까요.

이상하지 않나요? '잘 들립니까?' 하는 물음에 '잘 안 들립니다!' 하는 대답은 사실 있을 수 없습니다. '들리지 않을' 테니까요. 들리

지 않는데도 '들리느냐, 안 들리느냐'에 관한 질문이라는 것을 알아
듣습니다. '뒤쪽에 있는 사람' 중에 '뒤쪽'과 '잘 들립니까?'라는 말
중에 '들립…'밖에 들리지 않아도 무슨 말인지 압니다. '액자의 틀에
관한 메시지는 죽고 살 만큼 중요하기 때문에 결코 흘려들어서는 안
된다'는 유적類的 명령이 여러분의 신체 안에 깊이 새겨져 있기 때문
입니다.

　　인간이란 이렇게 어떤 종류의 메시지에 대해서만 선택적으로 주
의력을 집중시킵니다. 그 메시지만큼은 무조건 듣습니다. 자유의사
에 따라 듣거나 듣지 않는 선택을 할 수 없습니다.

　　메타 메시지에 대해서는 '그렇게 말함으로써 당신은 무엇을 말
하고 싶은가?'라는 '해석'이 들어갈 여지가 없습니다. '커튼 좀 닫아
줄래?' 하고 내가 말했을 때 '그렇게 말함으로써 당신은 무엇을 말하
고 싶은가?'라고 다시 묻는 학생은 없습니다. 그러나 내가 '여러분은
정말 아무것도 모르는군요.' 하고 말한 경우는 그렇지 않습니다. '이
사람은 가르치겠다는 선의를 갖고 말하고 있을까?', '사람을 우롱하
고 있을까?', '우리를 도발하려는 것일까?', '인내력이 한계에 달해 이
성을 잃은 것일까?' 등등 여러 해석의 가능성이 있습니다. '여러 해
석의 가능성이 있는 메시지'에 대해서는 보통 '계류해놓기pending'로
처리합니다. '의미를 알 수 없는 메시지'라는 '꼬리표'를 붙여놓고 적
당히 내버려둡니다.

　　적당히 내버려둔다는 것은 '수신했다'는 것과 다릅니다. '이해했
다'는 것도 아닙니다. 적당히 방치해두었다가 언젠가 뜻하지 않은 계

기로 이해한다면 좋은 일이고, 쓸모가 없다면 조만간 쓰레기와 함께 버리는 일도 있다는 말입니다.

그러므로 진정으로 아무쪼록 남에게 전하고 싶은 메시지가 있을 때에는 해석의 여지를 남겨서는 안 됩니다. 메타 메시지라는 형태로 전하는 것이 가장 확실합니다.

결국 내가 강의 중 이야기하는 모든 언어가 '커튼 좀 닫아줄래?' 라든지 '뒤쪽에 있는 사람도 잘 들립니까?'와 같이 일의적인 메시지 로서 어떤 오해의 여지도 없이 100퍼센트 여러분에게 전해진다면, 그것은 '완벽한 커뮤니케이션', '가장 성공한 강의'라는 말이 됩니다.

'만인을 향한 메시지'는 누구에게도 전해지지 않는다

아까 처음에 이야기한 어느 대학원생의 질문으로 돌아갑시다. 만약 '만인을 향한' 메시지라는 것이 있다면, 그것은 메타 메시지라 는 형식으로 송신한 메시지여야 합니다.

'만인을 향한'이란 그녀가 생각하듯 '누구든지 말할 것 같은 메 시지'가 아닙니다. '누구든지 말할 것 같은 메시지'는 해석이 열려 있 습니다. 따라서 그것을 들은 사람은 "이 사람은 '누구든지 말할 것 같 은 메시지'를 말함으로써 무엇을 말하고 싶은 것일까?" 하는 질문을 던지게 됩니다. 반드시 그렇습니다. 그리고 그는 그렇게 물음으로써 '난 세상이 정해놓은 것을 결코 거스르지 않는 만만한 인간이야.'라 고 말하려는 것인지, 아니면 '면접에서는 어련무던하게만 말하면 꼰

대는 간단하게 속여 넘길 수 있어.' 하고 세상을 얕보고 있는지, 또는 원래 괴팍한 사람이라는 것을 필사적으로 감추고 있는지 등등 이런저런 식으로 해석하기 시작합니다. 물론 생각한다고 해도 모릅니다. 모르기 때문에 적당히 내버려두고 언젠가 잊어버립니다. 따라서 **이른바 '만인을 향한 메시지'는 실은 누구에게도 전해지지 않는 메시지입니다.**

이런 에피소드가 있습니다. 어떤 공장에 절도의 의심을 받고 있는 종업원이 있었습니다. 그래서 매일 저녁 퇴근 시간이 되면 경비원들은 그가 밀고 다니는 손수레를 꼼꼼히 조사했습니다. 하지만 도난품은 아무것도 나오지 않았습니다. 다음날에도, 그 다음날에도 손수레 차에서는 아무 것도 발견되지 않았습니다. 왜냐하면 그는 손수레를 훔치고 있었으니까요.

이야기를 들을 때 인간은 선택적으로 주의력을 집중시키거나 떨어뜨린다는 말을 했는데, 그것은 사실 '중요한 이야기만큼은 흘려듣지 않는다'는 말이 아닙니다. 그 반대입니다. '들어도 듣지 않아도 상관없는 것'을 선택적으로 배제하는 것입니다. 여러분 안에 있는 '경비원'은 불필요한 메시지가 들어오지 않도록 늘 눈을 두리번거리며 검열을 실시합니다. 그는 하나의 뜻으로 이해할 수 있는 정보, 번거로운 해석 작업이 필요하지 않은 정보만 입력하려고 합니다.

나는 그런 태도를 특별히 지적인 태만이라고 한다든가 개방적인 자세가 아니기 때문에 윤리적으로 나쁘다고 이야기하려는 것이 아닙니다. 인간이란 '그런 존재'입니다. 그러므로 어쩔 수 없습니다. 타자의 메시지를 간단하게 수신하지 않도록 항상 경계하고 있습니다. 그 래서 타자에게 메시지를 전달하는 일은 지극히 어렵습니다.

남에게 메시지를 확실하게 전달하고 싶다면, 검열의 눈을 피하는 '손수레'의 모양으로 발신해야 합니다. 메타 메시지의 형태를 취하면 인간은 메시지의 수신을 거부할 수 없기 때문입니다. 개인적인 해석을 덧붙일 수도 없습니다. 그대로 받아들이는 수밖에 없습니다.

샐러리맨들은 고가도로 밑에 늘어선 선술집을 좋아합니다. 고베시의 산노미야에도 있습니다. 고가도로 아래는 무척이나 시끄럽습니다. 끊임없이 전차가 지나가는 굉음에 가게는 흔들거리고, 고성방가 소리가 울리고, 주정뱅이들이 꽥꽥 소리를 지릅니다. 그런 곳에서 샐러리맨들끼리 술을 마십니다. 이상하지 않나요? 대화가 들리지 않는 곳이잖아요. 하지만 그들은 개의치 않습니다. 오히려 그것을 더 좋아합니다. 왜냐하면 이야기의 내용은 아무래도 좋으니까요. 오고가는 것은 '메타 메시지'뿐입니다. '난 너한테 하고 싶은 말이 있어.' 이것뿐입니다.

고요하게 가라앉은 와인바 같은 곳에서 이야기의 내용이 또렷하게 들려오면 오히려 분위기가 이상해집니다. '그 말은 무슨 뜻입니까?'라든지 '그런 식으로 말하면 부정확하잖아요?'라는 식으로 내용 중심의 이야기가 되어버립니다. 고가도로 아래에서는 전차가 지나갈 때마다 말소리가 들리지 않지만 아무도 '지금 한 말, 소음 때문에 못 들었어. 다시 한 번 이야기해줄래?' 하고 말하지 않습니다. 그곳에서 오고 가는 것은 '난 너한테 하고 싶은 말이 있어.', '아 그래? 그럼 들어줄게.' 하는 순수한 메타 메시지뿐입니다.

옛날에 제우크시스Zeuxis와 파라시오스Parrhasios라는 화가가 있었습니다. 두 사람 중 누가 더 사실적으로 그림을 그릴 수 있느냐는 기술을 겨루기에 이르렀습니다. 그림이 지나치게 사실적이었기 때문에 새가 날아와 그림 속 포도를 따먹으려고 할 정도였습니다. 그림의 완성도에 만족한 제우크시스는 한껏 가슴이 부풀어 "자, 이제 자네 차례일세." 하고 파라시오스를 돌아보았습니다. 그런데 파라시오스가 벽에 그린 그림에는 보자기가 덮여 있어 보이지 않았습니다. 제우크시스는 "보자기를 벗기게." 하고 재촉했습니다. 그 순간 승부가 가려졌습니다. 왜냐하면 파라시오스는 벽 위에 '보자기 그림'을 그렸기 때문입니다.

이 우화의 교훈은 무엇일까요? 자크 라캉은 이렇게 말합니다.

파라시오스의 예가 밝히고 있는 바는 이렇습니다. 인간을 속이려고 한다면 보여주어야 할 것은 보자기로서의 회화, 즉 저편을 보여주지 않는 무엇인가여야만 한다는 것입니다.[31]

'인간을 속이려고 한다면'이라는 말은 좀 온당하지 않은 표현이지만, 분명 라캉이 말한 그대로입니다. 수신자가 괜한 해석을 덧붙이는 일 없이 메시지를 그대로 받아들이도록 만들기 위해서는 '저편을 보여주지 않는 무엇인가', 즉 '손수레'나 '액자의 틀' 같은 것이어야 합니다. 파라시오스가 그린 보자기 그림에 대해서 기법의 교묘함이나 치졸함, 화풍, 주제, 심미적 주장 같은 이야기를 아무도 하지 않습니다. 그럴 짬이 없으니까요. 이것은 단적으로 '보자기 그림'일 뿐, 그 이상도 그 이하도 아닙니다. 그리고 그러한 그림만이 무조건적으로 모든 사람에게 동등한 정확함으로 수신됩니다.

콘텐츠는 이해할 수 없을지라도 '전해진다'

왜 이런 이야기를 하느냐 하면, 오늘의 주제는 '어떤 언어가 남에게 전해질까?'이기 때문입니다.

지금 '왜 이런 이야기를 하느냐 하면…'이라고 했는데, 이것도 전형적인 메타 메시지입니다. 메시지의 해석에 대한 메시지니까요. '지문'을 이해하지 못하는 사람이라도 '왜 내가 알아듣기 어려운 이야기를 하느냐 하면'이라는 글만은 이해할 수 있습니다.

'나는 거짓말쟁이니까 내가 하는 말은 별로 신용하지 마세요.' 하는 말은 '크레타섬 사람의 패러독스'의 일종입니다. '나는 거짓말쟁이'라는 언명이 참이라면 이 사람은 '거짓말을 하는 정직한 사람'이 됩니다. '나는 거짓말쟁이'라는 언명이 거짓이라면 이 사람은 '참말을 하는 거짓말쟁이'가 됩니다. 패러독스이기 때문에 논리적으로는 이해 불가능합니다. 그러나 실제로는 그렇지 않지요. 아무도 골치를 앓지 않습니다. 왜냐하면 본인이 '나는 거짓말쟁이'라고 말하고 있으니까요. "아, 그래? 이 사람은 거짓말쟁이구나. 그럼 그 사람이 하는 말을 전적으로 신용하지 말자."고 생각합니다. 그래도 됩니다. 메시지의 해석에 관한 메시지는 메타 메시지니까 그대로 수신하기만 하면 됩니다. 콘텐츠는 관계없어요. '내가 하는 말은 반쯤 깎아서 들어주세요.' 하는 말을 나도 자주 하는데, 그러면 '반쯤 깎아서' 들어주면 됩니다. '반쯤 깎아서' 하는 말에 대해 '그럼 4분의 1쯤 깎으면 되나?' 하고 고민할 일은 없습니다. '내가 발신하는 메시지의 해석에 관한 메시지'라는 형태를 취하는 이상 그것은 반드시 전해집니다.

이에 해당하는 가장 극적인 예가 '신의 언어'입니다.

『성서』의 「창세기」에 아브라함이라는 인물이 나옵니다. 최초의 이름 아브람을 도중에 개명改名한 것인데, 아브라함 앞에 주가 왕림해 이렇게 말합니다.

"네 고향과 친척과 아비의 집을 떠나 내가 장차 보여줄 땅으로 가거라."(「창세기」12:1)

여러분은 하느님이 이런 식으로 말했구나 하고 생각할지 모릅니다. 하지만 그럴까요? 이것은 신의 언어입니다. 신은 이 세계의 창조주이기 때문에 사용하는 언어가 인간과는 다를 것입니다. 통사법, 어휘, 음운, 논리 등등 신과 인간이 같은 언어를 사용할 리 없습니다. 실로 족장이나 예언자에게 '신의 언어'를 내려줄 때는 천둥이 치거나 구름기둥이나 불타는 섶나무 등 반드시 비언어적인 기호를 통해 제시해줍니다. 그것은 인간의 언어가 아닙니다.

하느님의 언어가 임할 때 아브라함은 마치 말을 모르는 갓난아기가 엄마가 하는 말을 들을 때와 똑같은 상황이었다고 생각합니다. 음성은 들리지만 무슨 말을 하는지는 모릅니다. 다만 반복해서 듣는 사이에 갓난아기도 공기의 파동이 무슨 메시지라는 것을 점차 알게 됩니다. 그중 '엄마'라든지 '멍멍'이라든지 '뿡뿡' 같은 말을 외워 엄마와 커뮤니케이션이 가능해지지요. 아브라함과 신도 똑같은 과정을 거쳤을 것 같습니다.

'네 고향과 친척과 아비의 집'은 아마 영적으로 미성숙한 아브라함이 이른바 영적인 유아 단계에 친숙했던 논리나 어법을 가리킵니다. 하느님은 '그것을 버려라' 하고 말씀하셨습니다. 즉 네가 사용하는 '언어'로부터 빠져나와 하느님이 쓰는 '언어'를 새롭게 배우라고 말입니다. 아브라함은 그 말씀에 따랐습니다.

자, 여기에서 문제를 낼게요. 신의 언어는 이해 불가능할 텐데도 아브라함은 그것을 따를 수 있었습니다. 왜일까요? 그 이유는 이제까지 이야기한 것에서 알 수 있겠지요. 하느님은 아브라함에게 메타 메시지를 보냈기 때문입니다. 아브라함은 하느님의 언어를 이해한 것이 아닙니다. 하느님의 언어가 그에게 '전해진' 것입니다. 콘텐츠는 이해할 수 없지만 *전해졌습니다.* 그것이 메타 메시지의 본성이기 때문입니다.

하느님은 이 독실한 남자에게 시련을 줍니다.

"사랑하는 네 외아들 이사악을 데리고 모리야 땅으로 가거라. 거기에서 내가 일러주는 산에 올라가, 그를 번제물*로 나에게 바쳐라."
(「창세기」22:2)

자기 아들을 번제의 희생물로 삼아 내게 바치라고 하느님은 아브라함에게 말합니다. 이것도 전혀 의미 불명의 메시지로서 아브라함에게 도달했습니다. 왜 오랜 경신敬神의 날들에 대한 대가로서 이토록 잔인한 명령을 내리시는지, 아브라함은 조금도 그 뜻을 알 수 없습니다. 그렇지만 하느님의 언어이기 때문에 말씀대로 따릅니다. 그리고 모리야의 언덕 위에서 아들 이사악을 찔러 죽이려고 한 그때 천사가 나타나 "그 아이에게 손을 대서는 안 된다." 하고 말립니다. 도통 알 수 없는 이야기입니다.

하느님의 명령을 전해 듣고 아브라함은 무척 괴로웠을 것입니다. '도대체 이것은 무슨 의미일까?' 하고 말입니다. 하느님은 도대체 내게 무슨 일을 시키려는 것일까? 아브라함은 머리가 깨질 만큼 생각하고 또 생각했을 것입니다. 그러나 알 수 없었습니다. "이사악을 산 제물로 바치라고 말함으로써 당신은 무슨 말을 하고 싶으신 겁니까?" 하고 하느님을 향해 물을 수도 없습니다. '그것을 말함으로써 당신은 무슨 말을 하고 싶은 것인가?' 하는 물음은 '일반적인 메시지'에 대해서만 던질 수 있기 때문입니다.

하느님의 언어는 한결같이 직접적으로 아브라함에게 도래했고, 어떠한 해석도 허용하지 않는 메타 메시지였습니다. 따라서 아브라함은 메시지의 의미를 묻는다는 생각을 하지 못했습니다. 메타 메시지는 모든 해석 가능성을 싹둑 잘라내고 불현듯 인간에게 전해지기

---

* **번제** 이스라엘 민족이 구약 시대에 야훼 신에게 올린 가장 일반적인 동물의 희생 의식. 제단 위에서 희생물을 불로 태워 연기 냄새가 하늘로 올라가게 하는 공희供犧의 방법이다. 번제물은 번제의 제물.

때문입니다. 오, 과연!

어떻게 하느님의 말씀이 메시지인 것을 알았을까?

여기에서 다음 문제가 불쑥 떠오릅니다. 그렇다면 *왜 아브라함은 하느님의 언어가 메타 메시지라는 것을 알았을까요?* 또는 물음의 방식을 바꾸어봅시다. 왜 아브라함에게는 하느님의 언어를 '무심코 듣지 못하는' 일이 벌어지지 않았을까요? 또는 아브라함은 하느님의 언어를 듣고 '의미를 잘 모르겠으니까, 에라 난 모르겠다, 그냥 가만히 있자.' 하는 판단을 내리지 않았을까요?

생각해보세요. 이 물음은 아주 중요합니다. 메타 메시지와 일반 메시지의 수준 차를 우리는 어떤 식으로 식별하고 있을까요? '액자의 틀'과 '액자 속 그림'을 어떻게 구분하고 있을까요? 제우크시스가 벽에 그린 '포도' 그림과 파라시오스가 벽에 그린 '보자기' 그림의 본질적인 차이는 도대체 어디에 있을까요?

나는 이렇게 생각합니다. 앞에서 메타 메시지란 '메시지의 해석 방식을 지시하는 메시지'라고 정의했습니다만, 애초에 어째서 '지시하고 있다'는 것을 수신자가 알까요?

그것은 '지시'라는 것이 *상대가 있는 이야기*이기 때문입니다. '저기, 그것 좀 집어줘.' 하는 지시는 이 지시를 알아듣고 지시받은 행위를 실행하는 사람을 상정하지 않으면 말해지지 않습니다. '수신자가 없는 메타 메시지'라는 것은 있을 수 없습니다. 메타 메시지는 '수신자가 있는 메시지'라는 말입니다. 하느님의 언어가 바로 하느님의 언어로서 아브라함에게 다가온 것은 아브라함이 *이 언어의 수신자가 다른 사람이 아닌 나라는 것*만큼은 충분한 확신을 갖고 이해하고 있었기 때문입니다.

아브라함은 처음에도, 또 나중에도, '이것은 누군가 다른 사람에게 온 메시지가 잘못 도착한 것이 아닙니까?'라는 질문을 단 한 번도 물은 적이 없습니다. 그런 의문이 있을 수 있다는 생각조차 하지 않았습니다. 콘텐츠는 항상 문맥이 불분명하고 종종 의미까지 불분명하지만, 그것은 메시지의 '수신자'가 자신이라는 확신을 조금도 흔들지 못했습니다.

메타 메시지의 가장 본질적인 양태는 그것이 수신자를 갖고 있다는 것입니다.

그것이 자기 앞으로 온 메시지라는 것을 알면, 비록 그것이 아무리 문맥이 불분명하고 의미조차 불분명하더라도 인간은 귀를 기울여 경청합니다. 경청해야만 합니다. 만약 그것을 이해할 수 없다면 이해할 수 있을 때까지 자기 자신의 이해의 틀 자체를 변화시켜야 합니다. 그것은 인간의 안에 깊이 내면화된 **인류학적 명령**입니다.

갓난아기는 자신의 고막이나 피부에 닿는 공기의 파동을 통해 엄마의 말을 듣습니다. 물론 그 파동이 무엇을 의미하는지는 모릅니다. 왜냐하면 아직 언어를 모르니까요. 그러나 그 파동과 동시적으로 어루만지거나 젖을 먹여주거나 기저귀를 갈아줌으로써 생리적인 불쾌함을 제거해주는 일이 되풀이되는 사이에 그것이 '자기 앞으로 온 메시지'라는 것을 깨닫습니다. 그리고 '이 메시지는 무엇을 의미할까?'라는 물음이 그 다음 단계에 전면으로 나옵니다. 그런 식으로 언어를 획득하고 자아의 기초가 형성됩니다.

갓난아기가 언어를 획득하는 과정의 기점은 '기호'라는 개념이 아니라 '수신자'라는 개념입니다. 생각하건대 '언어'라는 개념조차 없는 갓난아기가 단기간에 모어를 자유자재로 구사할 수 있다는 사실은 거의 기적에 가깝습니다. 이 기적은 내용을 이해할 수 없는 메시지라도 '자기 앞으로 왔다'는 것만큼은 갓난아기가 선험적으로 직감할 수 있기 때문에 가능합니다.

커뮤니케이션 훈련의 하나로 등에 대고 말을 걸기도 합니다. 나를 향해 등을 돌리고 몇 사람이 서 있습니다. 그중 한 사람의 등을 향해 '안녕하세요.' 하고 말을 겁니다. 그러면 그 사람 혼자 뒤를 돌아봅니다. 이런 것은 느껴집니다. 등에 화살이 꽂히듯 언어가 자신에게 날아와 꽂힙니다.

'칵테일파티 효과'라는 것도 있습니다. 몇 십 명이 모인 칵테일파티에서 모두 각각 잡담을 하는데도 누군가 자기 이름을 말하면 그것만 또렷하게 들립니다. 그 자리에 오고가는 방대한 양의 음성 정보를 초고속으로 '스캔'해서 자신과 연관된 정보 입력에만 선택적으로 반응합니다. 인간에게는 이런 메커니즘이 갖추어져 있습니다.

'본 것처럼 착각하는 것'이나 '들은 것처럼 착각하는 것'도 비슷한 현상입니다. 이것은 자기와 연관된 정보에 대한 과잉 반응, 이른바 '헛발질'*입니다. 무엇을 보든지 그것을 자신의 관심사와 관련지어버립니다.

　나와 알고 지내는 작가 하시모토 마리橋本麻里는 '존재하지 않는 것을 보았다고 착각하기'로 유명합니다.(그만큼 관심의 대상이 광범위하고 비체계적일 뿐 아니라 어휘가 풍부한 것이라고 생각합니다.) 그녀는 '카스트로**와 카다피***'라는 말을 '카타스트로프'****라고 읽은 적이 있다고 합니다. 이런 경우는 단순한 착시를 넘어 **착각에 의해 진리가 자기에게만 개별적으로 나타난 것 같은 기분이 듭니다.** 인간에게는 그런 일이 일어납니다.

　하시모토 마리는 '세미마루'*****를 '탄환彈丸'으로 잘못 보고 '오사카의 관문 근처에서 총격전이라도 있었나…' 하고 한순간의 환영을 본 적이 있다고 합니다. 이것도 노******『세미마루』의 등장인물들(세미마루와 사카가미逆髪)이 조우하는 부조리한 운명에 대해 그녀의

---

*　　　**헛발질** 원어는 '勇み足'로 스모에서 상대를 떠밀다가 도리어 자기 발이 밖으로 내디뎌지는 일로, 지나치게 덤비다 실수하는 것을 말한다.

**　　**피델 카스트로**Fidel Castro, 1926~2016 쿠바의 정치가이자 혁명가. 1959년 총리에 취임하고 1976년 국가평의회 의장직에 올랐다. 공산주의 이념 아래 49년간 쿠바를 통치했다.

***　**무아마르 카다피**Muammar Gaddafi, 1942~2011 리비아의 정치인. 1969년 쿠데타로 집권해 42년간 장기 집권했다. 이슬람근본주의, 사회주의, 범아랍주의를 융합한 아랍공동체 건설을 주장했다.

****　**카타스트로프**catastrophe 예기치 못한 일, 정반대로 뒤집히는 것을 의미하며, 문학과·연극의 용어로는 비극적인 결말을 가리킨다. 특히 비극에서 중요하며 대단원, 파국 등으로 옮긴다.

*****　**세미마루**蟬丸 헤이안平安 시대 전기의 가인歌人, 음악가.

******　**노**能 가구라神樂와 더불어 일본의 대표적인 가면극.

무의식적인 분노를 품고 있었고, 그 결과 "차라리 이렇게 된 바에야 오사카의 관문에서 칼라슈니코프*라도 난사亂射해서…" 하는 파국적인 해결을 도출했을지도 모릅니다. 그렇다면 '세미마루'를 '탄환'으로 착각했을 때 환상으로 본 풍경은 그녀에게 '개인적인 진리'였을 가능성도 있습니다. 어디까지나 상상이지만….

'본 것처럼 착각하는 것'이나 '들은 것처럼 착각하는 것'은 '나밖에 모르는, 어떤 개인적인 메시지가 네 앞으로 송신되고 있다'는 예비석인 마음가짐과 관계가 있습니다. 그 메시지를 수신하고 그 부탁에 부응할 수 있는 인간은 *세계에서 나 혼자뿐*이라는 '선택' 의식과 깊이 연관되어 있습니다. 메시지를 수신한 것은 당신 혼자뿐이라고, 그런 이상 이 메시지가 지시하는 일을 수행할 수 있는 것도 세상에 당신 혼자뿐이라고, 자기 앞으로 온 메시지는 그렇게 말합니다. 그때 수신자는 '내가 존재하기를 *바라고 있다*'는 확신을 얻을 수 있습니다. 다시 말해 '본 것처럼 착각한' 메시지는 '당신은 존재한다'와 '당신이 존재하기를 바라고 있다'는 두 종류의 언명을 전해줍니다.

'당신은 거기에 있다. 그리고 나는 당신이 거기에 있는 것을 바라고 있다.' 일신교 신앙의 기원에 있는 하느님의 말씀은 이 한마디로 응축할 수 있다고 생각합니다. 그리고 그것은 갓난아기가 엄마의 말을 '자기 앞으로 온 메시지'라고 확신하는 것을 통해 성숙의 계단을

---

* **칼라슈니코프**kalashnikov 러시아의 경輕기관총. 특히 AK-47의 통칭.

올라가기 시작하는 것과 구조적으로 동일합니다.

엄마가 갓난아기를 품에 안으면서 이야기하는 언어는 다양하지만, 그것의 궁극적인 메타 메시지는 하나입니다. 그것은 '네가 있어서 난 기쁘단다.' 하는 것입니다. 그것에 대해 갓난아기도 똑같은 메타 메시지로 대답합니다. 거울상을 이루는 메시지의 주고받음에 의해 엄마와 아기는 서로를 승인하고 있습니다.

족장이나 예언자에게 호소할 때 하느님은 '수신자'를 분명하게 지시했습니다. 수신한 인간은 그 콘텐츠를 이해하기보다 앞서 '당신은 거기에 있다. 그리고 나는 당신이 거기에 있는 것을 바라고 있다.' 하는 하느님의 메시지를 이해한 것입니다. 인간은 그 증여의 답례로서 신에게 같은 말을 했습니다. 그 순간에 일신교의 신앙은 성립했습니다.

신은 전능하지만 '나는 신을 믿는다'는 말을 피조물에게 시키는 것만큼은 불가능합니다. 신의 전능함은 '누구의 강제도 받지 않고 신의 전능함을 인정할 수 있을 만큼 영적으로 성숙한 피조물을 창조했다'는 것에 의해서만 증명되기 때문입니다. 복화술사가 자신이 조종하는 인형에게 '나는 복화술사를 경애합니다.' 하는 말을 하라고 시켜도 그의 위신을 결코 높여주지 못하는 것과 똑같습니다.

그러면 다음 주에 만납시다.

제10강

살아남기 위한 언어 능력과 글쓰기

OECD 국제학습 도달 조사PISA, Program for International Student Assessment의 결과 발표가 그저께 있었습니다. 그것에 대한 신문기사가 여럿 나왔는데, 신문을 보면 아시겠지만 상하이가 독해력, 과학적 리터러시, 수학적 리터러시 세 부분 전부 다 1위를 차지했습니다. 그 다음으로는 한국, 대만, 그리고 물론 일본도 꽤 좋은 성적을 얻어 5, 6위 정도에 올랐습니다. 전체적으로 아시아 나라들의 PISA 점수가 매우 높습니다.

이 점에 관해 '여유로운 교육'*의 실패를 반성하고 커리큘럼을 주입식으로 되돌렸기 때문에 성공했다고 언급하는 사람도 있는데, 그 말은 옳지 않다는 생각이 듭니다.

이런 경우의 리터러시란 도대체 무엇을 말하는 것일까요?

PISA의 문제는 상당히 재미있게 만들어져 있기에 이른바 시험 문제와는 경향이 다릅니다.

이런 질문에는 이렇게 대답하면 좋다고 짜여 있는 한 쌍의 Q&A가 아니라 의표를 찌르는 문제가 나옵니다. 즉 정답이 없는 문제가 있지요. 예를 들면 이 문장은 좋은가 싫은가, 좋다면 좋은 근거를 쓰고 싫다면 싫은 근거를 쓰라고 합니다. 자신의 판단에 대한 논리적인 근

---

* **여유로운 교육ゆとり教育** 암기 중심의 주입식 교육이나 과도한 입시 경쟁이 따돌림, 등교 거부, 소년 비행을 유발한다고 비판하면서 성적 중심의 교육을 폐지하자는 주장 아래, 1980년에서 2010년대 초에 걸쳐 일본에서 지향한 교육 정책을 가리킨다.

거를 댈 수 있다면 점수를 받을 수 있습니다. 자신의 판단에 대해 설득력 있는 논거를 제시할 수 없다면 점수가 낮습니다.

흥미로운 시험이 아닌가요? 미리 암기해둔 정답을 제출하는 것이 아니라 출제 의도를 읽어내야 합니다. 이 물음이 어떤 능력을 측정하려는 것인지를 꿰뚫어보는 쪽이 승산이 있습니다.

"당신은 그렇게 물음으로써 무엇을 알고 싶은 것입니까?"

이것은 대단히 가슴이 두근거리는 설정입니다. 출제자 앞에 서 있는 대면 상황을 '외부에서' 바라보지 않으면 이런 물음을 감당할 수 없습니다. 자기 자신을 포함한 정경을 '조감鳥瞰'의 시선으로 내려다보는 폭넓은 시야가 요구됩니다.

'나는 도대체 여기에서 무엇을 하고 있지?'와 같은 반성하는 힘, 한 걸음 뒤로 물러나 조금 멀리서 자신이 참가하고 있는 게임의 구성요소나 규칙을 고찰하는 능력, 이것은 범용성汎用性이 높은 지력知力이라고 생각합니다. '쓸모 있는' 지혜입니다.

OECD가 이런 것을 열심히 만들고 있는 보람은 있다고 생각합니다. 그리고 유감스럽게도 이런 능력이 필요하다는 것을 일본의 문부성 관료나 교육 평론가는 미처 생각하지 못합니다. 그들이 시끄럽게 논하는 이른바 '학력'은 이 능력과는 원리적으로 무관하기 때문입니다. 그런 사람들이 PISA 점수가 올랐다는 등 내려갔다는 등 하면서 잘난 척하거나 '책임자 나와라.' 하고 무섭게 구는 것은 완전히 번지수가 틀렸다고 봅니다.

뜻밖에도 최근 3년에 한 번 보는 테스트 결과는 2000년부터 공개하고 있는데 일본은 퍽이나 좋은 순위에 올라 있습니다.

흥미로운 점은 중국을 비롯한 '대중화권'의 나라와 지역, 즉 대만, 싱가포르, 홍콩, 마카오 같은 곳이 높은 점수를 얻고 있다는 것입니다. 이것은 무엇과 상관이 있을까요? 나는 그 사회의 유동성과 관계가 있다고 봅니다.

주지하다시피 PISA는 오랫동안 핀란드가 1위였습니다. 나는 핀란드가 1위인 이유에 흥미를 느꼈습니다.

일본의 교육 평론가는 입을 모아 '핀란드의 학교 교육이 훌륭하기 때문'이라고 말했지만, 난 제도의 문제만은 아니라고 생각했습니다. 훌륭한 교육제도를 창출한 핀란드라는 나라의 정세와 관계가 있다고 보았습니다.

핀란드의 인구는 530만 명입니다. 효고현보다도 적지요. 그리고 건국 이래 끊임없이 이웃나라의 침략에 시달렸습니다. 북유럽 중에서도 자원이 없고 숲과 호수가 많은 나라입니다. 이 작은 나라가 엄혹한 국제 사회적 상황을 이겨내기 위해서는 본국이 자리 잡고 있는 세계적인 위상을 조감鳥瞰해야 할 필요가 있었습니다. 글로벌한 시각으로 볼 때 자기 자신은 어떠하고 어디에서 어디로 가고 있는지 명료하게 언어화해야 할 뿐 아니라 그것에 대한 국민적인 합의를 형성해야 했습니다. 소국이 주변 대국의 이기심에 휘말린 상태를 헤치고 앞으로 나가려고 하는 상황에서는 무엇이 좋으니 싫으니 논할 처지가 아니었습니다. 자기 자신의 주관적인 선호만 고집해 핀란드라는 일국의 이해관계를 내세운다고 해서 살아남을 기회가 늘어나는 것도 아닙니다. 그러기보다는 일단은 자기 자신을 '괄호에 넣고' 바깥 세계는 어떻게 돌아가고 있는지, 이 세계에서 핀란드가 서 있는 위치는 어디쯤인지, 자국의 이익을 최대화하기 위해서는 어떤 전략을 채택해야 효과적인지 등을 항상 생각해야 했습니다. 좋다거나 싫다는 감정을 억제하고, 이해득실의 주판알을 튕기기보다는 국제사회 안에서 소국 핀란드의 존재감을 가장 뚜렷하게 부각시키려면 어떻게 해야 좋을지를 늘 생각해왔습니다.

핀란드에는 이런 일에 지적 자원을 우선적으로 배분하는 습관이 있는 것이 아닐까 생각합니다. 핀란드는 얼마나 위대한 나라인가를 유난스레 주장하지도 않았고, 외교적으로 세계 나가지 않으면 이웃 나라들이 얕잡아보기 때문에 핵무장을 해야 한다는 유아적인 발언도 하지 않았습니다. 그런 것은 소국이 살아남는 데 거의 도움이 되지 않는다는 것을 알고 있었기 때문일 것입니다.

'폭넓은 시야로 스스로를 파악하는' 능력이 뛰어나다는 사회적 평가를 받는 나라에서는 PISA의 학습 도달 성적이 좋습니다. 북미에서는 캐나다, 오세아니아에서는 오스트레일리아, 유럽에서는 룩셈부르크나 핀란드 같은 작은 나라가 상대적으로 성적이 높습니다. 이런 나라는 자신들이 놓인 역사적 조건이나 지정학적 문맥을 거시적으로 파악하는 훈련을 항상 하고 있겠지요.

동아시아는 현재 뜨겁습니다. 어마어마한 기세로 사회가 변화하고 있습니다. 그중에서도 중국과 인도의 변화는 격렬합니다. 상하이는 과거 50년 동안 가장 극적으로 변화한 도시 중 하나일 것입니다. 고속으로 변화를 이룩한 사회의 사람들은 사회 시스템이 앞으로 어떻게 변할지, 경제나 정치 시스템이 어떻게 변할지, 사람들의 가치관이나 행동양식이 어떻게 변할지, 똑바로 파악하지 않으면 살아남을 수 없습니다.

사회의 변화 속도가 빠른 곳에서는 전통적인 가치관이나 생활양식을 고수하기만 하다가는 뒤처집니다. 그렇다고 '최신 유행을 숨 가쁘게 따라가려는' 발상만으로는 결국 늘 '선수를 빼앗기고' 맙니다. 급격한 변화에 휘둘리지 않으려면 중장기적인 전망을 가져야 하지요. 약간 어깨에 힘을 빼고 경쾌한 발걸음으로 자잘한 것은 넘어가고 커다란 흐름을 놓치지 않도록 지적 훈련을 쌓아야 합니다.

중국 사회는 포스트모던화가 몹시도 급속하게 진행되고 있기 때문에 앞으로 어떻게 될지 아무도 예측할 수 없습니다. 산업구조 자체가 급속도로 변하는 과정에 놓여 있기 때문에 젊은 사람들로서는 무엇을 공부하고, 어떤 전문 지식과 기능을 익히고, 어떤 직업을 갖느냐에 따라 10년 뒤, 20년 뒤의 지위가 전혀 달라집니다. 운이 좋으면 사회 상층으로 성큼 뛰어올라가겠지만, 자칫 잘못하면 공부나 자격 취득에 쏟은 오랜 노력이 수포로 돌아갑니다. 매우 힘겨운 상황입니다. 따라서 변화가 빠른 사회일수록 '살아남기 위한 리터러시'의 수

준이 높아집니다. 그런 생각이 듭니다.

일본은 2000년부터 하강 곡선을 그리다가 2009년부터 V자로 회복했습니다. 이것은 세정世情의 변화와 어떤 관계가 있을 것입니다. 지금의 추론을 적용하면 일본의 젊은 세대는 사회가 지속적으로 변화한다는 점을 깨닫고 있습니다. 다만 어느 방향으로 어떻게 변할 것인지에 대해서는 아무도 가르쳐주지 않습니다. 신문, 인터넷, TV, 또는 주변의 어른 등에게 물어도 앞으로 일본이 도대체 어떻게 될지 아무도 모릅니다. 대답하지 못합니다. 알고 있는 듯이 말해도 실은 모른다는 것을 알 수 있습니다. 관자놀이에 핏대를 세우고는 '일본에는 더 이상 미래가 없어!'라든가 '일본은 벼랑 끝에 와 있어!' 하고 말하는 본인부터 공포에 떨고 있다는 것을 알 수 있을 뿐입니다. 자신이 멋대로 설정한 시간적 한계에 짓눌려 허공에서 다리를 버둥거린 채 정책 결정을 서두르는 인간이 '10년 후 일본이 어떻게 될지'에 대해 적절한 상상력을 발동시키는 일은 있을 수 없습니다.

앞날을 짐작할 수 없을 때는 '살아남기 위한 리터러시'를 향상시킬 수밖에 없습니다. 풍요롭고 안전한 사회에서는 살아남기 위해 어떻게 해야 하느냐는 생각을 하지 않아도 됩니다. 그보다는 패션이 어떻다든지, 어떤 자동차가 빠르다든지, 어느 레스토랑이 맛있다든지, 어떤 주식을 매수할 때라든지 하는 '팔자 좋은 이야기'를 노닥거릴 수 있습니다. 그러나 오늘날의 일본 사회는 그렇지 않습니다. 아직은 괜찮다고 보는 '근거 없이 낙관적인 사람들'이 널려 있지만, 그들은 사회의 극적인 변화를 보지 않습니다. 보고 있지만 무슨 일이 일어나고 있는지 생각하고 싶지 않기 때문에 딴청을 부립니다. 내 친구 히라카와 가쓰미는 오늘날의 일본을 가리켜 '이행기적 혼란' 속에 있다고 말합니다.

첫 번째 징후는 저출산입니다. 2006년부터 인구가 줄기 시작했지요. 내 생각에 저출산 추세는 멈출 수 없다고 봅니다. 정부는 '저출산 정책'이랍시고 생각나는 대로 내뱉고 있지만 아무런 실효도 거두지 못하고 있습니다. 정부나 재계의 이야기는 결국 '돈 이야기'이기 때문입니다. '거두는 돈'과 '들어가는 돈'을 계산해 아이들 때문에 '들어가는 돈'이 많으면 '낳지 말라'고 하고, 아이들 때문에 '거두는 돈'이 줄면 '낳으라'고 합니다. 결국에는 출생아 수를 '경비와 수익'이라는 잣대로 측량하려고 하는 것이지요.

그런 사회에서는 국민도 정부와 마찬가지로 출산과 육아를 '경비와 수익'으로 계산합니다. '아이를 낳는 것이 이득인가 손해인가?'라는 물음으로 출생 문제를 생각하는 경향이 지배적이 됩니다. 개인 차원의 비용 대비 효과를 기준으로 출산과 육아를 생각하면 '낳지 않는 편이 일단 경비가 들지 않는다'는 결론이 나오는 것은 당연합니다.

현재 일본에서는 출산도 육아도 부모의 사회적 활동에 커다란 장애가 됩니다. 육아 부담은 경제적으로도 과중할 뿐 아니라 취업 형태도 제약하고 자유 시간도 박탈합니다. 독신자와 경쟁하는 구도에서는 분명 약점으로 작용합니다.

출산과 육아는 다양한 발견으로 이끌어주고 부모의 인간적 성숙에 기여하는 '유쾌한 경험'이라고 주장하는 사람은 매우 소수파입니다. 우선 정부가 이런 말을 하지 않지요. 출산과 육아를 행정적으로 지원하는 일이 '얼마나 육아가 힘든 일인가?' 하는 것을 전제합니다. 아이를 키우는 사람들이 '즐겁지 않은 육아를 애써 견디고 있다'는 것을 전제합니다.

아동 학대의 비참한 사례에 대한 보도가 종종 나옵니다. 그토록 아이들을 잔인하게 다루는 것은 가해자들이 특별히 폭력적이기 때문이라기보다는 "아이들은 부모에게 '달갑지 않은 존재'"라는 생각이 뇌리에 새겨져 있기 때문이 아닐까 합니다.

역설적이지만 저출산 정책과 아동 학대는 사상적으로 동일합니다. 출산과 육아를 통해 '인간이 성장한다'는 당연한 이야기가 빠져 있습니다. 이해득실이라는 말은 '지갑에서 나가는 돈'과 '손에 들어오는 상품'을 비교하는 소비자의 어법입니다. 하지만 소비자는 성장하지 않지요. '슈퍼마켓에서 장을 보는 동안 가치관이 변하는 소비자'는 있을 수 없습니다. 주판알을 튕기는 인간은 아이를 낳고 기르는 과정에서 '아이를 낳는 것이 이득인가, 손해인가?'라는 계산 자체가 소용없어진다는 것을 도저히 이해하지 못합니다. 자본주의 선진국에서는 이해득실을 기준으로 사고하는 사람들이 다수를 점하기 때문에 인구가 감소하고 있습니다. 당연한 일입니다.

앞으로 30년쯤 지나면 중국이나 미국도 일제히 일본과 마찬가지로 초저출산 사회로 진입할 것입니다. 이는 역사상 최초의 경험입니다. 기아나 질병이나 전쟁으로 인한 어쩔 수 없는 인구 감소가 아니라 평화로운 시대인데도 국민이 자주적으로 '구조적인 인구 감소'를 선택하고 있으니까요. 전례가 없는 일입니다. 따라서 이 사태를 어떻게 다루면 좋을지에 대해 '대처 방법을 알고 있다'는 사람이 있다면 그는 거짓말쟁이입니다.

일본은 이대로 인구 감소가 지속될 것입니다. 단언할 수 있어요. 인구 감소를 저지하려면 '아이를 낳고 기르는 기쁨과 성취감은 이해 득실로 따질 수 없다'는 정상적인 식견이 상식으로 재등록되어야 합니다. 바꾸어 말하면 일본인의 과반수가 '상식을 제대로 알아보는 성숙한 시민'이 되어야 하는데, 이것은 안타깝게도 현실성이 없습니다.

인구가 줄고, 시장이 축소하고, 경제 성장도 끝나고, 노인만 증가합니다. 15년 후에는 65세 이상이 총인구의 30%에 달합니다. 45년 후에는 여러분이 65세쯤 될 즈음에는 어떤 일이 일어날지 예측할 수 없습니다. 전대미문의 사태이기 때문에 '이렇게 하면 성공했었지.' 하는 성공 체험의 전례가 없습니다. 스스로 대책을 찾아 나설 수밖에 없습니다.

이런 의미에서 '살아남기 위한 리터러시'를 향상시켜야 한다는 마음은 우리 세대보다도 여러분 세대에 더 강하지 않을까 생각합니다.

'이행기적 혼란' 속 '정말로 새로운 것'

이 강의도 꽤 수상쩍습니다. 왜 이런 이야기를 다들 진지하게 듣고 있을까요? 이것은 문학과 언어에 대한 창조적 글쓰기라는 수업입니다. 그러나 다들 저출산 이야기에 귀를 기울이고 있어요. 왜냐하면 여러분도 세상이 급격하게 변화하고 있다는 것을 알아채고 있고, 앞으로 일본과 세계가 어떻게 변하고 어떤 방향으로 나아갈지 알고 싶기 때문입니다. 그리고 그런 시대에는 어떤 지적인 힘을 개발해야 할지에 대해서도 직감적으로는 어렴풋이 알고 있습니다. 문맥을 발견하는 힘, 사소한 시그널을 감지하는 센서, '살아남기 위한 리터러시'…. 이제까지 학교 교육의 현장에서는 이런 것을 주제로 다루지 않았습니다. 그렇지만 앞으로 이런 힘을 익혀야 할 것 같다는 생각이 들기 시작했습니다. 아무도 '이런 능력을 개발하라'고 말하지 않는데도 여러분은 그래야 한다는 것을 알고 있습니다.

나 자신도 '그런 것'을 여러분에게 이야기해야겠다고 생각하면서 매주 강의실에 들어옵니다. 언제나 생각나는 것을 늘어놓는 식으로 강의하지만, '생성적 문체'에 관한 이야기를 해야 한다는 것, 그것이 긴급한 사안이라는 것을 알고 있습니다. 어째서 지금 '문체론'을 논해야 할까요? 나도 그 이유를 제대로 말할 수 없습니다. 그렇지만 그것을 요구하는 역사적 요청이 있다는 것은 확신하고 있지요.

요전에 미국 영화를 봤더니 아버지가 방에 들어와 아이들에게 잘 자라고 하는 장면이 있었습니다. 그때 아이들이 '굿나잇!' 하고 말했습니다. 그때 문득 생각났습니다. 그러고 보니 우리 아버지도 잠자리에 들 때 '굿나잇!'이라고 했습니다. 또 부모님은 자기들을 '마마, 파파'라고 부르라고 했습니다. 1950년부터 7, 8년에 이르는 짧은 기간이었지만 우리 형제는 하나같이 '마마, 파파'라고 했습니다. 좀 이상하지요? 일본인인데 잘 때 '오야스미(잘 자)!'가 아니라 '굿나잇!'이라고 인사하다니요!

또한 우리 집은 매주 수요일에 가족회의를 열었습니다. 어느 날 갑자기 아버지가 이렇게 선언했습니다. "앞으로는 매주 수요일마다 가족회의를 열어서 중요한 일을 결정할 거야. 민주주의적으로 말이지." 아버지는 의장, 어머니는 서기, 나와 형은 의원입니다. 누가 개를 산보시킬 것인지, 다음 주 일요일에는 어디로 하이킹을 갈 것인지를 회의에서 정했습니다. 2, 3년쯤 그렇게 했습니다.

나중에 생각해보면 이런 일은 꽤 골계적입니다. 물론 얼마쯤 지나 '마마, 파파'도 '굿나잇!'도 가족회의도 사라졌습니다. 종전 직후의 일본에서는 종래의 봉건적 가족주의를 비판했고 거의 전 국민적으로 낡은 가정을 버렸습니다. 그러나 모범으로 삼아야 할 새로운 가정 모델은 없었지요. 어쩔 수 없이 다들 상상해본 것입니다. 미국적이고 민주주의적인 가정은 이런 것이 아닐까 하고 말입니다. 상상으로 지어낸 민주적인 가정에서 아이들을 키우려고 했습니다.

결과적으로 성공했느냐 실패했느냐는 제쳐두고, 지금 생각하면 메이지 시대 사람인 아버지와 다이쇼 시대에 태어난 어머니가 자신들이 자라난 가정환경과는 전혀 다른 가정을 꾸려 그 속에서 아이들을 키우려고 한 셈입니다. 불안정하게 들떠 있는 상태였을 것 같습니다. 그런 현상이야말로 격동기의 특징이겠지요. 그때까지 자신이 사용하던 도구는 더 이상 사용할 수 없어졌기에 새로운 도구를 만들어내야 합니다. 국가제도, 교육제도, 가족제도를 새로 짜 맞추어야 합니다. 그러나 그들에게는 모범으로 삼을 실제 체험이 없습니다. 그래서 공리공론에 머물러 책을 읽거나 남의 이야기를 듣고 새로운 가족생활을 실천하려고 했습니다. 지금 생각하면 딱한 일입니다.

그것과 비교해보면 오늘날의 가족관계는 어떤 의미에서 '자연스러운' 것입니다. 젊은 아버지와 어머니를 보고 있으면 아주 자연스럽습니다. 일요일에 슈퍼마켓에서 청바지를 입고 유모차를 밀고 가는 아버지를 보고 있으면 아버지 '노릇'을 하려고 애쓰는 어색한 모습이 보이지 않습니다. 있는 그대로 살아가는 느낌입니다. 아버지는 일요일 오후에 박스카를 몰고 교외의 쇼핑몰에 가서 불편한 기색으로 문어 빵을 우물거리면서 귀찮다는 듯 아이들을 혼내는 존재가 아니라는 생각이 드는 것입니다. 이렇게 하면 된다는 확신이 느껴집니다.

그런데 그런 모습을 볼 때마다 나는 살짝 불쾌감을 느낍니다. 정말 그럴까? '이렇게 하면 된다'고 확신할 수 있는 것은 없습니다. 그래도 엄청난 격동기니까 조금은 생각을 해봐야 하지 않을까 합니다. 전후에 어떻게 새로운 가족제도를 만들면 좋을지 알지 못할 때, 옛날 부모들이 가엾게도 이런저런 궁리를 짜내야 했던 일을 생각했습니다. 주위에 롤 모델이 없기 때문에 어쩔 수 없이 스스로 모델을 만들어내야 했습니다. 오늘날의 젊은 아버지들도 과연 그렇게 하고 있을까요? 모든 것이 지나치게 자연스러운 게 아닐까요? 가족이라면 좀 더 허구적인 것을 연출해야 하지 않을까요?

이행기적 혼란 속에서 여러분은 이제 결혼하고 가정을 꾸려가야 합니다. 이제는 '정말 새로운 것'을 만들지 않으면 시대에 뒤떨어집니다. 낡은 제도는 더 이상 유효 기간이 지났으니까요.

예를 들어 취직 준비를 살펴볼까요? 여러분은 앞으로 취직을 준비하거나 이미 하고 있을 것이라고 봅니다. 오늘날 일본의 고용 상황은 참으로 이상하지 않나요? 그것은 아주 부자연스럽다고 생각합니다.

고용 상황이 나쁘다는 말 자체가 이상합니다. 이러쿵저러쿵 해도 일본은 아직 세계 3위의 경제대국인데다 1인당 GDP가 세계 최고 수준입니다. 무척이나 부자 나라입니다. 돈도 많고, 부유층도 두텁고, 몇몇 기업은 막대한 수익을 올리고 있습니다. 그런데 어째서 고용 환경이 나쁘다고 할까요? 그것은 불황 때 인건비를 줄여서 이익을 올린 기억이 남아 있기 때문입니다. 그때 맛을 들였습니다. 수익을 올리는 방법을 달리 생각해내지 못한 경영자는 일단 채용 조건을 악화시켰고, 그래서 능력이 좋고 임금이 싼 노동자를 혹사시켜 이익을 내는 방편으로 나아갔습니다. 부자연스러운 시스템이었지만 '오랫동안 이어지는 불황 탓'이라고 말하면 개인의 책임을 면할 수 있었지요. 이도저도 다 '불황 탓'이라고 몰아버리고 기업은 고용 환경을 호전시키기 위한 노력에 게으름을 피웠습니다.

경기 회복만 이루어지면 고용 조건도 좋아진다고 말하는 사람이 있는데, 그런 얘기라면 믿지 않습니다. 인간은 성공 체험을 고집하기 때문입니다. 한번 맛을 들인 기업이 고용하는 측에 압도적으로 유리한 고용 환경의 변화를 바랄 리 없습니다.

그런 현실에 가망이 없다고 보고 악성 기업에는 취직하지 않는다든가 더 즐거운 일을 찾겠다는 방향으로 돌아서려는 시도는 이미 시작되었습니다. 살아 있는 '건강한 사람'이 이렇게 불합리한 상태를 참고만 있을 리 없습니다. 대학교 2학년 때부터 핏대를 세우고 취직에 매달리는 일은 명확한 잘못입니다. '잘못된 상황'에 대해서 '말이 안 돼, 말이 안 돼서 못해먹겠어.' 하는 것은 '살아남기 위한 리터러시'에서 볼 때 올바른 반응입니다. '말이 안 된다고 생각하지만 다들 그렇게 하니까 나도 그렇게 해야지.' 하고 생각하는 사람은 '살아남기 위한 리터러시'가 없는 사람입니다.

왜냐하면 아무리 생각해도 한번 쓰고 버리는 고용 전략을 채용하는 기업이라면 오랫동안 잘 되어나갈 턱이 없으니까요. 인건비를 줄이고, 인원을 줄이고, 공장과 지점을 폐쇄하고, 수지가 맞지 않는 부문은 아웃소싱으로 돌리면, 비용이 주는 만큼 일시적으로는 이익이 늘어납니다. 그러나 '물건을 만드는' 데는 아무래도 사람의 손이 필요하고, 기계가 필요하고, 공장이 필요하고, 물류의 정비가 필요합니다. 마지막으로 수익률이 높은 사업으로 특화하려고 한다면 '돈으로 돈을 사는' 수밖에 없습니다. 컴퓨터 앞에 앉아 키보드를 두드리는 것만으로 몇 십억을 벌 수 있다면 아무도 고용할 필요가 없습니다. 아무것도 만들 필요가 없습니다. 그렇게 되면 사무실도 필요 없고, 비품도 필요 없고, 종업원도 필요 없습니다. 생산성이라는 관점에서 보면 멋진 성공입니다. 하지만 그런 곳은 고용도 창출하지 않고, 지역 경제에 기여하는 일도 없고, 어쩌면 법인세도 내지 않습니다.

일본의 이른바 글로벌 기업이 지향하는 곳은 '그런 회사'입니다.

사회 공용어는 영어이고, CEO가 외국인인 회사는 더 이상 일본인을 고용하지 않고, 생산 거점은 인건비가 저렴한 말레이시아나 인도네시아로 이전하고, 나아가 법인세가 낮은 나라로 본사까지 옮겨버립니다. 그런 회사가 돈을 벌고 싶다고 하면 말릴 수는 없지만 여러분이 그런 회사를 '좋은 회사'라고 생각하는 것은 잘못입니다. 글로벌 기업은 사원을 '키우는' 일에 아무런 관심이 없습니다. 여러분이 하는 일을 더욱 싼 임금으로 해줄 사람이 있다면 당장 여러분을 해고해버립니다. 그리고 현재의 고용 환경 악화는 '고도의 능력을 지닌 동시에 저렴한 임금으로 고용할 수 있는 노동자'를 대량으로 산출합니다. 같은 능력이라면 임금이 싼 사람이 고용 기회가 높습니다. 따라서 모두 앞을 다투어 '난 다른 사람보다 월급을 적게 받고도 같은 작업을 해낼 수 있다'고 과시하기에 이릅니다. 채용하는 쪽은 구직자들이 자발적으로 채용 조건을 낮추는 것을 팔짱 끼고 구경만 하고 있으면 됩니다. 채용하는 쪽의 최대 이점은 '여러분을 대신할 수 있는 인력은 얼마든지 있어.' 하고 말할 수 있다는 점입니다. 여러분은 대학교 2학년 때부터 취직 준비로 분주하게 돌아다님으로써 '우리는 얼마든지 다른 인력으로 대체할 수 있는 인간입니다.' 하고 외치고 있습니다. 스스로 자기들의 사회적 가치를 점점 더 깎아 내리고 있습니다. 자기 손으로 자기 목을 조르는 셈입니다. 더구나 유감스럽게도 그것을 깨닫지 못합니다.

이렇게 말하면 캐리어 센터 담당자나 캐리어 교육 담당 선생님은 격노할지도 모르겠지만, 오늘날 같은 고용 환경에서는 '취직 준비

따위는 바보 같은 짓'이라고 반응하는 학생이 '정상'입니다. 적어도 나는 그러한 상식적인 판단력을 지닌 사람이 사회성이 높다고 평가합니다. '말도 안 되는 일'에 대해서는 '말도 안 된다'고 똑똑하게 말할 수 있어야 합니다. 이상하거나 납득할 수 없는 일에 관해서는 자신의 감각을 믿어야 합니다. 왜냐하면 여러분은 이행기적 혼란 속에 놓여 있으니까요.

우선 텍스트가 존재한다 — 저자는 존재하지 않는다

자, 이제 그만하고 문체론으로 돌아가지요. 2주 전에 나누어준 자료가 아직 끝나지 않았어요. 롤랑 바르트의 「텍스트론」이었는데요. 텍스트란 어원적으로 볼 때 '짜인 것'이라는 뜻입니다.

텍스트란 '짜서 완성한 것'이라는 뜻이다. 이제까지 사람들은 직물을 제조된 것, 그 배후에 무언가 숨은 의미(진리)를 감추고 있는 차단막 같은 것이라고 생각해왔다. 앞으로 우리는 직물이 생성적이라는 사고방식을 강조하고자 한다. 다시 말해 텍스트는 끝없이 서로 얽히고설킴으로써 스스로를 생성하고 스스로를 짜서 완성해간다는 생각이다. 이 직물 —이 텍스처— 안으로 삼켜 들어가 주체는 해체된다. 자신의 거미줄을 만드는 분비물에 녹아버리는 거미와 같이.[32]

『텍스트의 즐거움』에 나오는 매우 유명한 구절입니다. 짜서 완성된 것, 엮여 완성된 것으로서의 텍스트. 다양한 출신, 다양한 곳에서 온 것들이 한데 섞여 들어 있습니다. 내가 어떤 메시지를 쓰려고 하면 어휘나 논리력, 언어 감각 등 내 자신의 능력의 한계에 의해 말하고 싶은 것을 마음껏 말할 수 없습니다. 그래서 *내 텍스트만 읽고도 내가 무슨 말을 하고 싶은지 정확히 아는 것은 원리적으로 불가능합니다.* 독자는 텍스트 앞에 있는 순수 상태의 '말하고 싶은 것'을 직접적으로 접할 수 없으니까요. 말 옮기기 게임처럼 순수 상태의 '말하고 싶은 것'은 텍스트를 경유함으로써 반드시 오염당합니다. 독자는 '오염'을 염두에 두고 글쓴이가 진정으로 '말하고 싶었던 것'에 접근할 수 있을 따름입니다. 이것이 비평이라는 작업을 파악하는 전통적인 방식입니다. 평범한 독자가 '텍스트의 오염'에 걸려 넘어져서 읽어내지 못하는 부분, 즉 '글쓴이가 진정으로 말하고 싶었던 것'에 접근할 수 있는 독자야말로 뛰어난 비평가라고 봅니다. 음, 어쩐지 이 말은 이해할 수 있을 것 같습니다.

버드 파월Bud Powell, 1924~1966이라는 전설적인 재즈 피아니스트가 있습니다. 마약과 정신병으로 만년에는 연주할 때 손가락이 움직이지 않았지요. 빠른 패시지passage는 더 이상 연주할 수 없었지요. 그래도 열광적인 버드 파월의 팬은 그의 미스터치나 침묵을 통해서조차 '버트 파월이 (칠 수는 없었지만) 치고 싶었던 음'을 상상적으로 재구성해서 들었다는 이야기를 들은 적이 있습니다. 과연 그런 일이 있을 수도 있군요. 상상 속 음악의 가치는 듣는 사람의 음악적 소양과 재즈에 대한 사랑과 연관성이 있습니다. 나라면 그런 말을 들으면 기세에 눌려 나도 모르게 고개를 끄덕일 듯합니다.

롤랑 바르트는 그런 사고방식을 부정합니다. 그렇지 않다고 말이지요. 애초에 시작점에 '말하고 싶은 것'이 있고, 그것을 '저자'의 매개, 나아가 '텍스트'의 매개를 통해 '독자'가 수신하고 전달받는다는 직선적인 과정, 이것을 롤랑 바르트는 물리쳤습니다. 왜냐하면 '이데아', '저자', '텍스트', '독자'라는 위계 도식은 유럽인의 세계관 또는 우주관을 그대로 나타내고 있기 때문입니다. 다시 말해 유럽인의 종교관은 이렇습니다. 시원始原에 신이 있다. 신이 만물을 창조했다. 피조물을 통해 인간은 신의 뜻을 짐작한다. 인간은 동물과 식물을 보고, 산과 바다를 보고, 허리케인과 오로라를 보고, 신의 섭리에 대해 상상력을 구동시킨다. 그러나 신의 뜻은 헤아리기 어렵다. 신은 여러 가지를 창조했지만 인간이 받은 것은 벌써 물질화를 통해 이미 왜곡되었고, 해석을 통해 오염되었다. 따라서 예외적인 집중력과 독해력을 동원하지 않으면 피조물을 통해 신의 섭리를 알 수 없다….

이것이 바로 유럽적인 종교관입니다. 신이 먼저 있고, 신이 만든 것이 있고, 만들어진 것을 통해 신의 의지를 알려고 하는 자가 있습니다. 하지만 신의 의지가 직접 인간에게 전해지는 일이 없습니다. 신의 의지는 절대적으로 순수하고 완전한 의미를 이루는데, 우리가 그것에서 읽어내고 들을 수 있는 것은 늘 정보로서 이미 오염되어 있습니다.

이것은 실로 뛰어난 종교적인 언어관입니다. 하는 수 없지요. 이것이 유럽인의 우주관이니까요. 우주 자체를 이런 구조로 이해하고 있기 때문에 무엇을 보더라도 그것과 똑같은 구조로 이해하는 것은 당연합니다.

하지만 롤랑 바르트는 그것을 부정합니다. 이것은 유럽 고유의 민족적인 편견이라고 말입니다. 그는 대담하게도 '저자 따위는 존재하지 않는다'고 말했습니다. '말하고 싶은 것'이 먼저 있고, 그것을 표현하기 위해 적절한 말을 찾아 문장을 쓰는 인간은 없다고 그는 말합니다. 제1차적 소여*는 '말하고 싶은 것'이 아니라 텍스트라는 것, 텍스트가 먼저 있고 텍스트가 쓰인 다음에야 비로소 '그것을 쓴 자'와 '그것을 읽은 자'가 등장한다는 것, 그리고 '글쓴이가 말하고 싶은 것'과 '독자가 읽어낸 것'은 제일 마지막에 텍스트의 파생물로서 만들어진다는 것, 이것 참 대담한 언어관이 아닌가요?

그런데 '말하고 싶은 것'이 먼저 있다는 텍스트관이 '신이 먼저 있다'는 우주관과 상동 관계라는 것을 통해 유추하자면, '텍스트가 먼저 있다'는 텍스트관도 어떤 종류의 우주관을 고백하고 있다는 것을 알 수 있습니다. 롤랑 바르트는 '사회적 현실이 먼저 있다', 좀 더 한정적으로 말하면 '계급적 현실이 먼저 있다'는 사회관에 동의하고 있습니다. 아마도 그럴 것이라고 생각합니다. 전통적인 종교적 언어관에 대해 비교적 새로운 마르크스주의적 언어관을 대치시키고 있습니다. 거칠게 말하면 그렇게 볼 수 없는 것도 아닙니다.

---

* **소여**所與 사유에 의하여 가공되지 아니한 직접적인 의식 내용.

글을 쓰는 직업에 종사하는 내 입장에서 보자면, 롤랑 바르트의 '텍스트가 먼저 있다'는 언명은 굉장히 설득력이 있습니다. 내가 글을 쓸 때는 글을 쓰기 시작하기 전에 '앞으로 이런 것을 써야지.' 하는 것에 대해 결코 명확한 계획을 갖고 있지 않습니다. 대부분의 경우 키워드밖에 없지요. 키워드를 백지에 써놓으면 무언가 뒤에 따라 붙을 것 같습니다. 그래서 무작정 써봅니다. 꽤 글을 써 놓은 다음에 '앗, 이건 아니잖아. 이런 말을 하고 싶은 것이 아니었어.' 하고 전부 지워버리는 일이 있습니다.(실은 자주 그렇게 합니다.) 거꾸로 글을 쓰는 동안에 '생각하지도 않았던 것'이 솟구칠 때가 있습니다. 어째서 이런 생각이 떠오를까 하고 의아하게 생각하면서도 글을 척척 써나가다 보면 긴 글이 완성됩니다. 다시 읽어보면 '아, 과연 이런 생각도 있을 수 있겠구나.' 하는 생각이 들지요. 자신이 쓴 글인데도, 자기가 '저자'인데도, 다시 되짚어 읽어보지 않으면 자신이 무엇을 쓰고 싶었는지 알 수 없습니다. 분명 텍스트가 쓰인 뒤에 저자가 사후적으로 출현하는 것이지요. 텍스트가 저자를 만들어냅니다. 이것은 실감을 통해 느껴지는 바입니다.

내가 이야기하고 있을 때
내 안에서 이야기하고 있는 것은 타자

나는 이제까지 꽤 많은 책을 써왔습니다. 70권쯤 되는 것 같아요. 그렇게 글을 쓰다 보면 자기만의 고유한 문체가 생깁니다. 어떤 단어는 한자로 쓰고 어떤 단어는 히라가나로 쓴다든지, 구두점을 찍는다든지, 좋아하는 부사나 형용사가 있다든지… 이런 식으로 '규칙'이 생깁니다. 또, 하나의 문장 길이에도 리듬이 있습니다. 짧은 글이 줄곧 이어진 다음에는 호흡이 긴 단락을 놓는다든지, 까다로운 논리로 글이 옮아갈 때는 도중에 '커피 브레이크'처럼 다채로운 비유 이야기를 끼워 넣는 등…. 이런 언어 구사에 관한 '규칙'은 견고하지만 내용에는 별 다를 바가 없습니다. 그렇게 한번 리듬을 '타면' 한동안 힘차게 붓이 척척 나아가는 일이 일어납니다. 언덕길을 미끄러져 내려오듯 붓이 달려갑니다. 그때는 누가 글을 쓰는지 잘 모르지요. 내가 글을 쓰는지, 언어가 자기 증식을 하는지 말이지요.

그리고 상정하는 독자가 있습니다. 그 사람에게 보내는 편지를 씁니다. 그런 구체적인 이미지가 없으면 밀어붙이듯이 글을 써나갈 수 없습니다. 상정하는 독자가 없는 텍스트는 꾸물꾸물합니다. 어디를 보고 있는지 알 수 없기 때문에 공중에 시선을 두고 이야기하는 사람처럼 트릿한 어조를 띱니다. 똑바로 시선을 맞추면서 '알아듣겠어요?' 하고 표정으로 확인해가면서 이야기를 하지 않으면 속도를 낼 수 없습니다.

선행하는 텍스트군도 있습니다. 나보다 앞선 사람들이 쓴 방대한 언어의 집적을 다시 이용하는 식으로 우리는 글을 씁니다. 예전에 누군가 쓰거나 창출해 일본어로 등록함으로써 이용 가능한 언어가 있습니다. 동사가 있고, 명사가 있고, 형용사가 있고, 관용 표현이 있고, 비유가 있습니다. 누군가 글을 썼기 때문에 일본인의 미의식에

등록된 감각이 있습니다. 철학적 개념이 있고, 종교적 개념이 있습니다. 내가 지금 사용하는 사회과학이나 자연과학의 용어는 거의 전부 막부* 말기부터 메이지 시대 초기에 걸쳐 만들어졌습니다. '사회', '과학', '개인', '개념', '철학', '종교' 등 두 글자 한자어는 대부분 그 시대에 니시 아마네西周, 가토 히로유키加藤弘之, 후쿠자와 유키치福沢諭吉, 나카에 초민中江兆民이 만들어낸 조어입니다. 그들이 외국 문헌을 번역할 때 토착의 언어에 없는 것은 전부 조어로 지어냈습니다. 우리는 그것을 사용하고 있는 것입니다. '철학'이라는 조어를 만들어낸 인물은 니시 아마네였는데 '필로소피'의 번역어 후보는 몇 개 있었지요. '理學'이나 '希哲學'은 채용되지 않고 사라졌습니다. 지금도 신어를 만드는 것은 가능하지만 기존에 있던 말의 순서를 바꾸거나 다른 단어의 구성 요소를 들여와서 '있는 것을 돌려쓰기' 하는 것 이외에 다른 사람에게 통하는 신어는 만들어지지 않습니다.

그러면 내가 그런 말로 글을 쓸 때 글을 쓰는 것은 누구일까요? 출신이 다른 다양한 것이 들어와 있습니다. 나는 고전도 읽고 외국 소설이나 철학 책도 읽습니다. 과학 책도 읽고 역사책도 읽습니다. 시대와 장소가 다른 여러 사람의 다채로운 언어가 내 안에 내면화되어 피와 살을 이루었습니다. 레이먼드 챈들러를 읽은 다음에는 하드보일드 문체로 변하고, 나루시마 류호쿠成島柳北를 읽은 다음에는 한자

---

* **막부** 1603년부터 1867년까지 도쿠가와 이에야스德川家康가 천하통일을 이루고 에도 (현재 도쿄)에 수립한 일본 무사 정권인 에도 막부를 말한다.

어 함유율이 증대하고, 자크 라캉을 읽은 다음에는 구조가 복잡한 문장을 쓰고 싶어집니다. 다른 일본인이 별로 쓰지 않는 어휘나 논법을 내가 사용하는 까닭은 어딘가에서 읽고 감화를 받았기 때문입니다

내가 이야기할 때 내 안에 이야기를 하는 것은 타자입니다. 라캉이 어딘가에서 그렇게 쓴 구절입니다. 텍스트는 그런 의미에서 자립적입니다.

마치다 고町田康라는 작가가 있습니다. 내가 매우 좋아하는 작가입니다. 이 사람은 한 줄 쓰면 그 다음 줄부터는 언어가 자율적으로 운동하기 시작한다고 말합니다. 한 줄 쓰면 다음 한 줄이 나오고, 그것이 끝없이 이어진다고요. 글을 쓰는 것은 작가지만 최초의 한 줄이 다음 한 줄을 불러내고, 한 줄이 두 줄이 되면 세 번째 줄은 이렇게 될 수밖에 없다고 합니다. 줄 수가 늘어날수록 이어지는 문장의 선택지가 좁아져서 변주가 반복되고 리듬이 강화되어 어느새 문장이 어떤 방향성을 갖고, 어떤 리듬을 띠고, 작가가 예측하지도 않은 메시지를 발신한다고 합니다. 이것이 텍스트의 자립성입니다.

이때 도대체 누가 글을 쓰는 것일까요? 내 경험은 글을 쓸 때 펜을 움직이는 것은 '잘 알지 못하는 존재'라고 말해줍니다. 소크라테스는 이것을 '다이모니온'이라고 불렀습니다. 시의 신 '뮤즈'라고 부르는 사람도 있습니다. '영감'이라고도 하지요. 누군가 살포시 귓가에 언어를 불어줍니다. 그런 수동적인 경험입니다. 어떤 종류의 수동성 안에 놓일 때, 자신이 자신의 펜을 통제하지 못할 때 쓰인 글이 종종 뛰어난 글이 됩니다. 미리 이런 것을 써야지 생각하고 머릿속

에 준비해둔 원고를 '프린트아웃'한다고 해서 좋은 글을 쓸 수 있는 것이 아닙니다.

이상하게도 몹시 기분이 좋을 때는 글을 쓰고 있을 때 '끝까지 다 글을 쓴 자신'의 성취감을 미리 맛볼 수 있습니다. 몇 주 동안이나 연속적으로 하나의 글을 쓰기 위해 몰두하고 있으면 뜻밖에도 '아카데믹 하이' 상태가 찾아올 때가 있습니다. 그때는 전부 다 글을 쓴 자신의 이미지를 선취합니다. 글을 다 쓰고 난 다음 되돌아보듯이 결론에 이르는 논의의 흐름이 일목요연하게 보입니다. 어디에서 어떤 논증을 대고, 어떤 인용을 통해 어떤 결론으로 흘러가야 하는지 죄다 보입니다. 순간적인 '비전'이기 때문에 곧장 사라져버리지만, 그 후에는 충만한 행복감에 휩싸입니다. '이 논문은 반드시 완성해야 한다. 왜냐하면 **나는 이 논문을 다 쓰고 난 다음의 자신과 만났기 때문에!** 모든 물음에 대답이 주어져 있기 때문에! 그렇다, 나는 다 보았단 말이다!' 이런 선구적인 비전은 긴 글을 쓸 경우 필수적이지 않을까 합니다.

이러한 비전을 가져다주는 것은 (이렇게 표현해도 좋다면) '수동적인 전지전능의 느낌'입니다. 자신이 혼자 모든 것을 할 수 있다는 뜻이 아니라 누군가 자신의 손을 잡아끌어 공중 높이 들어 올린 다음, 유체이탈을 한 상태로 자기 자신이 하는 일을 위에서 내려다보는 것입니다. 그러면 마지막까지 글을 다 쓰고 난 이후 깊은 만족감을 맛보는 자신이 보입니다. 글을 쓰는 사람이라면 '수동적인 전지전능의 느낌'에 강렬하게 열광합니다. 왜냐하면 그 순간에는 뇌 속에 엔도르핀이 대량으로 나올 테니까요. 오싹하는 쾌감입니다. 이 쾌감을 다시

한 번 맛보고 싶기 때문에 계속 글을 쓰는 것이지요.

그럼 또 다음 주에 봅시다.

제11강

'어른'이 되어가는 과정에 대하여

문명인과 야만인을 나누는 것

요로 다케시 선생이 주최하는 '야만인의 모임野蛮人の会'에 참가하기 위해 어제는 도쿄에 다녀왔습니다. 재작년에 처음으로 초대를 받았는데 그때 모인 분이 고노 요시노리甲野善紀, 모기 겐이치로茂木健一郎, 나코시 야스후미名越康文, 그리고 요로 다케시 선생과 신초샤新潮社의 편집자 두 사람이었습니다. 요로 선생은 우리에게 복어를 대접해주셨습니다. 복어 회와 복어 탕에 복어 지느러미 술을 마시며 담론을 나누는 유쾌한 자리였습니다.

나는 요로 다케시 선생에게 "도대체 이 멤버는 어떤 기준으로 모으셨나요?" 하고 여쭈었습니다. 그러자 그는 파안대소하면서 "그거야 모두 야만인이니까 모았지." 하고 대답하셨습니다. 그 후 나는 남몰래 이 모임을 '야만인의 모임'이라고 부르고 있습니다.

올해는 TV 녹화 때문에 모기 겐이치로가 오지 못하고, 요로 다케시 선생과 고노 요시노리, 나, 그리고 종교학자 우에시마 게이지植島啓司, 이토 야스히코伊藤弥寿彦라는 NHK에 근무하는 '벌레 전문가'가 참가했습니다. '벌레 전문가'는 곤충을 좋아하는 사람들이 스스로를 칭하는 이름입니다. 그쪽도 꽤 심오한 세계입니다.

20년 동안 무패無敗를 기록한 '마작의 신' 사쿠라이 쇼이치桜井章一라는 마작의 명인 이야기가 나왔습니다. 정계와 재계 사람들이 모여 하룻밤에 몇 백억 엔의 판돈을 움직인다는 언더그라운드 도박장 이야기로 흥이 한껏 올랐습니다. 이 이야기를 들으면서 나는 뜻밖에도 무릎을 탁 쳤습니다. '야만인'의 정의를 문득 깨달았기 때문입니다.

야만인의 뜻에는 '있을 법하지 않은 이야기'에 대해 거부감이 낮다는 특성이 내포되어 있습니다. 보통 사람이라면 '그런 일이 어디 있어?' 하고 코웃음을 치고 말 이야기 속으로 슬쩍 들어갑니다. '맞아, 그렇지, 그런 일이 있는 법이지.' 하고 맙니다.

편집자는 의심이 깊은 사람입니다. 그런 이야기를 가볍게 믿지 않지요. 방긋방긋 웃으면서 '그게 정말일까요?' 하고 되묻습니다. 이런 성격이야말로 '문명인'과 '야만인'을 가르는 지점이로구나 하는 것을 알았습니다. 야만인을 성립시키는 키워드는 '그런 일이 있는 법이지.' 하는 것입니다.

내가 합기도 스승님으로 모시는 분은 다다 히로시多田宏 선생입니다. 그는 기본적으로 '명인과 달인의 일화' 종류는 믿기로 마음먹은 듯합니다. '옛날에는 그런 것을 할 줄 아는 사람이 있었다'고 전해 내려오는 이야기가 있으면 현대인의 신체 능력을 기준으로 삼아 '그런 것을 할 줄 아는 인간이 있을 리 없잖아?' 하고 의심하는 법이 없습니다. 다다 히로시 선생이 학생일 때 선친이 진지하게 '히로시는 무엇이든 다 믿어버리니, 참…' 하고 탄식하셨다는 이야기를 본인이 웃으면서 들려준 적이 있었습니다. 소년 시절에 부친이 하신 말씀을 기억한다는 것은 스스로도 그것이 자신의 본질적인 성격에 관한 지적이었다는 점을 잘 알았다는 뜻이겠지요. 다다 히로시 선생은 '몇 십 년 동안 밥을 먹지 않고 산 사람이 있다'는 이야기를 하신 적이 있습니다. 나도 무엇이든 믿어버리는 야만인이기 때문에 '피부 호

흡으로 공기 중의 미네랄을 섭취하는 것이 가능하지 않을까?' 하는
생각을 해보았습니다.

'무엇이든 믿을 수 있다'는 것은 대단한 능력이 아닐까 생각합니
다. 보통 사람은 자신의 지식으로 설명할 수 없는 사안에 대해서는 우
선 '그런 일은 있을 수 없어.' 하는 반응을 내보입니다.

그런 반응은 좀 따분하지 않은가요? 우선은 '믿는 것'에서 시작
하면 안 될까요? '그런 것'이 있을지도 모른다고 생각하고, 그 다음
에 어떻게 하면 '그런 것'이 가능할까를 설명할 수 있는지를 생각하
는 편이 재미있지 않은가요?

천리안이나 미래 예측, 공중 부양, 벽을 뚫고 지나가기 등등 나
는 그런 일이 가능한 사람이 있다는 것을 믿지만, 대다수 사람들은
믿지 않습니다.

지지난 주에 나루세 마사하루成瀨雅春라는 요가의 달인과 대담을
나누었습니다. 그는 '공중 부양'으로 유명한 사람입니다.

요가의 호흡법으로 공중에 뜬다는 이야기가 재미있었습니다. 슈
욱 하고 지상 120센티미터쯤 떠오르고 나면 10센티미터쯤 훅 내려
앉는다고 합니다. 지상 110센티미터에는 공기의 두터운 층이 버티고
있는데, 그 위에 엉덩이를 살포시 얹고 부드럽게 그 상태를 지탱하면
서 공중에 떠 있다고 합니다. '슈욱' 하는 느낌이 내게는 신체적으
로 아주 실감 있게 느껴졌습니다.

그가 공중 부양을 하는 사진이 있습니다. 믿지 않는 사람은 '틀림
없는 속임수'라고 말하지만, 나는 그 사진을 보고 '아, 이 사람은 정말

공중에 떠 있구나.' 하고 확신했습니다. 사진의 해상도가 좋기 때문에 잘 알아볼 수 있었는데, 공중에 떠 있는 그의 피부가 팽팽하게 당겨져 있었기 때문입니다. 솜털이 거꾸로 서 있더군요. 그의 주변에서 강한 힘이 작용하니까 신체가 그것과 맞붙어 힘을 발산하고 있는 것이지요. 격렬한 긴장감이 사진을 통해 전해졌습니다. '와, 이거 대단한데, 공중에 뜬다는 것은 이런 느낌이구나!' 이런 감촉을 꿰뚫어보았습니다. 이렇게 말해도 믿지 않는 사람은 진히 믿지 않으시요. 하지만 공중에 뜨는 사람을 봤다는 증언은 역사상 무척 많습니다.

마태복음에는 예수가 물 위를 걸었다는 일화가 나옵니다(「마태복음」14:24~31). 베드로는 예수의 말을 믿고 자신도 호수 위를 걷기 시작했지만, 도중에 무서움을 타자 물속으로 가라앉기 시작했지요. 예수는 손을 내밀며 "믿음이 약한 자여, 왜 의심하느냐?" 하고 베드로를 질책합니다.

기독교의 신자라면 예수가 물 위를 걷는다는 것을 믿고, 베드로에 대한 예수의 질책이 품은 종교적 의미를 생각할 것입니다. 세계의 기독교인 20억 명은 '공중 부양한 적이 있는 사람이 있다'는 이야기에 '흥, 거짓말!' 하고 반응할 리 없습니다. 믿지 않는 사람은 '믿음이 약한 자'라고 예수가 이야기하지 않았습니까.

'예수는 특별하니까 그렇지.' 하는 사람이 있을지도 모릅니다. 그렇다면 예수뿐 아니라 베드로도 공중에 떴다는 것은 어떻게 설명하시렵니까? 그건 지어낸 이야기입니까? 기독교인이라는 사람이 『성서』에 기록한 것에 관해 '여기는 진실, 여기는 거짓'이라고 주관적으로 판단하고 멋대로 판정해도 좋을까요? 가르침보다 자신의 경험적 지식을 우선하는 태도를 '믿음이 약하다'고 하지 않나요?

기독교의 전승에는 수도사나 성녀가 공중에 떴다는 이야기가 얼마든지 있습니다. 어디에서 누가 떴다는 이야기는 교회의 몇몇 문헌에 남아 있습니다. 나루세 마사하루는 요가의 문헌을 읽고 이렇게 하면 공중에 뜬다고 한 호흡법을 연구해 공중 부양을 했다고 합니다. 현재는 공중 부양이 가능한 사람이 자기밖에 없는 것 같지만, 앞으로 몇 십 년 지나면 누군가 나오지 않겠느냐고 말합니다. 불가능하다고 생각하면 정말 불가능합니다. '가능한 사람이 있다'는 것이 제일 중요한 정보입니다.

자기 평가가 심신의 잠재력을 끌어올린다

심신의 잠재능력이 폭발적으로 꽃 피는 것을 억제하고 있는 것은 사실 자기 평가입니다. '할 수 있을 리 없어.' 하고 생각하면 할 수 없습니다. '할 수 있어.' 하고 생각하면 할 수 있습니다. '인간은 그런 일을 할 수 없어.' 하고 생각하는 사람과 '인간은 온갖 일을 할 수 있어.' 하고 생각하는 사람은 외형적으로 별반 다르지 않습니다. 왜냐하면 '생각만' 하고 있을 뿐이니까요. 일상생활에 눈에 띄는 차이는 없지요. 어차피 '큰 차이가 없다'면 자신에게 생각지도 못한 잠재능력이 있을지도 모른다고 생각하는 것이 좋다고 생각합니다. 인간이 지닌 잠재능력의 상한선을 굳이 낮게 설정한다고 무슨 득이 있겠어요? 천리안이 될지도 모르고, 미래를 예측할 수 있을지도 모르고, 공중 부양이나 벽 뚫고 지나가기도 가능할지도 모릅니다. 그렇게 생각하는 사람이 그렇게 생각하지 않는 사람보다 잠재능력이 분출할 기회가 많다고 보지 않습니까?

'야만인의 모임' 멤버들은 대개 이과 출신입니다. 그중에 이과가 아닌 사람은 나와 우에시마 게이지와 가토 노리히로加藤典洋뿐이고, 나머지는 고노 요시노리를 비롯해 모두 자연과학 계열입니다. 자연과학을 배운 '야만인'이란 '기존의 이론으로는 설명할 수 없는 것'에 맹렬하게 빨려드는 사람들을 가리킵니다.

당연하겠지요. 최첨단의 영역에서 연구자들은 매일 '기존의 이론으로는 설명할 수 없는 것'을 설명하려고 합니다. 그것에 대한 가설은 '증거가 없다'는 이유로 종종 내쳐집니다. 하지만 대부분의 경우 '증거'는 계측 기술의 문제에 지나지 않습니다. '수량적으로 계측할 수 없는 현상이 있다'는 것과 '그러한 현상은 존재하지 않는다'는 것은 차원이 다릅니다. 계측 기술이 미숙하다면 선명하게 현상에 수치적인 변화가 있더라도 그것을 증거로 제시하지 못합니다. 더욱 미세한 변화를 계측할 수 있는 기기가 있다면 그때까지 '증거가 없다'고 여겨진 가설에 증거를 댈 수 있지요. 그뿐입니다.

전자현미경이 나오기 전에 바이러스는 가설적인 존재였습니다. 현미경으로는 보이지 않았으니까요. 그러나 세균 여과기를 통과해도 감염성이 없어지지 않는 병원체가 있다는 것을 드미트리 이바노프스키Dmitry Ivanovsky라는 세균학자가 발견했습니다. 바이러스는 아직 눈으로 확인할 수 없었지만, 그것이 차지해야 할 병리학상의 '위상'은 전자현미경의 발명 이전에 이미 정해져 있었던 것입니다.

'염念'이나 '기氣', '영동'* 같은 것도 바이러스와 마찬가지로 기본적으로는 '물리적인 것the physical'이라고 생각합니다. 수치적으로 계측하는 것은 불가능하지만, 그것이 차지해야 할 위상은 이미 정해져 있지요. 언젠가 계측 기기가 정밀해지면 수치적으로 변화를 기록하고, 어떤 조건에서 증감하는지, 어떻게 하면 제어할 수 있는지 밝힐 수 있을 것입니다.

'불량 장수'

어제 요로 다케시 선생을 뵙고 '건강에 신경을 쓰는 일'이 건강에 좋은지 나쁜지를 실험하는 이야기를 들었습니다.

두 집단으로 나누어 한 집단은 의사의 진단이나 조언을 전혀 듣지 않고 자기 마음대로 살아갑니다. 또 한 집단은 정기적으로 건강검진을 받고 의사의 전문적인 조언을 들으며 실생활이나 생활습관을 바꿉니다. 자, 10년 후 두 집단의 평균 수명을 조사했더니 의사의 말을 듣지 않은 집단이 압도적으로 장수했다고 합니다. 요로 다케시 선생은 이것을 '불량 장수長壽'라고 말했습니다. 불량한 사람들이 더

---

*   **영동**靈動 신령스럽게 움직임.

장수한다는 뜻입니다.

이것도 당연하다면 당연한 이야기입니다. 의사에게서 여기가 나쁘다, 저기가 나쁘다, 이렇게 해라, 저렇게 해라 하는 말을 듣고, 의사 말을 듣지 않으면 장수할 수 없다고 위협을 당한다면 병이 생길 것 같습니다. 건강을 관리함으로써 증가하는 생명력보다 건강을 관리해야 한다는 정신적 스트레스 때문에 감소하는 생명력이 크다면, 건강 때문에 정신의 병을 앓는 사람이 산술적으로 빨리 죽겠지요.

요전에 이케가야 유지池谷裕二의 뇌 과학 강연에서 대단히 흥미로운 실험 이야기를 들었습니다.

'정신적 스트레스'라는 식으로 말하면 수치적으로 계측 불가능한 것처럼 들리지만, 실은 정신적 스트레스를 인공적으로 발병시킬 수 있는 화학물질이 있다고 합니다. 실제로 싫은 일이 있으면 뇌 속에 있는 화학물질이 합성을 일으켜 심신의 상태가 나빠집니다.

그래서 이런 실험을 했습니다. 피험자 전원에게 '정신적 스트레스가 있을 때 뇌 속에서 합성을 일으키는 화학물질'을 링거로 주입합니다. 그 물질이 신체로 들어가면 우울해지고 절망적인 기분이 듭니다. 실험하기 전에 피험자에게는 이렇게 말해둡니다. "지금부터 모두에게 기분이 나빠지는 링거를 놓을 겁니다. 점점 기분이 나빠질 텐데 그 점에 대해 보고를 해주면 높은 사례금을 드리겠습니다." 이때도 두 집단으로 나눕니다. 한쪽은 마지막까지 링거를 맞히고, 다른 한쪽은 링거 장치에 온오프 스위치를 달아놓고, 참을 수 없어지면 스스로 링거를 멈추어도 좋다고 말해둡니다. 자, 결과는 어떠했을까요?

이 실험에서 온오프 스위치를 사용한 사람이 아무도 없었습니다. 기분이 나빠지면 화학물질이 점점 몸속으로 들어올 텐데도, '이 불쾌감은 멈추려고 하면 멈출 수 있다'고 생각한 사람들에게는 불쾌감이 발생하지 않았던 것입니다. 즉 화학물질이 기능하지 않았던 셈입니다.

다시 말해 정신적 스트레스는 정신적 스트레스라는 자립적인 불쾌감이 아니라 '스스로 불쾌한 상황에 대해 어떻게 해볼 도리가 없다'는 무력감, 무능감과 짝을 이루고 있을 때 비로소 기능하는 것입니다. 따라서 아무리 싫은 일이 있어도 자신이 스위치를 끄는 순간 싫은 기분이 곧장 없어진다고 생각하면, 즉 자신의 상황을 스스로 조절할 수 있고 심신의 상태를 조율할 수 있다는 확신이 있다면, 정신적 스트레스는 발생하지 않습니다. 실제로 스트레스를 해결하는 수단을 행사하지 않더라고 그러한 수단을 갖고 있다고 생각하는 것만으로도 스트레스는 부정적 효과를 일으키지 못합니다. 이런 내용이었습니다.

문법과 음운이 일본인의 행동과 사고에 어떤 영향을 미칠까?

인간의 신체나 지성이 어떤 메커니즘으로 움직이는지, 우리는 아직 잘 모릅니다. 특히 뇌의 메커니즘은 모르고 있습니다. 우리가 지금 다루는 것은 지성의 문제, 그것도 언어의 문제입니다만, 실제로 어떤 식으로 언어가 구조화되어 있는지는 잘 알지 못합니다.

일본어는 세계에서도 유례가 없는 혼종적인hybrid 언어입니다. 이렇게 특수한 언어를 사용하는 것이 일본인의 사고와 감정에 어떤 영향을 미치고 있는지, 아직 거의 알려져 있지 않습니다.

물론 일본어학이라는 학문은 있습니다. 일본어의 문법 구조나 음운을 연구합니다. 하지만 문법 구조나 음운 규칙이 일본인의 행동이나 사고에 어떤 영향을 미치고 있는지를 연구하는 것은 아닙니다. 연구하려고 해도 연구할 도리가 없습니다. 그러나 나는 이 강의에서 그런 이야기를 하고 싶습니다.

언어나 기호에 대한 일반론은 소쉬르 시대부터 줄곧 진화해왔습니다. 그렇지만 그것은 일반론일 뿐이지요. 특수한 일본어 속에서 태어나 일본어로 이야기하고 듣고 생각하는 우리의 언어 현상을 전부 설명해주지는 못합니다. 일본어라는 특수한 언어에는 일반론적 지知로는 다 포괄할 수 없는 수수께끼가 있습니다. 있는 것이 당연합니다.

우리는 일본어라는 '랑가주langage의 우리檻' 안에 갇혀 있습니다. 프랑스인이나 미국인이 갇혀 있는 것과는 다른 우리 안에 갇혀 있는 것입니다. 따라서 일본인만 선택적으로 유폐시키고 있는 '랑가주의 우리'를 열고 나오려면 프랑스어 화자, 영어 화자, 중국어 화자가 사용하는 것과 동일한 '열쇠'를 사용할 순 없습니다. 물론 만국 공통의 '열쇠'도 있지만, 일본인만 구속하고 있는 특수한 장치를 해제하기 위해서는 우리가 스스로 그 방법을 찾아내는 수밖에 없습니다. 아무도 일본인을 대신해 그것을 고안해줄 수 없습니다.

앞에서 이야기했지만 일본어의 특성은 표의문자와 표음문자를 병행해서 이용하는 데 있습니다. 표의문자ideogram와 표음문자phonogram의 병용입니다.

유럽 언어는 표음문자입니다. 도상*이 없습니다. 일본어는 한자, 히라가나, 가타카나를 섞어서 씁니다. 한자는 표의문자, 히라카나와 가타카나는 표음문자입니다. 가타카나에는 일본어 토착의 어휘에 존재하지 않는 외래어를 표시하는 기능도 있습니다. '마이크로폰'이나 '화이트보드'라는 말은 가타카나로 씁니다. '화이트보드'라는 가타카나를 보면 일본어가 아니라는 것을 알 수 있습니다. 그것을 보고 음이 통하는 외래어를 상상합니다. 그래서 '블랙보드'와 쌍을 이루는 '화이트보드'로구나 하고 가타카나의 표음표기를 통해 영어의 철자를 떠올릴 수 있습니다.

가타카나와 히라가나, 한자, 여기에 외국어, 숫자, 기호도 들어갑니다. 카테고리가 다른 이들 기호가 전부 동시에 입력된 것을 우리는 읽고 있습니다. 뇌 속에서 어떻게 문자를 처리하고 있는지 알 수 없습니다.

일본인은 자주 벌레소리나 새소리를 언어음으로 분절하기 때문

---

* **도상**圖像, Icon 종교, 신화 및 어떤 관념 체계에 따라 특정한 의의를 지니고 제작된 미술품에 나타난 인물 또는 그 형상을 말한다. 가장 일반적인 용법으로는 이미지, 형상 혹은 닮은꼴을 가리킨다. 도상은 그것이 표시하는 것과 비슷한 기호로서 종종 그것이 표시하는 물체와 동일시된다.

에 좌뇌로 듣는다는 말을 듣습니다. 유럽인은 그런 것을 우뇌로 듣습니다. 자연음이니까요. 일본인은 '벌레소리'나 '새소리'를 언어음으로 듣기 때문에 음악을 들을 때 '방해하는 소음'으로 느끼는 소리가 유럽의 청중과 다릅니다. 음악은 보통 우뇌로 듣습니다. 그래서 일본인 청중은 오케스트라 연주 때 옆에서 벌레가 울더라도 방해받지 않습니다. 벌레소리를 좌뇌가 처리해주기 때문입니다.

존 케이지John Cage의 〈4분 33초〉라는 작품이 있습니다. 3악장으로 이루어진 이 작품의 악보에는 악장 전체의 휴지休止밖에 쓰여 있지 않습니다. 그러므로 연주자들은 무대에 등장해 아무것도 연주하지 않고 악기와 함께 퇴장합니다. 그러나 어쩐지 소리가 들립니다. 연주회장에는 갖가지 잡음이 생겨나기 때문입니다. 출입하는 사람의 발소리, 문을 여닫는 소리, 기침소리, 에어컨의 진동음, 연주회장 밖의 생활 소음 등등…. 그때 유럽인과 일본인은 같은 '연주'(연주라고는 해도 무음이지만)를 듣고 있을 때 귀에 들어오는 '잡음' 자체가 달라집니다. '무음의 음악'을 듣고 있을 때조차도 언어권이 다른 사람은 다른 소리를 듣는 것입니다.

실어증이라는 병이 있지요. 교통사고를 당하거나 무언가에 머리를 다친 탓에 뇌에 상처가 생겨 글자를 읽을 수 없습니다. 그런데 일본인의 실어증에는 두 가지 종류가 있습니다. 한자만 읽을 수 없는 경우와 가타카나와 히라가나만 읽을 수 없는 경우입니다. 즉 뇌 속에서 가나와 한자를 처리하는 부분이 다르다는 말입니다. 그래서 한쪽 뇌 부위에 결손이 생겨도 다른 쪽 뇌가 살아 있으면 어느 하나는 읽을 수 있습니다. 도상 처리든지, 음성 처리든지, 둘 중 하나는 가능합니다. 이러한 특수성은 반드시 일본인의 언어 운용에 영향을 미치고 있을 것입니다.

특수성의 하나는 일본인의 식자율이 높다는 점입니다. 일본어의 글자는 외우기 쉬운 편이 아닌가 합니다. 나는 대학에 들어가서야 프랑스어를 전문적으로 배웠습니다. 대학원 시절에는 아침부터 밤까지 온통 프랑스어 문헌을 읽었습니다. 집중할 때는 텍스트의 의미가 눈에 들어오지만 집중력이 떨어지면 갑자기 글자가 해체되어버립니다. 글자 하나하나 흩어져 의미를 하나도 알 수 없어집니다. 26자밖에 없는 글자를 이어붙이거나 잘라 내거나 조합하는 작업은 뜻밖의 집중력이 필요합니다. 표음기호니까요. 어릴 때 일단 프랑스어를 귀로 외우고 학교에 들어가서야 소리에 대응하는 글자를 외운 사람에게는 글자가 해체되어 의미 불명이 되어버리는 일은 일어나지 않을 것입니다. 집중력이 없어지더라도 글자의 배열을 수습해서 그것이 내는 소리를 듣기만 한다면 금방 '알고 있는 말'이 나옵니다. 그러나 나는 글자를 통해 프랑스어를 외웠기 때문에 피곤에 지쳐 글자가 도상으로 해체되면 더 이상 의미를 알 수 없습니다. 소리도 들리지 않습니다. 텍스트는 단순히 엉망진창이 되어버린 무늬 모양으로 울렁댈 뿐입니다.

한자는 그림이기 때문에 해독이 편합니다. 영어나 프랑스어라면 어려운 용어의 철자는 반드시 길어집니다. 15자쯤 이어지는 단어가 아무렇지도 않게 나옵니다. 비슷한 철자가 많으니까 뚫어지게 응시하지 않으면 단어를 특정할 수 없습니다. 그러나 일본어는 편합니다. 숙어라고 해도 기본적으로 한자 두 글자로 되어 있으니까요. 도상 자체가 눈에 쏙 들어오고 의미의 윤곽이 뚜렷한 한자가 턱하니 나란히 쓰여 있으면, 말뜻을 이해할 때 뇌의 부담이 훨씬 가벼워집니다.

　예를 들어 '주呪'라는 말이 있습니다. 영어의 'curse'와 '呪' 중에 어느 쪽이 임팩트가 있나요? '呪'라는 글자는 원래 '咒'라고 썼습니다. 받침대 위에 주부*를 넣은 그릇을 놓고 간절하게 기도하는 인간의 모습을 나타낸 상형문자입니다. 그 글자에는 신체에 비집고 들어오는 것 같은 감촉이 확실한 물질성이 있습니다. 그러나 curse에는 그런 종류의 도상적인 임팩트는 없습니다. 한자를 읽는 것은 원리적으로 그림책을 읽는 것과 마찬가지입니다. 한자는 저편에서 신체에 틈입해 들어옵니다. 단 한 글자로 어떤 상황을 생생하게 도상적으로 표상합니다. 지금 세계의 언어는 대체로 표음문자 체계로 되어 있고 표의문자를 병용하는 곳은 거의 없습니다. 그야 그렇겠지요. 알파벳은 26자만 외우면 되지만, 한자는 교육한자만 해도 1006자, 상용한자는 약 2000자입니다. 나는 한자의 의미를 알아볼 때 시라카와 시즈카白川靜의 『자통字通』을 찾아보는데, 수록한 글자 수가 약 9500자에 달합니다. 그토록 다양한 글자가 존재합니다. 그것만 외우더라도 엄청난 수고가 따르지만, 바탕이 표의문자이기 때문에 의미를 외우는 수고

---

*　**주부呪符** 잡귀를 쫓고 재앙을 물리치기 위하여 붉은색으로 글씨를 쓰거나 그림을 그려 몸에 지니거나 집에 붙이는 종이. =부적.

는 대단히 줄어듭니다. 그림이니까 당연합니다.

만약 식자율이 글자를 외우기 쉬운 정도와 상관이 있다면, 알파벳 언어권이 압도적으로 식자율이 높을 것입니다. 그러나 실제로는 반대입니다. 일본인의 식자율은 99.8퍼센트입니다. 세계 제일이지요. 미국에는 식자識字에 문제가 있는 사람이 전체 인구의 20퍼센트, 프랑스의 비식자율도 10퍼센트를 넘습니다. 학습하기 쉬운 표음문자 언어권에서 글자를 못 읽는 사람이 많고, 한자와 히라가나와 가타카나라는 세 종류의 문자 체계를 외워야 하는 일본어 화자의 식자율이 높은 것입니다. 이것은 표의문자와 표음문자를 병행하는 탓에 뇌 속의 두 군데를 나누어 사용해서 언어를 처리하는 것과 연관되어 있지 않을까 생각합니다.

시라카와 시즈카 선생에 따르면 한자는 그 자체로 주력呪力을 갖고 있다고 합니다. 글자 자체에 강한 힘이 있다고 합니다. 단순한 기호가 아니라 물질적인 무게감이 있다는 것입니다.

시라카와 시즈카의 문자학은 종래의 '口[입]'를 의미한다고 여겼던 한자 요소를 '사이サイ'라고 바꾸어 읽고, 이것은 '주부를 넣는 용기'인데 이것이 고대중국의 주술 의례의 요체였다는 가설을 세웁니다. 그리고 이 가설에 기초해 한자의 원뜻을 전면적으로 새롭게 기술하려고 시도했습니다. 그의 한자학에 대해 아직 이론異論이 분분하지만 한자는 그 자체가 주술적인 힘을 갖고 있다는 주장에 나는 대단히 납득하는 편입니다.

'口(사이)'를 어떻게 볼까요? 사이를 들어 올리면 '형兄'이 됩니다.

두 개 겹쳐놓고 크게 입을 벌리면 '노래歌'가 됩니다. 사이 위에 커다란 도끼를 올려놓고 지키면 '길놈'이 됩니다. 사이를 바늘로 찌르면 '해害'가 됩니다. 사이에 '辛(문신을 하기 위한 바늘, '사이와 辛'으로 신과 계약을 맺는다는 뜻)'을 첨가하면 '말言'이 되고, 사이에 辛을 첨가함으로써 신의 뜻이 내려오면 '소리音'가 됩니다. 주부를 넣은 그릇을 어떻게 취급할까에 따라 다양한 한자가 생겨납니다.

한자의 성립을 시라카와 시즈카 같은 형식으로 설명한다면 어째서 한자가 신체적으로 절박하게 다가오는지를 알 수 있습니다. 그런 육체적인physical 절박감을 알파벳 같은 표음문자 체계로 경험하는 것은 힘들겠지요.

공감각synesthesia이라는 것이 있습니다. 글자에서 소리가 들리거나音視, 형태를 보면 소리가 들린다色聽고 느끼는 사람은 어느 언어권에나 있습니다. 아르튀르 랭보Arthur Rimbaud는 아마도 공감각자였던 듯한데 「모음母音」이라는 시를 남겼습니다. "A는 검정, E는 하양, I는 빨강, U는 초록, O는 파랑." 진짜 그런 식으로 보였던 것이겠지요.

'수數의 감각질qualia'을 갖고 있는 사람도 있다고 합니다. 우리가 보면 숫자는 단지 무표정한 기호이지만, 예컨대 '2+2'라는 수식을 보면 계산하지 않더라도 '4'의 감각질이 색이나 모양이나 냄새 같은 공감각을 동반해 지각됩니다. 소수에는 소수 고유의 감각질이 있는 듯 그것만 떠올라 보이는 사람이 있습니다.

공감각을 가진 사람이 느끼는 것을 공감각이 없는 사람에게 전하는 것이 어려운 것처럼, 일본어 같은 혼종적인 언어로 표의문자가 뇌에 초래하는 임팩트를 표음문자 체계밖에 없는 사람에게 전하는 것은 어렵습니다. 그래도 우리 일본인이 놓여 있는 언어 환경의 특수성을 이해하려면 그 '느낌'을 찬찬히 음미하고, 일본어 화자가 아닌 사람에게도 알 수 있도록 언어로 표현할 필요가 있다고 생각합니다. 물론 일본인을 대신해 구미의 언어학자가 그런 작업을 해주지는 않습니다. 그렇다면 우리 힘으로 하는 수밖에 없겠지요. 남이 해놓은 작업만 기다리고 앉아 있을 수는 없을 테니까요.

라캉의 '거울 단계'

오늘은 '거울 단계' 이야기를 하고 싶습니다.

거울 단계 이론이란 자크 라캉이 1936년에 마드리드의 국제정신분석학회에서 발표한 자아 발생에 관한 이론입니다.

거울 단계란 생후 6개월부터 18개월에 이르는 단계인데, 이 시기에 어린아이는 거울에 대해 특별한 반응을 보입니다. 어린아이를 키운 경험이 있는 사람은 알겠지만, 갓난아이가 태어난 직후에는 거울에 전혀 반응을 보이지 않습니다. 그렇지만 성장이 어느 단계에 이르면 갑자기 거울에 흥미를 보이기 시작합니다. 거울 앞에서 이런저런 표정을 지어보기도 하고 손발을 움직입니다. 유인원도 똑같은 행동을 벌이지요. 어린 고릴라나 침팬지 앞에 거울을 놓아두면 처음에는 흥미를 보입니다. 그러다가 거울 뒤로 가보고 아무것도 없다는 것을 발견하면 거울에 대한 흥미를 잃어버립니다. 그러나 인간인 갓난아기는 거울에 대해 흥미를 잃지 않습니다. 그리고 어느 시기에 이르면 무척 의미심장한 환희의 표정을 짓습니다. 이때 무슨 일이 일어난 것일까요?

라캉에 따르면 이때 '자아의 편취騙取'가 일어납니다.

갓난아기는 여기에 비치고 있는 거울 이미지가 '나'라는 것을 발견합니다. 왜 그것을 가리켜 '자아를 속여 취하는 것'이라고 할까요? '거울 이미지가 바로 내 자신'이라고 확신하기 위해서는 실은 '목숨을 건 비약'이 필요하기 때문입니다.

자신이 갓난아기였을 때를 상상해보지요. 1미터 앞에 거울이 있다고 합시다. 1미터 떨어진 곳에는 물론 다른 물건도 있습니다. 엄마나 장난감, 유모차 등이 있는데, 그것들은 다 외부에 있는 것이지 자기 자신은 아닙니다. 어린아이도 그것이 '외부에 있는 것'이라는 것쯤은 압니다. 자신의 거울 이미지도 외부에 있습니다. 거울 이미지는 주변에 굴러다니는 곰 인형과 자격의 측면에서는 동일합니다. 그런데 갓난아기가 거울을 보고 손을 흔들거나 웃거나 이마를 찡그리는 동안 '거울 속에 비치는 것은 바로 나'라는 직감이 찾아옵니다.

왜 그런 직감이 찾아올까요? 이것을 설명하기란 지난합니다. 갓난아기는 거울에 비치는 것이 표정이나 몸짓으로 짐작해볼 때 아무래도 나 자신 같다고 생각하는 것은 아닙니다. 왜냐하면 처음부터 갓난아기는 자신이 어떤 얼굴이고 어떤 몸짓을 하는지 알지 못하기 때문입니다. 눈에 보이는 것은 기껏해야 손발의 일부분일 뿐 목이나 등도 보이지 않습니다. 따라서 갓난아기는 자신이 바깥에서 보면 어떻게 보이는지 알지 못합니다.

갓난아기가 거울을 앞에 두고 무슨 일을 하느냐 하면, 자기 외부에 있는 것을 흉내 냅니다. 엄마가 웃으면 자기도 따라 웃습니다. 엄마가 사용한 것과 똑같은 얼굴 근육을 사용합니다. 그것은 할 수 있지요. 엄마가 웃을 때 근육의 움직임을 흉내 냄으로써 '웃음'이라는 동작을 학습하는 것입니다.

이것은 거울 신경 세포mirror neuron의 작용입니다.

거울 신경 세포는 21세기에 들어와 기능이 알려졌습니다. 인간은 타자가 어떤 운동을 하면 뇌 속에서 그것을 '시뮬레이트simulate' 합니다. 누군가 아이스크림을 먹고 있는 것을 보면 뇌 속에서 아이스크림을 먹는 근육을 똑같이 움직입니다. 실제로 근육 운동을 하지는 않지만 뇌 속에서 입술, 목구멍, 혀, 치아가 어떻게 움직이는지 시뮬레이트하고 있습니다. 무엇을 보더라도 이렇게 합니다. 침팬지도 거울 신경 세포가 있기 때문에 인간이 도구를 사용하면 그 도구의 사용법을 흉내 낼 수 있습니다.

에드거 앨런 포Edgar Allan Poe의 소설 『모르그가의 살인 사건』에서는 수염을 깎고 있는 사내의 모습을 보던 오랑우탄이 똑같은 동작을 반복하다가 여인의 목을 잘라버리는 사건이 일어납니다. 명탐정 오귀스트 뒤팽의 추리에 의해 이 사건을 저지른 범인은 인간이 아니라 오랑우탄이라는 사실이 밝혀집니다. 19세기에 쓰인 소설이지만 이미 거울 신경 세포의 작용을 파악하고 있습니다. 과연 에드거 앨런 포답습니다. 원숭이도 인간의 행동을 모방할 수 있는데 하물며 인간의 갓난아기는 말할 것도 없겠지요.

인간은 즐거울 때 방긋 웃습니다. 아직 '즐거움'의 감정을 분절한 형태로 경험한 적 없는 갓난아기라도 거울 신경 세포를 통해 엄마의 얼굴 근육을 모방할 수 있습니다. 그리고 웃음을 지음으로써 '즐거움'이라는 감정을 사후적으로 분절할 수 있습니다. 신체 조작의 모방에 의해 감정 자체가 전이되는 것입니다.

감정이 먼저 있고 그것이 표정으로 드러나는 것이 아닙니다. 표정을 모방했기 때문에 타인의 감정이 전이되는 것입니다.

분노도 그렇습니다. 분노의 표정, 분노의 발성, 분노의 신체 운용을 모방하면 분노의 감정이 뚜렷하게 눈에 띕니다. 분노, 슬픔, 증오 같은 감정을 갓난아기는 모방적인 신체 운용을 통해 획득해갑니다.

이것이 현재 아동 발달에 대한 기본적인 앎입니다.

거울 단계는 거울 신경 세포 이론을 적용하면 잘 이해할 수 있습니다. '거울에 비친 누군가의 신체 운용'을 보고 있는 사이에 갓난아기 뇌 속의 거울 신경 세포가 활성화됩니다. 뇌 속에서 거울 이미지와 똑같은 운동이 일어납니다. 애당초 자기의 신체였으니까 거울 이미지의 움직임과 그것을 모방하고 있는 자신의 움직임은 꼭 일치합니다. 참으로 완벽하게 동시적으로 일어나고 있지요. 그때 거울에 비친 것을 보고 갓난아기는 '저것이 나로구나!' 하고 확신합니다.

자기 내부에 '나는 존재하는구나!' 하는 실체적인 확신이 절절이 쌓인 결과에 의해 자아가 얻어지는 것이 아닙니다. 자아는 외부에 있는 이미지를 '저것이 나로구나!' 하고 믿어버림으로써 얻어집니다.

아까도 말했지만 우리가 외부의 시점으로 자신의 온몸을 본다는 것은 불가능합니다. 자기 눈으로 볼 수 있는 자신의 모습이란 기껏해야 턱 아래쪽, 가슴과 배의 일부, 팔꿈치 앞부분, 그리고 다리 정도입니다. 그런데 이 부분만 그린 그림을 내밀면서 '이것이 내 자화상이오!' 할 사람은 아무도 없습니다. 누구나 외부에서 본 거울 이미지를 그립니다. 사실은 있을 수 없는 일이지요. 우리는 누구도 자신의 전신 이미지를 바깥에서 조망할 수 없으니까요. 그런데도 '자신의 전신 이미지를 바깥에서 조망하는' 경험에 의해서만 자아는 자신의 기초를 마련할 수 있습니다.

전체적인 조망은 신에게만 가능합니다. 신에게만 가능하다는 사실이 인간에게 깊은 전능감을 가져다줍니다. 태어나서 받는 최고의 강렬한 대가가 '자아의 편취'에 의해 주어집니다. 자아라는 개념을 갖는다는 것은 기분 좋은 일입니다. 따라서 인간은 그러한 조작을 되풀이하면서 자아를 강화시켜갑니다.

'거울에 비치는 것'은 본질적으로 타자입니다. 자신이 아닙니다. 거울 대신 갓난아기의 몸짓과 표정을 완벽하게 복사하는 프로그램을 보여준다고 해도, 다시 말해 갓난아기의 움직임과 완전하게 똑같이 움직이는 '곰 인형'을 놓아둔다고 해도, 원리적으로는 동일한 일이 벌어질 것입니다. 거기에 출현한 자신의 신체 감각과 딱 맞아떨어지는 이미지를 '저것이 나로구나!' 하고 생각하면 자아는 성립합니다.

그러므로 자아는 애초부터 일종의 허구입니다. 거울 이미지는 곰 인형과 비슷할 정도로 이물異物입니다. 그러나 자신의 외부에 있는 거울 이미지와 일체화함으로써 강력한 쾌감이 느껴집니다. '타자와 같이 움직이면 쾌락을 얻을 수 있다'는 기원적인 체험이 이때 주입됩니다. 이것이 인간의 성장에서 가장 기본적인 축을 형성해갑니다.

자신의 외부에 있는 것과 현실적으로 일체화하기는 불가능합니다. 가능한 것은 동일화뿐입니다. 하지만 가상적으로 동일화만 하면 어떤 전능감이 찾아옵니다. 이 대가를 바라고 인간은 그 이후 반복적으로 타자와의 동일화를 추구합니다. 반복하는 동안에, 성숙함에 따라 타자와의 가상적인 동일화가 점차 부드럽게 이루어집니다. 어떤 경우에도 금방 타자와 동일화할 수 있는 인간을 우리는 '어른'이라고 부릅니다. 그는 '타인의 마음을 아는' 사람입니다.

그런 식으로 인간 사회는 제도를 설계하고 있습니다. 우리가 '자기 멋대로 군다'든지 '분위기를 못 읽는다'든지 '무슨 말인지 모르겠다'는 표현을 부정적인 의미로 쓰는 것은 그 사람이 타자와 가상적으로 동일화할 수 없다는 것, 원숭이에서 별반 진화하지 않았다는 것을 말해줍니다.

타자와의 가상적인 동일화를 통해 무슨 일이 일어나느냐 하면 스캐닝이 가능해집니다. 이 수업에서 몇 번이나 말했지만, 스캐닝이란 상공에서 자신을 포함한 풍경을 보는 힘입니다.

자기 주위에 있는 타자들과 가상적으로 동일화할 수 있는 인간은 자신이 보고 있지 않은 것을 볼 수 있습니다. 자신이 듣고 있지 않은 것을 들을 수 있고, 자신이 만지고 있지 않은 것을 감지할 수 있습니다. 타자들과 더불어 어떤 종류의 거대한 '공共-신체'를 형성할 수 있습니다. 지반면*에서 유체 이탈해 공중에서 자신을 내려다볼 수 있습니다. 그것은 가상적인 '거인'의 시각에서 세계를 본다는 뜻입니다.

인류 역사의 여명기에 그런 능력을 지닌 사람이 얼마나 숭앙을 받았는지는 상상하기 어렵지 않습니다. 사냥할 때 사냥감이 어디에 있는지, 어디에 위험한 짐승이 있는지, 어디에 위험한 벼랑이나 웅덩이가 있는지, '위에서' 내려다보듯 보입니다. 전투를 벌일 때 적이 어떤 식으로 포진하고 있는지, 자기 군대의 좌익진과 우익진이 어떤 식으로 펼쳐져 있는지 다 보입니다. 그런 사람이 내리는 지시는 지면에서 오감에만 의지해 세계를 이해하는 사람이 내리는 지시보다 훨씬 적절하다는 것은 말할 필요도 없습니다. 집단이 살아남기 위해서는 스캐닝을 할 줄 아는 인간의 산출이 사활을 좌우할 만큼 중요하다는 것을 인류는 역사의 초기 단계부터 학습했을 것입니다.

그러므로 인류는 그것을 성숙의 목적으로 내걸었습니다. 우선은 타자와의 가상적인 동일화가 가능한 사람을 '어른'이라고 불렀습니다. 어른이란 자기들이 어떤 상황에 놓여 있고, 어떤 일이 일어나고 있고, 어디에 무엇이 있고, 어디에 위험이 도사리고 있고, 어디에 살아날 방법이 있는지 '아는' 사람을 가리킵니다.

---

*   **지반면**ground level 건축이 접하는 지표면에서 건축물의 높이나 층수 등 산정의 기준이 되는 면.

　　자신의 '입장'을 아는 사람, 자신의 '분수'를 아는 사람, 자신이 어떤 국면에 어떤 책임을 지도록 기대를 받고 있는지 아는 사람, 이런 사람이 바로 '어른'입니다. '입장'도 '분수'도 '주제'도 공간적인 표현입니다. 자신이 어디에 있는지 조감으로 볼 줄 아는 인간만 그런 것을 압니다. 사회적 성숙이란 단지 신체가 성장하거나 지식이 있거나 유용한 기술을 갖추고 있는 것이 아닙니다. 동일화할 수 있는 타자의 수가 늘어남으로써 상공에서 '자신을 포함한 풍경'을 볼 수 있어야 합니다.

　　스캐닝이 가능한 범위는 어린이의 경우 기껏해야 가정까지입니다. 그것이 동년배 집단으로 넓어지고, 친척 집단이나 지역 공동체까지 넓어지고, 이윽고 국민국가나 국제사회, 나아가 인류 역사 속에 자기 자신을 놓을 수 있기에 이릅니다. 이러한 성숙의 과정을 추동하는 것은 가상적으로 동일화하고 싶다는 근원적인 추향성*입니다.

정렬·행진·흥분으로 떨리는 몸

　　따라서 초등교육에는 타자와의 동일화 훈련이 반드시 들어 있습니다. 똑같은 교복을 입히고, 합창을 시키고, 놀이로 춤을 추고, 일렬로 정렬하고, 매스게임을 시키는 까닭은 다 이유가 있다고 생각합니

---

*　　**추향성趨向性** 사물이 있는 방향과 상태로 향하는 성질.

다. 몰개성적이라고 비판하는 사람도 있을지 모르겠지만 개성은 일단 자아가 발달한 다음의 이야기입니다. 자아의 기초를 마련하지 못하면 개성이고 뭐고 없습니다. 우선은 타자와의 가상적인 동일화를 하기 쉽도록 환경을 정비합니다.

가장 동일화하기 쉬운 것은 리듬감 있는 움직임입니다. 단순한 리듬, 단조로운 선율을 반복하는 율동을 하다보면 인간은 간단하게 황홀trance 상태에 들어갑니다.

학교에서 실시하는 조례 같은 것도 마찬가지라고 생각합니다. 나도 어렸을 때 조례를 엄청나게 싫어했지요. 그렇지만 나중에 그것의 인류학적 의미를 깨달았습니다. 조례에서 하는 일이란 단지 줄을 맞추어 서 있는 것뿐입니다. 그렇지만 그것을 훈련하지 않으면 인간은 '줄을 맞추어' 설 수 없습니다. 학급의 50명이 한 줄로 서는 일은 '조감의 시각으로 자신을 보는' 일 없이는 불가능합니다.

'앞으로 나란히!'라는 것은 앞뒤로 근육의 움직임을 일치시킵니다. 근육이나 골격의 움직임을 동기화*시키면 가상적인 동일화가 쉬워집니다. 그리고 앞에는 키가 작은 아이가 서고 점점 키가 큰 순서로 줄을 섭니다. 이것도 될수록 자신과 신체가 비슷한 개체와 나란히 서는 편이 동기화하기 쉽기 때문이라고 생각합니다.

타인과의 공감이 강해지면 자기 자신이 이 집단 가운데 어디에

---

* **동기화** 작업들 사이의 수행 시기를 맞추는 것. 사건이 동시에 일어나거나, 일정한 간격을 두고 일어나도록 시간의 간격을 조정하는 것을 이른다.

있고, 이제부터 행진으로 학교 건물로 들어가는데 몇 걸음을 걸어야 목적지에 도착한다는 것을 수차례 훈련하는 동안에 익혀갑니다. 정렬이나 행진 같은 것이야 누구나 할 수 있다고 생각할지 모르겠지만, 사실은 상당히 어려운 신체 운용입니다.

1878년에 세이난 전쟁*이 일어났을 때 사쓰마薩摩, 현 가고시마 군대는 사족들이고 정부군은 진대병**, 즉 징병당한 농민들이었습니다. 백병전에서 진대병은 사족의 상대가 되지 못했습니다. 결국에는 대량의 화기火器를 도입해서 겨우 승리를 거두었을 뿐입니다. 전쟁이 끝나자 육군은 대대적인 훈련을 벌였습니다. 세이난 전쟁 때 보병 용병의 실패 이유를 조사했고, 연습을 통해 진대병들은 정렬과 행진에 서투르다는 것을 알았습니다. 농부들의 생활습관에는 집단적으로 정렬해 행진, 달리기, 포복 전진을 하는 동작이 존재하지 않았기 때문입니다.

아마도 그 이후 학교 교육에 조례를 도입해 체조나 행진을 시켰다고 생각합니다. 일동이 일제히 똑같은 동작을 맞출 수 있는 능력과 전투에 걸맞은 최적 행동을 취하는 능력은 상관성이 있었습니다. 지금도 스포츠 경기를 통해 그 자취를 볼 수 있습니다. 야구, 축구, 럭

---

* **세이난西南 전쟁** 메이지 유신 초기인 1877년에 일본 가고시마鹿兒島의 사족土族인 사이고 다카모리西鄕隆盛를 앞세워 일으킨 최대이자 최후의 반정부 내란. 메이지 정부는 이 반란을 제압함으로써 권력의 기초를 확립했고, 반정부 운동의 중심은 이후 자유 민권 운동으로 나아갔다.

** **진대병鎭台兵** 옛날 그 지방을 지키기 위해 두었던 군대의 병사.

비는 시합 전에 선수들이 둥글게 서서 '이기자!' 하고 외치곤 합니다. 아마도 전국시대 싸움에 임하는 '무사의 떨림'이 현대판으로 나타난 것이라고 생각합니다.

'무사의 떨림'에 대해 대다수 사람들이 싸움을 시작하기 전에 무사의 몸이 떨리는 것이라고 생각하는 것 같은데, 그런 것이 아닙니다. 옛날 무사들은 갑옷을 입었잖아요. 갑옷을 자세히 관찰하면 알수 있는데 갑옷에는 가느다란 단책短冊, 즉 가늘게 자른 댓살 같은 것이 다닥다닥 붙어 있습니다. 진동하면 소리가 나겠지요. 싸우기 전에 무사들은 열렬하게 몸을 진동시킵니다. 그러면 갑옷이 울리기 시작하고, 그 소리가 주위로 퍼져나가 전쟁터 전체가 드르르르 울립니다. 몇 백, 몇 천의 기마 무사가 말머리를 열에 맞추고 '돌격!' 하고 외칠때, 지휘관이 몸을 떨면 갑옷의 진동음이 도미노가 쓰러지듯 주위로 퍼져나갑니다. 귀청을 때리는 진동음이 전쟁터를 뒤덮었지요. 직접 눈으로 본 적도 없고 이제 와서 재현하는 것도 불가능하지만, 그 자리에 있던 모든 사람의 신체 감각을 진동음을 매개로 정렬해나가는 일은 논리적으로 있을 법한 일입니다. 그때 그곳에는 거대한 공-신체가 생겨납니다. 기마 무사들이 마치 하나의 거대한 다세포 생물의 세포 같은 것이 됩니다.

기마나 보병이 전투를 벌일 때 하늘에서 전쟁터 전체를 내려다볼 수 있는 '신의 관점'을 취할 수 있는 지휘관이 있는 군대는 지반면에서 이탈하지 못하는 지휘관이 인솔하는 군대보다 틀림없이 유리합니다. 탁월한 지휘관은 공-신체를 만들어 타자의 신체와 가상적으로 동일화하는 힘을 지닌 사람이어야 합니다. 따라서 전투 집단은 반드시 똑같은 제복을 입고, 똑같은 리듬으로 호흡하고, 똑같은 표정을 짓고, 똑같은 방식으로 근육과 골격을 움직임으로써 신체적인 동일화를 달성해야 합니다.

이것은 특별히 전체주의나 군국주의의 이데올로기가 강요하는 것이 아니라 고대부터 전승되어온 순수한 신체 기법입니다. 인디언이 싸움에 나가기 전에 추는 '전투의 춤'과 마찬가지입니다. 전원이 우렁차게 '전투의 목소리'를 높이며 노래를 부릅니다.

우리가 학생일 때는 데모를 자주 했습니다. 히비야日比谷 야외음악당이나 요요기代々木 공원에 학생들이 모입니다. 그곳에서 선동 연설을 한 다음 데모에 나가기 전에 반드시 노래를 부릅니다. 〈인터내셔널〉이나 〈바르샤바 노동가〉 같은 정해진 혁명가를 부르지요. 만 명이 넘는 학생들이 모여 있으니 공기가 진동하며 땅울림이 일어납니다. 두 곡쯤 부르면 학생들의 감각이 맞추어집니다. 그때 비로소 대열을 짓습니다. 그러고 나서 허리를 낮추어 데모 대열의 선두에 서서 저벅저벅 걷기 시작하는 것입니다. '안보 반대' 같은 구호를 외치면서…. 이때도 신체가 동기화되기 쉬운 운율의 언어를 선택하지요. 그러면 공-신체가 형성됩니다. 가상적으로 시야가 위로 올라가 조감을 통해 자기를 내려다보는 기분이 됩니다. 물론 환상이지만요. 그러나 역사 속에서 자신이 지금 어떤 의미가 있는 행위를 한다는 기분이 듭니다. 공간적이고 시간적인 확산 속에서 스스로가 하나의 고리가 되어 있습니다.

이러한 감각은 커다란 정치적 행동을 이루어내기 위해서 불가결합니다. 아까는 군사를 예로 들었지만 정치운동도 마찬가지고, 교육도 마찬가지입니다.

여러분도 이와 비슷한 일을 자기도 모르게 하고 있을 것입니다. 콘서트에 가서 입을 모아 노래를 부른다든가 다함께 똑같이 손을 흔들거나 하는 것은 옛날에 우리가 데모에 나설 때 하던 행동과 본질적으로 다르지 않습니다. 타인과 가상적으로 동일화하는 것은 어떤 확장 속에서 자신을 파악할 수 있게 해줍니다. 그것으로 자신은 이 세계에 어떤 존재인지, 어디에서 무엇을 해야 하는지를 알 수 있습니다. 그렇게 기능적으로 집단으로 통합됨으로써 자기 자신의 아이덴티티를 위한 기초를 닦는 것입니다.

우리는 깨닫지 못하는 사이에 다양한 인류학적 경험지를 반복적으로 실천하고 있습니다.

그럼 다음 주에 만납시다.

창조성은 불균형에서 나온다

갓난아기가 언어를 습득할 때는 부모의 신체 움직임을 동기화하고 모방을 통해 신체 운동의 의미를 이해함으로써 언어의 의미를 '수육'*시킵니다. 이런 이야기를 지난주에 했습니다. 이런 일은 좀 더 성장한 이후에도 독서 경험을 통해 일어납니다. '독서백편의자현讀書百遍義自見'이라는 말이 있지요. 아무리 이해하기 어려운 책이라도 매일매일 되풀이해 읽으면 어느 날 뜻을 깨우친다는 말입니다. 이건 정말 그렇습니다.

나는 20대 청년 시절에 난해한 책으로 잘 알려진 하이데거의 『존재와 시간』을 읽은 적이 있습니다. 맨 처음에는 무슨 말을 썼는지 하나도 알지 못했지만, 이 책을 읽지 않으면 그 당시 연구를 계속할 수 없었기 때문에 3주에 걸쳐 젖 먹던 힘까지 내어 통독했습니다. 이상하게도 처음에는 의미를 전혀 알 수 없었는데 3주일 동안 줄기차게 읽었더니 어렴풋이 감이 잡혔습니다. 비유적으로 말하면 모르는 사람들이 오고가며 외국어로 떠드는 연극을 3주일 동안 매일 본 느낌입니다. 그만큼 오랫동안 붙들고 늘어지면 어느새 감정이입할 수 있는 등장인물도 나오고, 편들어주고 싶은 배우도 생기고, '귀에 익숙한' 반주 음악이나 익숙한 무대 장치도 식별하기에 이릅니다. 그러면 그것이 '어떤 이야기'인지, 무대 위에서 벌어지는 문제가 무엇

---

* **수육受肉** 기독교에서 신이 인간의 모습을 띠고 나타난 것을 이른다. =성육신.

인지, 점차 짐작할 수 있습니다. 동일 정보의 입력이 반복적으로 이루어지면 인간의 뇌는 그것을 이해할 수 있도록 재조직화됩니다. 진짜 그렇습니다.

그럴 경우 경험적으로 확실한 점은 신체를 매개로 삼으면 효율적이라는 것입니다. 목소리를 내어 읽거나 '베껴 쓰기'를 하는 등 신체를 사용하면 뇌의 재조직화에 눈에 띄게 속도가 붙습니다. 신체를 매개시키면 시킬수록 더욱 잘 이해할 수 있습니다.

나는 엠마누엘 레비나스Emmanuel Levinas, 1905~1995의 저서를 몇 권 번역했습니다. 책을 읽어도 이해하지 못했기 때문에 번역한 것입니다. 엉뚱한 이야기지만 그런 일도 있습니다. 막상 번역을 시작했지만 몇 페이지를 번역해도 내가 번역해놓은 일본어가 전혀 뜻이 통하지 않았습니다. 그럼에도 매일 거르지 않고 번역했습니다. 거의 베껴 쓰는 수준이었지요. 그렇게 몇 주일 동안 금욕적으로 작업을 계속하다 보니 어느 날 '호흡이 맞는다'는 느낌이 옵니다. 문장의 끝을 예감하고 '슬슬 문장이 끝나겠군.' 하고 생각하는 순간 마침표가 찍혀 있는 것을 봅니다. 어떤 명사가 나올 때 '이 명사에는 레비나스 선생이 좋아하는 이런 형용사가 붙겠군.' 하고 생각하는 순간 정말 그 형용사가 나옵니다. 그럴 때는 괜히 어깨가 으쓱하지요. '호흡이 맞았기' 때문입니다. 물론 의미를 이해했다는 말이 아닙니다. 신체의 리듬이 맞았다는 것뿐입니다. 그렇지만 시작은 그런 식으로만 이루어집니다. 미지의 사상이나 감각에 접근하는 방법은 결국 그것밖에 없습니다. 신체의 동기화 말입니다.

신체가 동기화하면 자신의 신체 안에서 자기도 몰랐던 감각이 생겨납니다. 전대미문의 감각이지요. 그것이 '내 몸 안에서 일어난 사건'인 이상 언어화하지 못할 이유가 없습니다. 지금 이렇게 자기 신체에서 일어나는 사건을 생각이든 감정이든 갓난아기 때부터 어휘를 증가시키고 수사나 논리를 배워 언어화할 수 있도록 해왔기 때문입니다. 갓난아기도 할 수 있는 일을 어른이 못할 리 없습니다.

그래서 레비나스의 프랑스어를 어떻게든 일본어로 바꾸어봅니다. 자신의 신체에 제대로 반응을 일으키는 일본어가 아니면 '가슴이 답답'합니다. 실마리는 그것뿐입니다. '가슴이 답답한' 것은 번역이 틀렸기 때문입니다. 그렇다고 '속이 시원한' 글을 쓰면 되느냐 하면 그렇지도 않습니다. 레비나스처럼 심원한 사상가는 나 같은 이해력이나 경험지가 도저히 다다를 수 없는 수준의 예지를 설파하기 때문에 '알기 쉬운 일본어'로 간단하게 옮길 수 없습니다.

그런 가운데 신기하게도 탄력을 받아 '의미는 모르겠지만 가슴이 답답하지는 않군.' 하는 글이 써질 때가 있습니다. '의미를 모른다'는 것은 지성적으로 아직 이해하지 못했다는 뜻이고, '가슴이 답답하지 않다'는 것은 생각이든 감각이든 내가 신체적으로 동기화하고 있다는 징후입니다. '뭐라고 하면 좋을까? 있잖아, 그것 말이야. 아아, 머릿속에서만 맴도네….' 하고 애를 태울 때가 있잖아요? 신체적으로는 감을 잡았지만 아직 언어화에는 미치지 못한 상태 말입니다.

지성의 수준이나 스케일을 뛰어넘는 앎을 자신의 언어로 표현하고자 바란다면, 어떻게든 '가슴이 답답한' 영역을 통과해야만 합니다. 그것은 발생적으로 지극히 자연스러운 일입니다. 아이가 언어를 획득해가는 과정은 실로 '가슴이 답답한' 상태의 연속일 테니까요.

'끊임없는 불균형'으로부터 언어는 생겨난다

반대로 의미는 어렴풋이 이해하지만 신체적으로 전혀 동기화되지 않는 경우도 있습니다. 언어는 있지만 이미지가 없지요. 언어는 알고 있지만 무엇을 의미하는지 모릅니다. 이른바 '하고 싶은 말은 많지만 언어로 충분히 표현할 수 없는' 상태입니다.

'노발怒髮이 하늘을 찌르다, 즉 화가 머리끝까지 나다'라는 말도 그렇고, '간담상조肝膽相照, 즉 서로 진심을 터놓고 친하게 사귀다'라는 말도 그렇고, '심두멸각心頭滅却하면 불 또한 시원하다, 즉 잡념을 버리고 무념무상의 경지에 이르면 불 속에서도 오히려 시원함을 느낀다'는 말도 그렇습니다. 언어는 있지만 신체적인 실감은 없는 말입니다. 중학생이나 고등학생이 한문 시간에 '노발이 하늘을 찌르다'라는 말을 본다고 한들, 화가 난 나머지 머리털이 거꾸로 서서 하늘을 찌른다는 말을 신체적인 실감으로 알 리 없습니다.

이럴 때는 언어가 먼저 있습니다. '간담상조'라는 말은 서로 마음이 통한다는 뜻이라고 사전에 나와 있지만, 우리는 '간'과 '쓸개'가 어디에 있는지조차 알지 못합니다. 그런데 그것들이 서로를 비춥니다. 내장을 서로 비춘다는 것은 도대체 어떤 것일까요? 완벽하게 이해할 수 있을 때 '가슴에 사무친다'는 말을 씁니다. 그렇지만 '가슴'은 무엇이고, 사무친다는 것은 무엇인지, 실체적 실감은 없습니다. '심두 멸각하면 불 또한 시원하다'는 말도 불에 타 죽어본 적이 없기 때문에 알 수 없습니다.

먼저 언어가 있고, 그것을 습득합니다. 이미지를 동반하지 않는 용법, 신체적인 실감이 뒷받침되지 않은 말을 먼저 외웁니다. 가슴이 답답한 일이겠지요. 담을 그릇만 있고 내용물이 없으니까요. 따라서 신체적인 실감이 없는 말은 대개 언제나 뇌 속 '책상 위desktop'에 놓여 있습니다. 신경이 쓰이니까요. 그리고 무의식중에 그것에 맞는 '내용물'을 찾습니다. 무언가 미지의 것을 볼 때마다 이것은 어쩌면 '언어만 알고 있고 실물을 모르는 그것'이 아닐까 생각합니다. 반드시 그런 작용이 일어나고 있을 겁니다. 물론 무의식적이지만, 그래도 '이것이 그것이 아닐까?' 하는 물음은 잊는 법이 없습니다. 그리고 어느 날 무척 화가 났을 때 '아, 이것이 노발怒髮이 하늘을 찌른다는 느낌이로구나!' 하고 깨닫습니다. 친구와 이야기하다가 몇 마디 말만으로 마음이 통하고 가슴이 뻥 뚫리는 것 같을 때, '아, 이것이 간담상조라는 상태로구나.' 하고 넘겨짚습니다. 그런 식으로 우선 용법이 선행하면 그것을 메워주는 신체적 실감을 찾으면서 살아갑니다. 신데렐라의 유리 구두처럼 담을 것이 먼저 있고, 그 다음에 그것에 꼭 맞는 내용물을 찾는 것입니다.

중학교에 들어갔을 때 "잡초가 무성한 집, 쓸쓸한 집에 사람은 찾아오지 않건만 가을은 찾아오네."라거나 "사랑이 맺어진 다음의 괴로움에 비하면 그리움에 애달프던 옛날의 마음은 괴로움이라 할 수 없는지고." 같은 시구를 외웠습니다. 하지만 중학생이 이런 감정을 절절하게 느꼈을 리 없습니다. "동틀 무렵 희뿌연 안개가 걷히면서 언뜻 보이는구나, 개울물에 꽂아놓은 어살의 말뚝!"도 "옷을 말린다고 전해지는 천향구산天香具山"도 본 적이 없습니다. 그러나 말은 알고 있지요. 본 적이 없는 경치, 경험한 적이 없는 감동은 실로 결여감 때문에 우리의 언어적 성숙을 키워줍니다. '담을 그릇'에 어울리는 '내용물'을 획득해야 한다는 의식, 즉 성숙을 향한 압력 같은 것을 우리는 늘 느끼고 있습니다.

언어의 창조성이란 이러한 긴장 관계가 아닐까 생각합니다. 창조성, 창의성이란 개인적인 능력이 아니라 이 긴장 관계를 가리킵니다.

'창조적인 언어활동'이라는 말을 들으면 자신의 내부에서 떠오른 새로운 아이디어로 작품을 만드는 생성적 과정을 떠올리겠지만, 실제로 일어나는 일은 더욱 복잡하지 않을까요?

언어만 있을 뿐 신체적 실감은 없습니다. 또는 거꾸로 신체적 실감은 있지만 언어는 없습니다. 이렇게 끊임없는 불균형 상태에서 언어는 태어납니다. 아니, 오히려 언어는 그렇게만 태어납니다. 따라서 창조적인 언어활동이란 '끊임없는 불균형'을 높은 수준으로 유지하는 것이 아닐까 생각합니다.

'독창성 신화'라는 병

반대로 생각해보면 이해가 잘 갑니다. 오늘날 일본의 언어 상황은 아주 빈곤합니다. 나는 그렇게 느낍니다. 그것은 언어를 구사하는 사람들이 날카로운 긴장감을 갖고 말이 지닌 뜻과 신체적 실감 사이의 괴리를 돌파해내는 것처럼 보이지 않기 때문입니다. 도리어 자신이 조종하는 언어와 신체적 감각 사이의 일치에 안주하고 있는 것처럼 보입니다.

'독창성 신화'가 그것의 전형적인 증상입니다. 창조적인 언어활동이란 타인의 용법을 모방하지 않는 것이라고 착각하는 사람이 있습니다. 될수록 '기성품의 언어'를 빌리지 않고 자신의 '날 것의 실체 실감'을 언어로 표현하면 독창적인 언어 표현이 이루어진다고 믿습니다. 그러나 이것은 무척 위험한 선택입니다. 우리의 언어 자원은 타자의 언어를 받아들임으로써만 풍요로워지기 때문입니다. 선행하는 타자의 언어를 습득하고 그것을 내면화하여 용법에 맞는 신체 실감을 분절하는 형태로만 우리의 생각이나 감정은 풍부해집니다.

타인의 언어를 모방하는 것을 떳떳하지 못하다고 보는 사람들이 있습니다. 자신의 현실감 있는 신체적 실감을 (아무리 빈약하다고 해도) 자신이 가진 어휘만으로 표현하고 싶고, 그것이 '순수하다'고 생각합니다.

이러한 언어 이데올로기에 의해 일본인의 언어 자원은 무서울 만큼 가난해졌다고 생각합니다. 그런 사람들의 언어 능력이 뒤떨어지는 것은 신체적 실감을 소중히 여기기 때문이 아닙니다. 신체적 실감을 중시한 나머지 용법의 확대나 정밀화에 관심을 가지지 않기 때문입니다.

'빡치다'라든지 '열 받다'라든지 '답답하다' 같은 말은 분명히 사용자 자신에게는 신체적으로 아주 리얼한 것이라고 생각합니다. '울화통이 터지다'라든지 '역정 나다'라든지 '옳고 그름이 판연하지 않다'는 표현은 '사용한 적이 없으니까 쓰기 싫어. 뭐, 무슨 말인지도 모르겠고…'. 하는 이유로 쉽게 내팽개칩니다. 그리고 '열 받다'라는 말 하나를 '화남'의 등급에 대응시켜 (어조나 표정으로) 세세하게 분화시켜 사용하는 기술에만 매달립니다.

그것도 '언어적으로 세계를 분절시키는 것'이기는 합니다. 그러나 그것은 '오후 5시 30분 해질 무렵 하늘의 색조'와 '오후 5시 31분 해질 무렵 하늘의 색조'의 차이를 세밀하게 나누는 것과 같습니다. 본인에게는 절실하고 현실감 있는 차이일지 모르지만, 그렇게 어휘를 정밀하게 나눈다고 '심야'나 '여명'에 대해 이야기할 수는 없습니다.

이것은 일본 근대의 국어 교육을 지배하던 이데올로기의 불행한 귀결이라고 생각합니다. '자기가 생각한 대로 언어화하라'고 가르쳐왔으니까요. 자신의 실감을 어떻게 솔직하게 표현하느냐가 중요하다고 말이지요. 언어는 몰라도 좋다, 한자는 쓰지 않아도 좋다, 그저 갖고 있는 한줌의 어휘와 빈약한 수사법만으로 표현하라, 빌려온 말을 쓰는 것은 좋지 않다 등등…. 일본의 교육은 이런 식으로 가르쳐왔습니다.

메이지 유신 이래 한자의 제한이나 폐지를 요구하는 흐름은 끊이지 않았습니다. 그 흐름은 패전 후에 특히 거세졌습니다. 한자는 어렵고 습득에 시간이 걸릴 뿐 아니라 지식계급과 비지식계급을 계층화하는 비민주적인 것이기 때문에 좋지 않다고 했습니다. 또, '팔굉일우'*나 '황운무궁皇運無窮' 같은 뜻 모를 한자의 남용이 군국주의의 온상이었다고도 했지요. 그래서 한자를 폐지하고 히라가나만 쓰는 것이 민주적이라고 주장했습니다.

GHQ(연합군 최고사령부)의 지도 아래 '당용當用 한자'를 고시했는데 '당용'이란 '우선 사용하다'라는 의미입니다. ***한자의 전적인 폐지를 전제로 한*** 과도적인 조치였던 셈입니다. 어려운 말의 사용은 좋지 않다는 사태는 젊은이들의 반항이 불러일으킨 것이 아니라 국책으로 추진해온 언어 빈곤화의 결과인 것입니다.

나는 신문에 기고할 때 곧잘 골칫거리를 앓습니다. 내가 쓰는 말이 '지나치게 어렵다'는 지적을 받기 때문이지요. 한자도 많고 외국어도 많으니까 그렇습니다. "그 신문사에서는 기자들에게 '모르는 단어가 있으면 사전을 찾아보라'고 하지 않습니까?" 나는 벌컥 역정을 내면서 이렇게 반박합니다. "독자 중에 가장 리터러시가 낮은 독자를 기준으로 지면을 채울 작정이라면 차라리 전부 히라가나로 쓰지 그래요?" 이렇게 쏘아대기도 합니다.

매스컴의 언어 사용을 둘러싸고 내가 가장 싫어하는 필자는 '한자와 히라가나'를 섞어 쓰는 사람입니다. 숙어 중 한 글자가 당용 한

---

* **팔굉일우八紘一宇** 온 천하가 한집안이라는 뜻으로, 제2차 세계대전 당시 일본제국주의가 침략 전쟁을 합리화하기 위하여 내건 구호.

자가 아니라는 이유로 히라가나로 써버립니다. '破綻(파탄)'이라고 써야 할 것을 '破たん'이라고 씁니다. 좀 심하지 않나요? 전에 내가 가르치는 세미나에 참석한 학생이 이 단어를 음독으로 '하탄'이라고 읽어야 할 것을 훈독으로 '야부탄'이라고 읽은 적도 있습니다.

조심스러운 표현도 문제입니다. '障害(장해)'를 '障がい'라고 쓰는 일이 최근에 유행하고 있는데, 이것은 '害'라는 글자가 부정적이라는 함의가 있기 때문이라고 설명합니다. 하지만 '害'의 원뜻은 '방해, 지장, 병病'입니다. 그렇다면 한자가 아니라 히라가나로 'しょうがい'라고 쓰면 좋을 것입니다. 둘 다 원래의 한자 표기가 아니면 의미가 불분명한 말이기 때문에 표기만 새로 만들어낸다고 해서 끝날 일이 아닙니다.

이전에 '상대하지 않는다'는 뜻으로 '콧물도 뿌리지 않는다はなもひっかけない'고 썼더니 편집자가 '신체에 대한 차별적 표현은 삼가 달라'고 했습니다. 이 사람은 '콧물はな=洟'과 '코はな=鼻'가 다른 말인 줄 몰랐기 때문에 '코에도 걸칠 수 없다'고 읽은 모양입니다. '코가 너무 낮아서 (안경 등을) 걸칠 수 없다'는 의미로 생각한 것이겠지요. 언젠가는 '간략하게'라는 뜻으로 '手短に'라고 썼더니 편집자가 '장애인 차별을 하지 말아 달라'고 말했습니다.

이런 판단 기준으로 사용을 금지해도 좋다면 '단견短見', '장족長足의 발전', '형안炯眼', '건담健啖'은 전부 '건강한 사람을 표준으로 삼은 차별적인 말'일 것입니다. 그런 식으로 언어를 빈곤하게 해서 무엇을 표현하려고 하는지 잘 모르겠습니다. 아마도 '정치적으로 올바른 세계의 실현'을 지향하려는 뜻이겠지만, 무의식적으로는 언어의 빈곤화밖에 초래하지 않습니다. 실로 작가, 저널리스트, 교사 등 많은 사람들이 사용하는 언어는 언어가 더욱 빈약해지고 제약이 많아지도록 작용하고 있습니다.

언어는 도구가 아니다

외국어를 못하는 것도 같은 경향의 다른 표현이라고 봅니다. 여러분의 세대는 외국어를 잘하지 못합니다. 파멸이라고 할 수준으로 영어를 못합니다. 파멸의 수준이란 학력의 저하를 말하는 것이 아닙니다. '언어란 무엇인가?'에 대한 근본적인 사고가 잘못되어 있다는 것을 말합니다.

영어를 가르칠 때 여러분에게 영어 공부의 동기를 부여하려면 '영어를 잘하면 10억 인과 대화할 수 있단다.' 하는 쪽으로 이야기가 흘러갑니다. 그러나 외국어로 '자기가 하고 싶은 말'을 표현할 수 있다는 동기 부여로는 외국어를 제대로 배울 수 없습니다. 방향이 거꾸로 되었기 때문입니다.

외국어 학습의 의의는 원래 자신의 종족이 이해하지 못하는 개념이나 존재하지 않는 감정, 알지 못하는 세계의 관점을 다른 언어 집단으로부터 배우는 것입니다.

'나한테는 꼭 하고 싶은 말이 있어. 영어를 못하면 내 마음을 전할 수 없으니까 영어를 공부해야겠어.' 이런 사람은 자신의 신체 감각에 상응하는 영어를 구사할 수는 있을 것입니다. 그렇지만 그 이상으로 나아가지는 못합니다. 외국어는 애초에 자기를 표현하기 위해 배우는 것이 아니기 때문입니다. 외국어는 자기를 풍요롭게 하기 위해서 배우는 것입니다. 자기를 외부로 밀어내기 위해서가 아니라 외부를 자기 안으로 받아들이기 위해 배우는 것입니다.

이해할 수 없는 말, 자기 신체 안에 대응할 것이 없는 개념이나 감정을 접하는 것, 그것이 외국어를 배우는 가장 훌륭한 의의라고 생각합니다. 물을 뒤집어쓰듯 '다른 말'의 세례를 받는 동안 어느새 모어의 어휘에는 없고 외국어에만 존재하는 말에 자기 신체가 동화하는 순간이 찾아옵니다. 그것은 어떤 의미에서 발 딛고 선 곳이 무너져 내리는 경험입니다. 태어난 이후 줄곧 갇혀 있던 '종족의 사상'이라는 우리의 벽에 금이 가면서 과거에는 맛본 적 없는 감촉의 '바람'이 솔솔 불어옵니다. 실로 생성적인 경험입니다. 외국어의 습득이란 '한 줄기 서늘한 바람'을 경험하기 위한 것이라고 생각합니다. '영어를 잘하면 취업에 유리하다.' 같은 '실리적'인 이유로 외국어를 배우는 사람들은 아무리 어휘가 늘어나고 발음이 좋아져도 자신이 갇힌 우리에서 빠져나올 수 없습니다.

일본의 문부과학성은 2003년도에 '영어를 구사할 줄 아는 일본인 육성을 위한 행동 계획'을 발표했습니다. 그 후에도 일본 학생들의 영어 실력 저하는 멈추지 않았지요. 멈추지 않기는커녕 절벽으로 굴러 떨어지듯 급격하게 낮아지고 있습니다. 당연하다고 생각합니다. '행동 계획'의 전문前文에는 요컨대 이렇게 적혀 있습니다. "세계화의 진전으로 국제적인 경제의 경쟁이 격렬해지고, 외국에서 비즈니스와 고용 기회가 늘어나고 있는 만큼, 이런 추세를 따라잡기 위해 영어 실력은 필수적이다." 이 말뿐입니다. 한마디로 '영어를 못하면 밥벌이를 할 수 없다'는 말입니다. 현실적일지는 모르지만 외국어를 배우는 '즐거움'이나 '감동'에 대해서는 한마디도 없습니다. 그것이 자신이 묶여 있는 '종족의 사상'에서 빠져나오는 지적인 돌파구를 마련해주는 기회라는 말은 나오지 않습니다. 오로지 '돈 이야기'뿐입니다. 그리고 '위신'을 약간 언급합니다. 영어를 못하면 돈을 못 벌고, 영어를 못하면 무시당한다는 것이 이 계획이 추진하는 기본적인 영어관입니다. 이런 식으로 아이들을 협박하고 있습니다. 이런 문안을 기초한 인간들의 뇌 속에서는 '지구적 규모의 과제 해결을 위해' 활용해야 할 '인간의 지혜' 따위는 눈곱만큼도 찾아볼 수 없습니다. 이 전문을 읽고 이 글을 쓴 인간들의 '지식이나 정보'를 '이해'하고 인류의 미래와 국제사회가 나아갈 길에 대해 그들과 '대화하기'를 바라는 사람은 국제사회를 아무리 휘휘 '사방으로' 둘러보아도 찾아낼 수 없을 것입니다. 여기에 쓰인 말은 누구나 쉽게 할 수 있을 법합니다. 경청할 만한 '지혜' 같은 것은 한마디도 들어 있지 않습니다.

이 정책도 현대 일본인의 언어에 대해 근본적인 착각을 드러내고 있다고 생각합니다. 언어 운용 능력을 향상시킴으로써 현재 자신의 가치관이나 세계관을 강화하려는 사람은 자신이 지닌 약소한 어휘에 의존하는 '독창적인 신화'의 맹신자와 같은 족속입니다. 그들은 '밖으로 나가는' 일에는 무관심합니다. 타자에 대해서는 아무런 관심도 없습니다.

언어는 도구가 아닙니다. 돈을 긁어모으거나 자신의 지위와 위신을 추어올리거나 스스로를 문화자본으로 장식하기 위한 수단이 아닙니다. 이렇게 욕망하는 주체 자체를 해체하는 역동적이고 생성적인 것입니다.

생생한 언어를 습득하고 싶은 것은 인간의 본성입니다. 자신의 외부에 있는 타자에 동기화하는 것, 그것을 통해 기존의 자아를 일단 해체하고 좀 더 복잡하고 정교한 자아로 재편성하는 것, 이런 과정이야말로 생명의 자연에 적합합니다. 따라서 일부러 이익을 이끌어내려고 하지 않아도 인간은 자연스레 타자의 언어에 가상적으로 동일화하고 타자에 동기화하려고 합니다.

이익의 유도는 도리어 그 자연스러운 과정을 방해한다고 봅니다. '독창성의 신화'도 '영어를 잘하는 글로벌 인재'도 결국은 '통화'라는 물신物神으로 인간을 조작하려고 합니다. 그럼으로써 모든 인간이 본래적으로 갖추고 있는 '바깥으로'라는 생동감 있는 취향을 망가뜨리고 있습니다. 현대 일본인의 언어적 빈곤함은 '바깥으로' 향하는 자기 초월의 긴장감을 잃어버린 결과라고 봅니다.

언어 정책에 관한 이야기가 나오면 어쩐지 분노가 앞서버립니다. 흥분해서 화를 낸 것은 미안합니다. 그럼 다음 주에 만나요.

제13강

기성의 언어와 새로운 언어

클리셰＝생성적이지 않은 언어

어느덧 이 강의도 두 번밖에 남지 않았군요. '창조적 글쓰기'라는 제목을 내걸고 그 이야기는 하지 않은 채 화제가 이리저리 튀곤 했지만 걱정할 것은 없습니다. 이 강의 내용은 책으로 엮을 작정이니까 미처 말하지 못한 것은 원고에 제대로 써 넣을게요. 도대체 강의 내용이 무엇이었는지 모르겠다는 사람도 책으로 읽으면 '흠, 강의에서는 듣지 못했지만 이런 이야기를 하고 싶으셨군.' 하는 내용이 적혀 있을 것입니다. 따라서 남은 두 번의 강의로 이야기가 정리되지 않고 용두사미로 끝나더라도 마음 놓으세요. 결국 본질적인 물음은 하나밖에 없으니까요. 그것은 '생성적인 언어란 무엇인가?'입니다.

우리는 방금 여기에서 생겨나 생생하고도 맥박이 팔팔 뛰는 미정형의 느슨한 언어를 늘 추구하고 있습니다.

'그런 말'과 '그렇지 않은 말'을 어떻게 식별할 수 있을까요? 그것은 신체 감각으로 알 수 있습니다. 물론 외형적으로도 드러나는 지표가 있지요. 어떤 외형적 기준으로 생성적 언어와 그렇지 않은 언어를 구별할 수 있을까? 생성적이지 않은 언어, 기성의 언어를 '클리셰 cliché'라고 합니다. 클리셰는 본래 인쇄 용어입니다. 활판 인쇄 시대에는 빈번하게 나오는 상투 어구의 활자를 하나하나 집어내는 일이 귀찮으니까 식자공이 처음부터 활자를 묶어둔 것이 바로 클리셰입니다. 식자 과정에서 상투 어구가 나오면 '휘리릭' 집어내어 한꺼번에 활자를 심었던 것이지요.

클리셰는 취급하기 무척 까다롭습니다. 왜냐하면 생성적인 언어와 클리셰는 닮았기 때문이지요. 계속 생겨나는 신선한 언어와 이미 만들어진 언어는 꽤 비슷합니다. 이 점이 골치 아픕니다. 많은 사람들은 자신이 독창적이고 독특하고 방금 생각해낸 생각을 이야기하려고 판에 박힌 말stock phrase을 하는 경우가 종종 있습니다.

둘 다 '외부에서 온 언어'이기 때문에 참 닮았습니다. 자기 안에 본래 있었던 언어가 아니라 외부에서 자신의 의식으로 스윽 들어온 말이니까요. 앞에서는 '영감', '다이모니온', '뮤즈' 같은 말로 설명했습니다. 외부에서 온 '타자의 언어'가 자신의 입을 통해 발화되는 경험, 타자에 빙의한 듯한 경험은 인간을 고양시킵니다. 언어가 자신의 통제를 벗어나 자기는 생각지도 않았던 말을 하는 것이지요.

이를테면 지금 내가 하는 말도 그렇습니다. 무엇을 이야기할지 정하지 않고 강의실에 들어와 마이크를 들고 나서 이야기를 시작하기 때문에 내가 하는 말을 스스로 제어할 수 없습니다. 무슨 말을 할지 정하지 않고 왔기 때문에 내 이야기가 어디로 가서 어디에 착지할지 알 수 없습니다. 다만 맨 첫 단어를 내뱉으면 다른 말이 이어집니다. 머릿속에 전체 이야기가 들어 있는 것이 아닙니다.

문제는 내가 이야기하는 언어가 과연 '생성적인 언어'인지, 그렇지 않으면 '클리셰'인지 하는 것입니다. 이것을 구분하는 것은 어렵습니다. 아마도 두 가지는 섞여 있을 것입니다.

앞에서 다다이즘, 미래파, 초현실주의의 언어적 모험이 다 실패로 끝났다는 이야기를 했습니다. 아무리 참신한 언어라고 해도 '참신한 언어'라는 정형이 생겨나면 그 다음은 자기 모방이 이루어집니다. 최초의 한 사람이 행한 최초의 선언은 새롭지만, 그 뒤를 잇는 사람들의 말, 나아가 창조자 자신의 말조차도 선행하는 이상형을 모방하거나 참조할 수밖에 없습니다. '그것과는 다른 언어'로 글을 쓰려고 해도 그 시점에 이미 선행하는 언어의 주박에 사로잡혀 있습니다. '흉내 내야 하는 모델'을 전부 기억해서 한 글자를 쓸 때마다, 한 줄을 쓸 때마다 그것과 대조하지 않으면 흉내를 내고 있는지 아닌지 알 수 없습니다.

결과적으로 '전대미문의 새로운 언어'로 글을 쓰려는 기도는 그 선언을 쓴 순간에 끝나버리는 숙명을 짊어지고 있습니다. 태어난 순간 죽어버리기 때문에 지속이 불가능합니다. 아무리 혁명적이고 생성적인 언어라고 해도 태어난 다음 순간에 이미 '클리셰'가 되어 경직되어 화석이 됩니다. 갓난아기가 태어난 순간에 노화와 죽음을 향해가는 것과 마찬가지입니다. 어떤 언어도 이 운명에서 벗어날 수 없습니다.

클리셰와 공생하다

그렇다면 온갖 '클리셰'에서 자유로운 무구한 언어를 꿈꾸기보다는 '클리셰'와 어떻게 공생할까, 상투 어구라는 생기도 없고 재미도 없는 건조한 언어를 어떻게 생성적으로 사용할까를 생각하는 편이 좋습니다. 인간이 노화를 두려워하면서 불로장생을 바라는 것은 어리석은 일입니다. 그보다는 나이 드는 것이나 노화도 받아들이고 그 제한 조건 안에서 어떻게 하면 생명의 활동을 최대화할 수 있을지 생각하는 것이 좋습니다.

이렇게 보면 클리셰는 꽤 부정적인 듯합니다. 납 활자를 끈으로 묶어 책상 위에 던져놓은 것이 클리셰이기 때문에 글자가 비뚤배뚤하기도 하고 획이 하나 없기도 하고 끈에 먼지가 묻어 있을 가능성이 있습니다. 다만 클리셰는 '기성품'으로서 언어 과정에 들어온 것이지만 그렇게까지 '기성품'은 아닙니다. 클리셰에는 '생각지도 못한 것'이 붙어 있습니다. 그것은 반드시 '벌레'나 '때'를 포함하고 있습니다.

이야기 내용을 전부 주체적으로 조율하려고 하면 의외로 재미없어집니다. 내가 90분 강의를 위해 90분짜리 원고를 준비해 읽어 내려간다면 5분도 지나지 않아 여러분 대다수는 꾸벅꾸벅 졸겠지요. 틀림없이 그럴 겁니다. 졸지 않고 듣는 사람은 내용이 재미있다기보다는 언어가 생성되는 상황 자체에 감탄하고 있기 때문이겠지요.

100퍼센트 생성적인 언어는 없습니다. 아무래도 '현재 갖고 있는 것'에 편승하는 수밖에 없습니다. 여러분은 매주 정해진 시간에 정해진 강의실에서 정해진 시간에 출석해 강의를 듣고, 리포트를 내고 학기말에 성적을 받아 졸업 학점을 취득합니다. 즉 '기성의 시스템'에 편승하는 형식을 통해서만 '생성적인 언어란 무엇인가?'라는 물음을 여러분과 함께 생각할 기회 자체를 가질 수 있습니다. 여러분이 눈을 크게 뜨고 내 강의를 조용히 들어주는 것은 '왠지 다른 강의와는 다른 걸…' 하는 정형적인 믿음이 있기 때문입니다. 그렇게 '차별화'하는 것을 나는 이용할 수 있습니다. 그리고 강의를 듣고, 성적을 받고, 학점을 취득하는 제도적인 '구속'이 있기 때문에 여러분은 일단 내가 '자, 강의를 시작합시다!' 하고 말할 때까지 멋대로 자리에서 일어나 나가거나 옆 사람과 이야기하거나 도시락을 먹을 수 없습니다. 나는 이 점도 이용할 수 있지요. 이것이 바로 '클리셰에 편승'하는 것입니다.

클리셰의 강점은 일단 이야기를 시작하기만 하면 종국에는 통사적으로 옳고 논리적으로 앞뒤가 맞는 문장이 만들어진다는 점입니다. 틀 자체가 단단하기 때문에 틈새를 통해 무언가 정체 모를 것을 가지고 들어올 수 있습니다.

내가 동물의 신음소리로 이야기한다면, 그것은 '전대미문의 음성'이기는 해도 '전대미문의 언어'는 되지 못합니다. 무슨 말을 하는지 모를 테니까요. '무슨 뜻인지 알 수 없는 말'을 하기 위해서는 '무슨 말을 하는지 알 수 있는' 틀을 이용할 수밖에 없습니다.

이 틀을 가리켜 '우주관'이라고 불러도 좋다고 생각합니다. '서사'라고 해도 좋습니다. 아무리 창조적인 언어로 말하고 싶어도 우리는 모어의 어휘와 모어의 문법에 맞추어 언어를 사용해야 합니다. 자기 '종족의 사상'이라는 틀에서 출발할 수밖에 없습니다.

단어 하나라도 '종족의 사상' 안에 놓아두지 않으면 진정한 뜻을 알 수 없습니다. 프랑스어 초급을 가르칠 때 간단한 언어인데도 초보자가 이해하기 어려워하는 단어가 있습니다. 예를 들면 'ordre'가 그렇습니다.

이 말은 영어의 order와 동일한 어원의 단어입니다. 사전을 찾으면 여러 가지 풀이가 나와 있지요. '명령', '질서', '순서', '계층', '동종 직업 집단' 등인데 ordre에는 이런 뜻이 다 들어 있습니다. 우리가 프랑스어 글 속에 나오는 ordre를 번역할 때는 사전적 의미 중 어느 것을 골라야 합니다. 그러나 그것이 한 단어의 여러 모습이라고 하면 프랑스인의 머릿속에는 이것이 전부 '동일한' 의미가 되어버립니다. ordre라는 글자를 볼 때 '이미지로 떠오르는 것'이 있고, 그것은 명령, 질서, 순서, 계층, 동종 직업 집단을 동시에 함의합니다. 과연 그것은 어떤 것일까요? 아마도 그것은 일본인이 전혀 떠올리지 못할 것입니다. 그것은 '유럽인이 보는 우주'의 이미지입니다.

　맨 위쪽에 신이 있고, 아래쪽에 인간이나 동식물이 있고, 그 밑에 무기물이 있습니다. 전체적인 질서가 피라미드형으로 이루어져 있습니다. 신이 가장 위대하고 점점 순위가 내려가고, 위에서 아래로 순서대로 지시가 내려옵니다. 위쪽은 투명하고 비물질적이고, 아래쪽으로 갈수록 더러워지고, 추상성이 높은 것이 점점 구체적이 됩니다. 그것을 횡단면으로 자르면 성질이 같은 것의 집단이 나옵니다. 이것이 ordre의 이미지입니다. 이 단어를 본 프랑스인이 머릿속에 떠올리는 것은 이 생생한 우주 구조의 이미지입니다. 그러므로 그것은 동시에 명령이며 질서이며 순서이며 계층이며 동종 직업 집단일 수 있습니다. 이 우주관이 수반하는 모든 개념이 여기에 포함됩니다. 반면 일본인은 그러한 우주관을 공유하지 않습니다. 따라서 ordre라는 말을 충분히 이해하려면 사전에 있는 말뜻을 전부 암기하는 수밖에 없습니다. 암기하더라도 개개의 말뜻이 지닌 내적인 연관성은 이해하지 못합니다.

'다른 종족의 사상에 동기화하는' 것은 ordre의 우주론적 이미지 자체를 자기 안에서 수육시킨다는 것입니다. 모든 사전적 어의의 '뿌리'에 있는 원형적인 이미지를 실감하는 것입니다. 이것에 성공한다면 프랑스인이 ordre를 이제까지와 다른 뜻으로 사용해도 의미를 알 수 있습니다. 또는 스스로 ordre의 새로운 구사 방법을 창조할 수 있습니다.

중학생이 영어를 배울 때 처음에는 "This is a pen." 같은 단순한 문장으로 시작합니다. 이것은 대단히 이해하기 어렵습니다. pen은 일단 물건이니까 안다고 해도, This, is, a는 일본어로 대응시켜 바꿀 만한 말이 없습니다.

좀 두꺼운 사전에서 a를 찾으면 20개쯤 풀이가 나옵니다. the는 더 많지요. a나 the 같은 관사에는 언어공동체의 세계관이 담겨 있습니다. 따라서 관사를 알면 영어권 사람들의 세계관을 알 수 있습니다.

a는 형상, 이데아, 추상 개념입니다. the는 질료, 감각세계에 실존하는 개체입니다. 세계를 형상과 질료로 나누는 것은 플라톤 이래 유럽의 우주관입니다. 집이 한 채 있을 때 그들은 집의 구조를 형상, 나무나 돌 같은 재료를 질료라고 나눕니다. 일본인은 그런 생각을 하지 않지요. 형상은 a를, 질료는 the를 각각 관사로 요구합니다. 난 이것을 이해하지 못합니다. 그도 그럴 것이 우리는 사물을 볼 때 이것이 형상이냐 질료냐 하는 식으로 구별하지 않으니까요.

중국어에는 관사가 없습니다. 그러면 어떻게 어떤 언어가 추상 개념인지 구체적인 개체인지 구별할까요? 아마도 비언어적인 요소를 동원해 구별하고 있다고 생각합니다. 목소리의 크기라든지 간격이라든지 강세를 주는 것을 통해 유럽인이 관사를 통해 구별하는 개념의 계층성을 표현하고 있지 않을까 짐작합니다. 이것은 요로 다케시 선생의 주장입니다. 그는 그렇기 때문에 중국인이 그토록 말이 많은 것이 아닐까 추리합니다.

고대 이집트어의 '켄'이라는 형용사에는 '크다'는 의미와 '자다'는 의미가 있었습니다. 이집트인들은 어떻게 이 둘을 구별했을까요? 아마도 '크다'일 때는 목소리를 크게 내고 '작다'일 때는 목소리를 낮추지 않았을까 합니다.

이런 말은 실제로 수두룩합니다. 영어의 with라는 전치사는 '~와 함께'라는 뜻과 '~없이'라는 뜻이 있습니다. 전혀 반대되는 뜻이지요. 라틴어의 sacer에는 '신성한'과 '저주받은'이라는 뜻이 있습니다.

반대되는 뜻을 동시에 내포한 말은 전 세계 언어에 다 있습니다. 일본어에도 있습니다. '적당適当'이라는 말이 그렇습니다. '적당한 것을 골라라.' 할 때는 '정도껏 괜찮은 것을 선택하라'는 뜻인데 '적당히 좀 해라.' 할 때는 '대충 그쯤에서 그만두라'는 뜻입니다. '대충 그쯤'에도 '적당히 알맞게'라는 뜻과 '깊이 생각하지 말고 무책임하게'라는 뜻이 있습니다.

이것도 요로 다케시 선생이 가르쳐준 것인데, 일본어에는 영어의 size에 해당하는 말이 없습니다. 그는 '바구미'라는 아주 작은 벌레를 모으고 있는데, 이때 '벌레의 크기'라는 말은 어색하지 않으냐고 말합니다. 왜냐하면 무지하게 작으니까요. 차라리 '벌레의 작기'라고 해야겠지만 그런 말은 없습니다. '벌레의 크기'라고 할 때 대다수 사람들은 대상이 큰지 작은지에 따라 '크기'와 '작기'를 교체합니다. 벌레 이야기를 할 때는 '크기'라는 말을 쓰더라도 '작기'를 이야기한다는 것을 문맥적으로 알아챕니다.

그러므로 앞으로 영어가 국제 공통어가 된다면 영어 자체의 우주관은 붕괴할 수밖에 없다고 생각합니다. 문법과 어휘는 공통일지라도 각각의 모어를 달리하는 사람들이 제각기 '자기가 하고 싶은 말'을 영어로 실어 나르는 사이에 그 말의 중량을 감당하지 못하고 영어 자체가 품은 우주관의 구조가 와해되어버리는 것입니다. 다시 말해 영어 화자의 세계관을 강력하게 규제하는 '언어의 우리檻'가 지닌 구속력은 잃어버리고 단순한 커뮤니케이션의 도구가 된다는 말입니다.

예컨대 홍콩 사람의 영어를 들으면 중국어를 영어로 바꾸고 있다는 것을 알 수 있습니다. 중국인의 가치관 위에 영어를 얹어놓고 있지요. 한국인의 영어는 한국 영어, 필리핀인의 영어는 필리핀 영어, 일본인의 영어는 일본 영어가 됩니다. 일본인은 영어의 주절, 종속절이라는 계층 구조를 잘 모릅니다. 계층적인 우주관을 갖고 있지 않으니까요. 그러므로 '아침에 일어나 세수하고 밥을 먹고'와 같이 계층 구조 없이 줄줄이 글을 나란히 이어갑니다. 정말 그렇습니다. 따라서 일본인은 일본인이 쓴 영어를 읽기 쉽다고 느낍니다.

미국의 대도시에 사는 흑인의 영어Ebonics는 어휘, 문법 규칙이 정식 영어와 다릅니다. 시간이 더 흐르면 흑인 영어 화자와 정식 영어 화자는 커뮤니케이션이 불가능해질지도 모릅니다. 스페인어 화자도 늘어나고 있습니다. 미국 회사에서는 '사내 공용어를 영어'로 선정하는 곳도 등장했다고 합니다. 미국인끼리도 말이 통하지 않습니다. 그것은 영어가 국제 공통어가 됨에 따라 영어 자체의 우주관이 지닌 규범성이 약해지고 있다는 뜻이기도 합니다.

일본어에도 일본어 고유의 우주관이 있습니다. 어쨌든 신기한 구조 언어입니다. 토착 언어와 외래 언어가 이중구조를 이루고 있습니다. 토착 언어, 야마토코토바*는 변하지 않지만 외래 언어는 점점 변합니다. 중국에서 한자를 들여오고, 한자의 일부를 표음 기호로 바꾸어 히라가나, 가타카나를 만들었습니다. 메이지 시대에 들어와 유럽어가 들어왔습니다. 영어, 독일어, 프랑스어의 숙어를 차례로 한자어로 바꾸었습니다. 니시 아마네, 가토 히로유키, 후쿠자와 유키치, 나카에 초민 같은 사람들이 단기간에 외래의 개념을 두 글자의

---

* **야마토코토바大和言葉** 옛날에는 와카和歌나 아어雅語를 가리켰지만, 오늘날에는 오로지 일본어의 종류(단어의 출신) 중 하나이자 한자나 외래어에 대한 일본의 고유어를 가리킨다.

한자어 숙어로 바꾸어버렸습니다. 대단한 업적이 아닐 수 없습니다.

그렇지만 본디 한자는 외래어이기 때문에 유럽의 언어를 한자로 바꾼다는 것에 심리적인 저항을 느끼지 않습니다. 외래어를 외래어로 치환할 뿐이니까요. 일본어라는 언어 자체의 골조는 건드리지 않습니다. 비유적으로 말하면 스펀지케이크의 몸통은 같고, 다만 그 위에 얹는 토핑만 바꿀 따름입니다.

이는 일본어가 이중구조이기 때문에 가능했습니다. 본바탕의 언어 위에 외래 언어를 얼마든지 얹을 수 있는 유연하고 멋대로 쓰기 좋은 언어는 세계적으로 달리 예를 찾기 힘들다고 생각합니다.

그러나 거꾸로 말하면 일본인은 이중언어구조에 결정적으로 깊이 주박당해 있다고 할 수 있습니다. 언어는 그 집단의 우주관 자체이기 때문입니다. 일본어로 한마디를 말하는 순간, 우리는 자신이 태어나고 자란 '종족의 사상'을 이야기하고 맙니다. 이것은 어쩔 도리가 없습니다.

우리에게 가능한 일이란 기껏해야 자신의 사고와 감각이 죄다 일종의 민족지적 편견에 의해 만들어졌다는 '병식'*을 가지는 것뿐입니다. 이것밖에 할 수 없지만 그래도 이렇게 할 수 있다면 꽤 괜찮다고 생각합니다.

일본인은 일본어 고유의 민족지적 편견 안에 내던져져 있습니

---

* **병식**病識 환자 스스로 병에 걸려 있음을 깨닫는 것.

다. 중국인, 러시아인, 인도인, 미국인도 모두 자기들의 고유한 편견 안에 내던져져 있으며, 그곳에서 출발할 수밖에 없습니다.

우리째 움직인다＝정형을 신체화한다

조니 뎁의 〈캐리비안의 해적〉이라는 영화를 봤더니 재미있는 장면이 나오더군요. 우리에 갇힌 해적들이 그대로 있으면 식인종에게 잡혀 먹힐 것 같으니까 궁여지책으로 '우리째 움직이는' 작전을 펼칩니다. 모두들 우리를 들어 올리고 창살 사이로 다리를 내밀어 어영차 어영차 움직였습니다. '어라, 꽤 재치 있는 메타포인걸.' 하고 생각했습니다. 우리에 들어가 있는 인간이라도 우리의 특성, 즉 나무로 지어졌다든가 둥글다든가 틈 사이로 다리를 내밀 수 있다는 것을 이해한다면 **우리째 움직일 수** 있습니다. 아니, 더 나아가 우리를 이용해 종횡무진 들판을 돌아다니기도 하고, 보통이라면 떨어져 죽을 수 있는 험준한 절벽을 굴러 내려갈 수도 있습니다. **우리에 들어가 있기 때문에 우리에 들어가 있지 않으면 할 수 없는 일을 할 수 있는 것이지요.** 그런 경우가 있습니다.

이것은 '언어라는 우리'에 대한 사고방식으로서 매우 긍정적이라고 봅니다. '난 자유롭다', '난 아무런 제약 없이 자유롭게 마음껏 언어를 조종할 수 있다', '난 언어의 주인이다' 이렇게 생각하는 인간은 자신이 갇혀 있는 언어의 우리에 대해 객관적으로 기술할 수 없습니다. 왜냐하면 '자유'에도, '제약'에도, '우리'에도, '주인'에도 모두 언어공동체가 지닌 '종족의 사상'이 들러붙어 있기 때문입니다. '난 자유롭다'라는 언명이 가치가 있으려면 '자유에는 가치가 있다'는 집단적 신념이 성립해 있는 집단이어야 합니다.

우리는 늘 언어에 뒤처져 있습니다. 늘 모어에 대해 뒤처져 있습니다. 하지만 '뒤처져 있다'는 자각이 있다면 어디에선가 언어에서 탈출할 수 있는 기회가 있습니다.

언어의 형식성을 경시해서는 안 됩니다. 어떤 언어에도 이런 식으로 얘기해야 귀에 쏙쏙 들어온다든가 울림이 좋다든가 사람들에게 잘 전해진다든가 설득력이 있다는 식으로 국지적인 감각이 있는 법입니다. 국지적인 아름다움, 국지적인 논리성이 있습니다. 자신의 모어 운용에 대해 '보편적으로 아름답다'든가 '인류 공통의 논리가 있다'고 떠들어댈 수는 없습니다. 수사나 운율을 깨닫지 못하고 일본어로 써놓고도 전 세계 사람들이 아름답게 느낄 것이라고 여긴다면, 엄청난 망상입니다. 모어의 현실이란 본질적으로 국지적일 수밖에 없습니다. 그것을 구조화하고 있는 우주론도, 그것을 질서 정연하게 만드는 논리도, 그 밑바닥에 흐르는 미의식도 모두 국지적입니다. 지역이나 기간이 한정적인 데 불과합니다. 그러나 우리에게는 그런 모어의 현실만 주어져 있지요. 우리는 그 지점에서 출발할 수밖에 없습니다.

모어 현실의 질곡에서 확실하게 빠져나올 수 있는 방도는 역설적이게도 '별로 모험을 하지 않는 것'입니다. 모어의 현실에 대해 공손함을 가장하고 마치 준법적으로 행동하듯 보여주면서 빠져나오는 것이지요.

아까 카리브의 해적을 가두어둔 우리와 마찬가지로 우리를 빠져 나올 방법은 원리적으로 하나밖에 없습니다. 그것은 우리와 더불어 우리의 특성을 최대한 살리면서 운동하는 것입니다. 잘하면 우리에 갇혀 있지 않은 인간(이는 가상적인 존재이지 실제로는 있을 수 없습니다만) 보다 훨씬 자유롭고 훨씬 먼 거리를 갈 수 있고 훨씬 위험한 난관을 헤쳐 나갈 가능성이 있습니다.

'우리째 움직인다'는 것은 다시 말해 *정형을 신체화한다*는 뜻입니다. 정형성을 신체화해서 자기 안에 완전하게 내면화해버리는 것이지요. 자신에게 주어진 국지적인 모어의 현실을 '보편성을 요구할 수 없는 것'으로 받아들이고 철저하고 심오하게 내면화하는 것입니다.

이를 위한 한 가지 유효한 방법이 알려져 있습니다. 그것은 모어로 쓰인 고전을 싹쓸이하듯 읽는 것입니다. 고대부터 현대에 이르는 모든 시대의 '모어로 써놓은 저작'이라 평가받는 작품을 하나하나 다 읽는 것입니다. 신체화한다는 것은 논리가 아닙니다. 정말로 싹쓸이하듯 읽어나가는 것, 자신의 육체에 파고들어올 때까지 읽는 것입니다.

신체화한 정형은 강합니다. 위험하지만 강합니다. 왜냐하면 모어의 정식적인 통사법, 수사법, 운율의 아름다움, 논리적 선명성을 충분하게 깊이 내면화할 수 있는 사람에게는 *어떠한 파격도 허용되기* 때문입니다.

파격이나 일탈은 규칙을 숙지하는 사람에게만 가능합니다. 악마는 신학적으로 천사가 타락한 것이라고 봅니다. 신과는 조금도 관계가 없는 곳에서 악마가 고립적으로 태어날 수 없습니다. 왜냐하면 신이 정해놓은 모든 규칙을 완벽하게 내면화하지 않으면 신의 의지가 실현되는 모든 경우에 훼방을 놓는 악마의 활동을 펼칠 수 없기 때문입니다. '신이 무슨 생각을 하는지 잘 모르는 악마'는 없습니다. 그런 악마는 실수로 선행을 베풀거나 섭리를 실현하는 데 힘을 보탤지 모릅니다. 신의 의지와 신의 행동 패턴을 철저하게 숙지하는 자여야만 섭리의 실현을 허탕 치게 할 수 있습니다. 언어의 파격이나 일탈도 마찬가지입니다. 모어를 아직 충분하게 습득하지 못한 갓난아기의 옹알이는 모어의 문법을 따르지 않을 뿐 아니라 어른이 발음할 수 없는 비분절적 음운을 포함하고 있습니다. 하지만 옹알이를 언어의 가장 생성적인 모습이라고 보고 그것을 이상으로 삼아 언어적 모험을 감행하는 사람은 없습니다. 아무리 파격적이고 일탈적이라고 해도 그것은 정형을 경유하기 마련이니까요.

언어적 모험은 정형을 충분히 내면화한 인간에게만 허용됩니다. 왜냐하면 어떤 사람에 대해 한번 '모범적인 모어의 사용자'라는 집단적인 동의가 형성되면 그 이후 그 사람이 하는 모든 말은 자동적으로 공인을 받기 때문입니다. 그 사람이 어떻게 언어를 조합해도, 어떤 신조어를 만들어내도, 어떤 문법적인 파격을 시도해도 용인됩니다. 왜냐하면 '알아들 수 있기' 때문입니다. 무슨 말을 하고 싶은지 압니다. 들은 적이 없는 말이라도, 본 적이 없는 숙어라도 그 사람이 쓰면 '압니다'. 그런 언어 사용자가 되는 것, 그것이 아마도 생성적인 언어와 만나는 유일한 기회가 아닐까 합니다.

그러면 다음 주에 만납시다.

제14강

'전해지는 말,' 그리고
'언어로 표현할 수 없는 것,'

이 강의가 이 대학에서 내가 하는 마지막 강의입니다. 세미나는 두 번 남았지만 강의 형식의 수업은 이것이 마지막입니다. 서른 살에 대학 교단에 선 지 꼭 30년이 지났습니다. 오늘까지 합쳐서 교단에 서는 일이 세 번 남았다고 생각하니 감개무량합니다.

이 강의는 쌍방향으로 진행하려고 했습니다. 과제로 낸 글을 여러분이 써오면 다함께 읽어보고 세밀하게 분석하면서 비평하는 형식으로요. 미국 대학의 창작학과에서 하는 강의처럼 해보려고 했지만 100명이 넘게 수강 신청을 하는 바람에 결국 강의 형식이 되었습니다.

평소에 정치, 경제, 외교 같은 이야기만 하는 탓에 공개적으로 문학 이야기를 할 기회는 없었습니다만, 강단의 마지막 강의에서 전문 분야인 문학연구 강의를 통해 여러분과 '남는 과제'를 발견할 수 있다면 기쁘겠습니다.

끝까지 어려운 이야기를 들어주어 고맙습니다. 이야기하는 당사자도 잘 모르는 이야기를 잘 들어주었습니다. 물론 지쳐서 책상에 엎드려 자는 사람도 있었지만, 일부를 제외한 대부분이 말똥말똥한 눈으로 열심히 필기까지 하는 모습에 감탄했습니다. 그만큼 여러분이 문학적인 창조나 혁신, 자신의 지적인 틀을 부수고 새롭게 재조직화하는 과정에 관심이 있다는 것을 알았습니다.

오늘은 마지막이기 때문에 약간 '정리'하는 이야기를 해볼까 합니다. 결국은 깔끔하게 정리하지 못하고 '그러면 마무리할 채비가 된 모양이니까 여기에서…' 하고 끝날 것 같습니다. 그 전에 미리 과제를 내겠습니다.

다음 주에 낼 리포트의 주제와 방법론은 자유입니다. 조건은 단 하나, 내가 강의에서 이야기한 내용이나 배포한 자료 중에서 논점을 하나만 잡아 이의를 제기하거나 흥미로운 점이나 의견을 제시하고 싶은 것이 있으면 써오기 바랍니다. 분량 제한도 없습니다. 짧고 날카로운 글도 좋고 길게 쓴 글도 좋습니다.

학문이란 '길 없는 길로 들어가는 것'

오늘은 이 강의의 목적을 다시 한 번 돌이켜보고 싶습니다. 맨 처음 내건 주제는 '생성적인 언어란 무엇인가?'라는 물음이었습니다. 이 통일적인 주제에 대해 다양한 논점을 다루어왔습니다. 물론 결론이 있는 것은 아닙니다. 결론은 없어도 상관없어요. 아니, 없는 편이 낫습니다. 같은 주제에 관해 계속 논의하는 '열려 있는 끝open end'이 좋습니다. 언제까지나 결론이 나오지 않도록 문제를 제기하는 것은 어렵습니다.

어제 교토대학에 가서 강연을 했습니다. 교토대학 불문과에는 프루스트 연구로 이름 높은 요시카와 가즈요시吉川一義 선생이 있습니다. 내가 도립대학에서 조교로 일할 때 동료였습니다. 같은 직장에서 친하게 지내다가 내가 고베로 떠나온 다음에는 가끔 학회에서 만나는 정도였습니다. 그런데 고교 시절부터 친구로 교토대학 불문과에

재직하던 요시다 조吉田城가 2005년에 세상을 떠나자, 요시카와 가즈요시 선생이 바로 후임으로 부임해 그 친구가 쓰던 연구실을 물려받았습니다. 그래서 5년 전에 요시다 조와 함께 차를 마시던 연구실에서 어제는 요시카와 가즈요시 선생과 차를 마셨습니다.

교토대학에서 한 강의의 제목은 '일본의 인문학과에 미래는 있는가? 있으면 좋을 텐데…'라는 것이었습니다. 이런 이야기를 누가 들을까 했는데 사람들이 뜻밖에 많이 모여들었습니다. 결국 100명을 예상한 강의실도 부족해 복도까지 사람들로 넘쳤습니다. 산소 부족이 걱정스러울 정도였기 때문에 법학부의 계단식 강의실로 이동했습니다.

솔직히 말해 내 자신은 일본의 인문학과에 별로 기대를 걸고 있지 않습니다. 보통 인문과학, 사회과학, 자연과학이라는 고전적인 삼분법이 통하는데 일본에서도 이과 계열은 비교적 건재합니다. 매년 노벨상 수상자도 나오고 있고요. 이과의 첨단 연구에 종사하는 사람은 활기찹니다. 내가 10년 동안 알고 지내던 사람 중 재미있는 사람은 죄다 이과 계열입니다. 요로 다케시, 후쿠오카 신이치福岡伸一, 모기 겐이치로, 이케가야 유지, 미사고 치즈루三砂ちづる, 이케가미 로쿠로池上六郎, 이와타 겐타로岩田健太郎, 나카노 도오루仲野徹, 이케다 기요히코池田清彦, 가스가 다케히코春日武彦, 나코시 야스부미 등등 손으로 헤아릴 수 없을 정도입니다. 특히 의료 관계자가 많습니다. 정신 의료, 뇌 과학, 역학疫學 등…. 나는 전형적인 문과 계열이기 때문에 자연과학은 거의 아무것도 모릅니다. 하지만 그들의 이야기를 듣는 것만으로 지적인 흥미가 일어나 뺨에 홍조가 돌며 체온이 올라갑니다. 거짓말이 아닙니다. 안타깝게도 체온이 올라갈 만큼 지적 흥분을 경험하는 일이 최근 10년 동안 인문과학이나 사회과학 연구자와 만날 때는 한 번도 없었습니다.

나는 몇 년 전에 불문학회를 탈퇴했습니다. 그 전에 불문학 학회지의 편집위원을 4년 동안 역임했습니다. 학회에서 젊은 연구자들의 발표를 듣고 나서 점수 매기는 일을 맡았습니다. 20세기 사상과 문학 분야를 담당해 앞으로 본격적인 연구에 매진할 젊은 불문학자의 발표를 집중적으로 들었습니다. 그렇지만 급기야 이 학회에는 미래가 없다고 느꼈습니다.

시코쿠四国에서 학회가 열린 해, 비로소 마지막 날 분과회의 발표만 들으면 편집위원의 임기도 끝날 예정이었습니다. 학회가 열리고 있는 건물을 빠져나와 걷다가 아는 사람들과 마주쳤습니다. 피곤한 탓도 있고 해서 "발표 어땠어?" 하는 질문에 "이 학회도 이제는 끝장이야. 나도 그만두어야겠어." 하고 대답했습니다.

나쓰메 소세키夏目漱石의 『산시로三四郎』 첫머리에는 산시로가 도쿄의 대학에 들어가기 위해 구마모토에서 도쿄행 기차를 타는 이야기가 나옵니다. 그는 기차에서 모르는 아저씨와 만납니다. 때는 마침 러일전쟁에서 승리한 직후였지요. 산시로가 "앞으로는 일본도 발전하겠지요?" 하고 물었더니 질문을 듣자마자 그는 "망하겠지." 하고 대답합니다. 그와 비슷한 느낌으로 '끝장이야.' 하고 말한 기억이 납니다.

난 왜 그런 말을 했을까? 나중에 냉정하게 다시 생각해봤습니다. 무엇에 그토록 기가 질렸을까? 젊은 사람들은 모래밭을 샅샅이 뒤지듯 세밀하게 연구하고 있었습니다. 그릇이 작다고 할까요? 어쩐지 '소견이 좁'았습니다. 이해할 수 없었던 일은 프랑스에서 학위를 받고 돌아온 젊은 학자가 프랑스어로 발표한 것입니다. 국내 학회에서 발표를 듣는 청중은 모조리 일본인인데 왜 프랑스어로 발표한 것일까요? 일본어로 들어도 이해하기 어려운 이야기를 프랑스어로 이야기하니까 한층 더 알기 어렵습니다. 도대체 이 사람은 누구를 향해 이야기한 것일까요? 나는 이런 의문을 품고 심각하게 고민했습니다. 그는 나처럼 자신의 연구를 심사하는 사람을 향해 이야기했을 것입니다. 프랑스에서 학위를 받았고, 프랑스어도 유창하고, 이렇게 선진적인 연구에 몰두하고 있으니까 대학의 정규 교수직을 얻고 싶다고 호소하고 있었다고 생각합니다. '이 정도로 실력이 있습니다. 그러니 고용해주십시오.' 그는 취업을 위해 자기 PR을 했던 것이라고 봅니다.

나는 그 점에 진저리가 났던 것 같습니다. 젊은 연구자들이 학회에서 정형적인 자기 PR하는 것을 계속 듣고 있다 보니 기력이 쇠진했습니다. 여러분은 도대체 무엇을 위해 학문에 매달리고 있습니까? 이렇게 묻고 싶었습니다. 물론 그들은 연구 업적을 쌓아 전임교수가 되어 웬만큼 사회적 지위를 얻고 자신이 좋아하는 연구를 계속하고 싶을 뿐이라고 답하겠지요. 뭐가 잘못되었느냐고 대들 것 같기도 합니다. 나는 '그런 사고방식은 좋지 않다'고 생각합니다.

연구자는 누구를 향해 이야기할까요? 누구를 독자로 상정하고 있을까요? 이 강의에서도 읽기 쉬움readibility에 관해 논의했습니다. 그때 누구를 독자로 상정하느냐가 열쇠라고 말했습니다. 누구를 향해 말을 걸고 있는가? 자신의 업적, 능력, 성적을 판정하는 사람을 향해, 오로지 심사를 받기 위해 제출하는 논문은 극단적으로 말해 정확도가 높고 객관적으로 심사할 수 있는 학자 한 사람만 읽으면 충분합니다. 그 사람이 적절한 점수를 매기면 논문을 쓴 본인은 그것으로 만족해야 합니다. 전공자는 몇 백 명이나 되지만 하나같이 다 바보로 보일 뿐이고, 저 선생에게만 인정받으면 된다고 생각한다면 단 한 사람의 독자만 있으면 충분합니다. 그 선생에게 '90점'을 받으면 그 논문의 임무는 끝나겠지요.

연구의 노력에 대한 대가가 높은 평점, 학회지 게재, 수상, 정규교수직 같은 것이라면, 논문의 독자가 되기 위한 조건은 점점 더 한정됩니다. '이것을 모르겠으면 읽지 말라'는 식으로 심사 권한의 장벽은 높아집니다. 당연한 일이겠지요. 전문 지식도 잘 모르는 놈에게 이러쿵저러쿵 지적받고 싶지 않다면, 젊은 연구자는 '내 논문을 읽어줄 사람은 저 한 사람으로 충분하다'고 생각할 것이고 결국 그렇게 공언하게 됩니다. 독자가 적은 것이 논문의 질과 상관있다고 생각하기 시작합니다.

학회에서 프랑스어로 발표한 젊은이는 '내 말을 이해하지 못하는 사람은 듣지 말라'고 말한 것이나 진배없습니다. 청중을 한정합니다. 그는 자신의 연구 성과를 가능하면 좁은 범위의 독자에게만 전달하려고 합니다. 그래서 나는 머리를 싸매고 말았습니다. 그들은 학술 연구가 본질적으로 증여라는 것을 모릅니다. 그가 추구하는 것은 정밀도가 높은 심사와 그에 따른 대가입니다. 이것은 수험 공부의 모델과 똑같습니다.

수험 공부는 같은 연령 집단 내부에서 상대적인 우열을 가립니다. 문제는 그런 상태에서는 자신이 높은 점수를 받는 것과 경쟁 상대가 낮은 점수를 받는 것이 같아진다는 점입니다. 경쟁 상대가 우둔할수록 자신이 유리해집니다. 입시 제도는 이렇게 설계되어 있습니다. 따라서 수험 공부의 승자가 되는 것을 지적 달성의 모델로 삼는 사람은 어느새 다른 사람들이 우둔하고 나태하기를 무의식적으로 바라게 됩니다. 학회에서 학술 논쟁을 보고 있자면, 논쟁의 목적이 과연 집단적 지성의 수준을 높이기 위함인지, 눈앞에 있는 사람의 지성 활동을 정체시키기 위함인지, 혼란스러울 때가 있습니다. 논쟁 상대를 향해 호통 치고 위협하며 냉소하는 사람에게 과연 집단의 집합적 지성을 고양시키려는 마음이 있을까요?

학술적인 앎은 집단적인 지성입니다. 험한 산에 올라갈 때 앞장서서 길을 내는 일과 같습니다. 전인미답의 산꼭대기에 오르는 사람은 나중에 올 사람을 위해 지도를 만듭니다. 갈림길에는 표식을 세우고 발을 딛기 위험한 곳에는 계단을 만들고, 피난할 오두막을 짓습니다. 이름도 모르는 앞사람이 그렇게 길을 열어준 덕분에 나중에 오는 사람은 신체 능력이 부족해도 산꼭대기까지 올라갈 수 있습니다.

학문이란 그런 것이 아닐까요? 어느 전문 분야라도 선구자는 전인미답의 땅에 발을 내딛어 길을 개척하고, 도로 표지를 세우고, 계단을 깎고, 위험한 곳에 난간을 만들어 나중에 올 사람이 안전하게 가도록, 또 길을 잃지 않도록 배려합니다. 이 배려의 집적이 전문 영역의 집합적 지혜를 형성하지요. 그러므로 어느 영역이든 선두에 선 사람의 책무는 '길 없는 길을 가는 것'이라고 생각합니다.

그런데 심사를 받고 그에 따른 대가를 원하는 사람들은 '길 없는 길'을 좋아하지 않습니다. '길 있는 길'로만 가려고 합니다. 이미 많은 사람들이 지나간 길, 누가 어떤 걸음으로 걸었는지, 하루에 몇 킬로미터나 답파했는지, 몇 킬로미터를 짐을 지고 걸었는지 등등 상대적인 우열을 수치로 판정할 수 있는 것을 선호합니다. 그렇게 하지 않으면 자신이 얼마나 훌륭한 등산가인지 드러낼 수 없다고 생각하지요.

매우 정확한 심사를 받으려면 될수록 많은 사람이 거쳐 간 영역을 연구하는 것이 제일입니다. 그렇지만 그런 것은 학문의 정도를 벗어난 것이 아닐까요? 권위 있는 사람에게 객관적이고 정확한 심사를 받기 바라는 마음과 혁신을 꾀하는 마음은 물과 기름처럼 섞일 수 없지 않을까 합니다.

젊을 때 나는 '우치다의 논문은 읽으면 재미있는데 어떻게 심사해야 할지 모르겠어.' 하는 말을 자주 들었습니다. '왜 그런데요?' 하고 물으면 '아무도 그 분야를 연구하지 않으니까 말이야.' 하고 대답해줍니다. 누구도 그런 연구를 하지 않기 때문에 심사 방법을 찾기 어렵다는 것입니다. 선행 연구의 축적이 없으니까 내가 다른 논문을 표절한다고 해도 알아볼 수 없습니다. 그 분야에서는 '누구라도 알고 있는 것'을 마치 자신의 창의적 사고처럼 쓴다 해도 알 수 없습니다. 적절한 심사가 이루어지기 어려우니까 내 논문을 꺼려합니다.

불문학자가 다루는 영역은 문학뿐 아니라 철학, 역사학 등 다양합니다. 프랑스어로 저술한 것에는 중세부터 내려오는 거대한 지적 아카이브가 있습니다. 몇 만, 몇 십만 명이 텍스트를 남겼지요. 개중에는 오늘날 우리가 읽어도 아주 유용한 앎이 무진장 들어 있습니다. '평가를 바라는 사람들'은 그중 '일본인 연구자가 많은, 아주 좁디좁은 영역'으로 모입니다. 프랑스어로 쓴 방대한 지적 유산은 일본인 독자가 존재하는 것조차 알지 못한 상태로 방치되어 있습니다. 애석하고 안타까운 일입니다. 왜 이토록 대량으로 '발굴해야 할 것'이 남아 있는데 그것을 분담해서 연구하고 소개하려고 하지 않을까요? 평범한 연구자라도 오랜 시간 노력하면 일본인 독자가 아카이브의 일부에 접근할 수 있도록 도울 수 있습니다. '아직 일본인이 한 사람도 읽지 않은 텍스트'를 읽을 수 있도록 매만진다는 것은 훌륭한 지적인 증여라고 생각합니다.

나는 대학원 시절에 꽤 열심히 공부한 덕분에 프랑스어를 잘 읽어낼 수 있었습니다. 따라서 모처럼 익힌 능력을 '프랑스어를 읽지 못하는 사람'을 위해 발휘하고 싶다고 생각했습니다. 팔 힘이 센 사람은 힘없는 사람의 짐을 들어줄 수 있습니다. 눈이 좋은 사람은 다른 사람이 보지 못하는 먼 곳에 드리운 먹구름을 보고 '폭풍이 다가오고 있다'고 알려줄 수 있습니다. 냄새를 잘 맡는 사람은 '냄비가 타고 있다'고 알려주어 화재를 막을 수 있습니다. 모두들 제각각의 능력을 갖고 있습니다. 서로 경쟁하는 것이 아니라 능력을 변통해서 성과를 나누어야 하지 않을까요?

어떤 분야의 학문을 통해 특수한 기능이나 지식을 얻었다면, 그 것을 전문가끼리 '누가 유능한가?' 또는 '누가 더 지식이 많은가?'를 다투는 데 시간을 허비하기보다는 지식이나 기능이 없는 사람들에 게 이용 가능하도록 하는 것도 학문의 소중한 역할이 아닐까요? 하지만 그렇게 생각하는 사람이 문학연구의 세계에는 거의 없습니다.

나는 번역도 꽤 했습니다. 번역하기를 참 좋아했거든요. 그런데 번역은 연구 업적을 산정할 때 점수가 낮습니다. 천 페이지 분량의 책을 한 권 번역하기보다 10매짜리 리포트를 쓰는 편이 업적 평가에는 유리합니다. 10년 걸린 번역보다 일주일 만에 쓴 리포트가 문부과학 성 기준으로는 평점이 높습니다. 수험 공부 마인드로 바라보면 당연한 논리입니다. 논문은 '답안'이니까 채점과 심사 대상이 되지만 번역은 '답안'이 아니니까요. 같은 텍스트를 놓고 '자, 시작!' 하고 경쟁해 우열을 가린다면 평점을 매길 수 있지만 번역 작업은 그럴 수 없습니다. 심사를 위한 것이 아니라 증여이기 때문입니다.

『푸코, 바르트, 레비스트로스, 라캉 쉽게 읽기』는 동업자들에게 낮은 평가를 받았습니다. '우치다 군은 계몽 책을 잘 쓰는군.' 하는 말이 최고치의 칭찬이었습니다. 그러나 '계몽'이라는 말은 '눈이 보이지 않는 사람의 눈을 뜨게 하다'라는 뜻입니다. 나는 프랑스어를 읽을 수 있고 텍스트를 해석할 수 있는 능력이 있으니까 그러지 못하는 사람을 위해 내 능력을 쓰고 싶었습니다. 나만 눈이 보이고 독자는 보이지 않는다고 생각한 것이 아닙니다. 프랑스어 텍스트를 읽고 번역할 줄 아는 것은 기계를 잘 다루거나 요리를 잘하거나 음감이 좋은 것과 비슷한 능력이라고 생각합니다. 그래서 능력이 없는 사람에게 도움을 주고 싶었을 뿐입니다. 요리를 잘하는 사람이 맛있는 음식을 만들어주는 것을 아무도 '계몽'이라고 하지는 않잖아요.

메이지 시대의 지식인들을 움직인 것

일본의 인문과학 연구가 활발했던 시기는 과거에 두 번 있었다고 봅니다. 한번은 막부 말기부터 메이지 초기입니다. 그 시대에는 해외의 제도와 문물을 급속하게 받아들이지 않으면 식민지로 전락할지도 모른다는 위기감이 있었습니다. 그래서 외국어 문헌을 엄청난 기세로 들여왔고 대량의 서적을 번역했습니다. 일본인 전체의 지적 수준을 끌어올리는 것이 국가적 급선무였으니까요. 그때 만약 영어나 프랑스어 실력을 갖춘 사람들이 자신의 능력을 개인적인 평가에 이롭게만 사용했다면, 또는 다른 일본인에게는 없는 자신의 특수한 능력을 통해 될수록 이익을 내려고 했다면, 과연 일본의 근대화는 어떻게 되었을까요?

학문적인 능력을 자기 한 사람의 입신출세를 위해 발휘하는 사람들에 대한 비판은 나쓰메 소세키나 후쿠자와 유키치의 저작에도 넘쳐납니다. 사회적인 지위 상승이나 자원 분배의 유리함을 위해 지적 능력을 사용하려고 하면, 결국 자기 나라 사람들이 될수록 무능하고 나태하기를 바라는 마음으로 기울기 때문입니다. 그래야 자신에게 돌아올 이익의 분배 비율이 늘어난다고 생각하니까요. 만약 메이지 시대의 일본이 경쟁 원리를 채용해 자국민이 무능하고 나태할수록 지적 소양을 갖춘 사람이 이득을 보는 규칙으로 사회를 운영했다면, 일본은 멸망하고 말았을 것입니다.

메이지 시대의 지식인들은 경쟁에 이기는 '쾌감'을 느끼기 위해 초인적인 지적 활동에 매진한 것이 아닙니다. 그들은 나라를 구해야 한다는 절박한 의무감을 느꼈습니다. 나쓰메 소세키는 영어, 모리 오가이森鴎外는 독일어, 나카에 초민은 프랑스어를 단기간에 습득해 믿을 수 없을 만큼 높은 수준에 달했습니다. 그들은 해외의 제도와 문물을 흡수하고 번역하기 위해, 참으로 그것만을 위해 자신의 언어 능력을 활용했습니다.

나쓰메 소세키의 『나는 고양이로소이다』를 자세히 읽으면 구미의 첨단 지식을 섭렵하고 있다는 걸 알 수 있습니다. 20년 전에 쓰쓰이 야스타카筒井康隆가 『다다노 교수의 반란文学部唯野教授』이라는 책을 썼습니다. 이것도 코미디의 형식을 빌려 하이데거의 존재론부터 구조주의, 라캉, 데리다에 이르기까지 섭렵합니다. 쓰쓰이 야스타카는 뛰어난 솜씨로 철학책을 잘근잘근 씹어 정면으로 현대사상과 맞붙지 못하는 풀죽은 독자를 위해 알기 쉬우면서도 통렬한 비평이 담긴 지식을 소개했습니다. 나는 이 저서가 나쓰메 소세키의 『나는 고양이로소이다』의 계보를 잇는 업적이라고 생각합니다.

『나는 고양이로소이다』에서 구샤미苦沙弥 선생과 메이테이가 주고받는 하찮은 이야기는 산만해 보이지만 실은 유럽 문학이나 철학

중심의 이야기입니다. 구미의 지식 수준은 어느 정도인가? 유럽인들은 어떤 문제의식을 갖고 어떤 연구를 했는가? 이 소설은 이런 물음을 소재로 삼았습니다. 그러므로 『나는 고양이로소이다』를 일독하면 메이지 40년대, 즉 1900년대 유럽의 인문과학에 관해 비교적 정확한 청사진을 얻을 수 있었습니다.

나쓰메 소세키라는 인물은 도쿄제국대학 영문과 교수였지만 대학에서 영문학을 강의하는 것만으로는 '부족하다'고 판단하고 과감하게 대학을 떠나 아사히신문의 사원이 되어 『우미인초虞美人草』를 쓰기 시작합니다. 메이지 시대의 청년을 향해 서사적인 우회를 통해서 '사람은 어떻게 살아야 할까?'라는 이야기를 계속 들려주었습니다.

『우미인초』는 통속소설처럼 보이지만 놀랄 만큼 교훈적인 서사입니다. 화려한 한문조의 문체이지만 스토리는 매우 단순하지요. 고노甲野 군, 무네치카宗近 군, 오노小野 군, 세 청년이 나옵니다. 메이지 40년대에 도쿄제국대학을 나온 다음 각자 대학에서 배운 지식이나 기능을 어떻게 살려나갈까를 생각합니다.

오노 군은 천황에게 은시계를 받을 만큼 수재입니다. 그러나 그는 자신의 교양을 전부 자기 이익을 위해 쓰려고 합니다. 하루빨리 세속적인 평가를 얻어 대학 교수가 되기를 원합니다. 가난했던 자신을 키워준 고당 선생이라는 사람이 오노 군의 학자금을 내주었지요. 그는 오노 군이 자기 딸과 혼인할 것으로 믿고 있지만, 오노 군은 선생의 기대를 저버리고 친구 고노 군의 누이동생인 후지오라는 상류 부인과 결혼하여 영달을 누리려고 몰래 일을 꾸미는 중입니다.

고노 군은 부잣집 도련님으로 철학을 공부합니다. 경제적으로는 유복한 환경에서 자랐고 머리도 좋지만 유아적인 남자입니다. 출세나 연구에 흥미가 없는 대신, 자신의 지식을 오로지 가족을 매도하는 데만 씁니다.

마지막으로 무네치카 군은 『도련님』에 나오는 주인공과 풍모가 많이 닮았습니다. 공부는 썩 잘하지 못하지만 마음 씀씀이가 너그럽습니다. 그는 유일히게 일본이 어떤 상황에 놓여 있는지, 또 자기들은 왜 고등교육을 받았는지, 그 사회적 의미를 잘 이해하고 있습니다. 그들이 배우고 익힌 학문은 오노 군처럼 자기 영달을 위해 공리적으로 활용해도 안 되고, 고노 군처럼 하는 일 없이 낭비해서도 안 됩니다. 무네치카 군은 학문을 '모든 이를 위해' 사용해야 한다고 생각합니다.

세 사람은 메이지 시대에 학문에 몸담은 청년을 대표하는 세 가지 전형입니다. 자기가 받은 교육을 자기 이익을 위해 배타적으로 이용하려는 청년과 딜레탕트적인 삶으로 낭비해버리는 청년, 그리고 습득한 모든 것을 세상과 타인을 위해 사용하자고 각오한 청년입니다.

나쓰메 소세키가 대학 교수를 그만두고 전업 작가가 되어 온 세상의 독자를 향해 처음으로 내민 소설은 '청년은 어떻게 살아가야 할까?'라는 물음을 둘러싼 우화였습니다. 서사의 구조는 『아기돼지 삼형제』와 동일합니다. 세 마리 새끼돼지가 있는데 과연 어느 돼지에게 살아남을 기회가 있겠느냐 하는 이야기입니다.

나쓰메 소세키가 일본 전국의 독자를 향해 최초로 제출한 작품
은 일본의 고등교육 기관은 어떠해야 할까, 청년은 어떻게 살아가
야 할까 하는 문제 제기였습니다. 이것은 필시 이미 메이지 40년대
에 오노 군과 고노 군 같은 무리가 그의 주변, 그러니까 도쿄대학 학
생이나 졸업생 중에 늘어나고 있었다는 것을 의미한다고 봅니다. 그
만큼 고등 교육을 받았으면서도 그것을 자기 이익을 위해 쓰거나 마
치 자기 것인 양 내팽개치는 인간이 등장하기 시작한 것입니다. 그
러므로 나쓰메 소세키는 『우미인초』에서 출발했다고 생각합니다. 젊
은 일본인을 향해 너희들이 교육을 받은 이유는 '해야 할 일'이 있기
때문이라고, 그것은 증여를 받은 것이니까 반대급부의 의무가 있다
고, 너희가 받은 것을 사회에 환원해야 한다고, 나쓰메 소세키는 이
야기한 것입니다.

그는 1900년대 일본의 선구자였습니다. 자기가 먼저 길을 헤치
면서 앞으로 나아갔습니다. 조금 앞으로 나아가면 반드시 뒤를 돌아
보고는 '모두들 잘 따라오고 있어?' 하고 물었습니다. 발이 너무 빨라
서 따라갈 수 없다고 하면 걸음을 멈추었고, 이쪽으로 돌아가는 편이
안전하다면서 길을 가르쳐주었습니다. 길을 헤맬 것 같은 곳에는 표
지를 세우고, 급경사가 나오면 나무를 베어 계단을 만들었습니다. 이
렇게 해서 다들 따라온 다음에야 다시 길을 나섰습니다. 이렇듯 선두
에 서서 '길 없는 길'을 앞서 걷고, 걷다가 뒤를 돌아보고는 길을 넓히
고 정비하고 나중에 올 사람이 걷기 쉽게 해주는 것, 적어도 1900년
대까지는 학자와 지식인은 이런 일이 집단적인 의무라는 것을 자각

하고 있었습니다. 나쓰메 소세키, 모리 오가이, 나카에 초민, 후쿠자와 유키치 등의 저작을 읽으면 이 점을 잘 알 수 있습니다.

다시 한 번 '상아탑'에서 나와야 하는 시대

일본의 지식인이 본래적인 책무로 돌아온 두 번째 시기는 패전 후인 1945년입니다. 많은 학자와 지식인은 선생을 저지하지 못했던 것, 80년에 걸쳐 선인들이 구축해온 근대 일본을 와해시킨 것을 깊이 후회했습니다. 우리가 무엇을 잘못했는지 진지하게 생각했습니다. 그 결론이 '상아탑'에 틀어박혀서는 안 된다는 것이었지요. '상아탑' 에 틀어박히는 것은 좋지만 그곳에서 학문적으로 축적한 것은 반드시 뒤에 남아 있는 후학들을 위해 써야 합니다.

1930년대에도 대학에서 첨단 연구에 종사한 사람은 있었습니다. 그러나 '상아탑' 바깥에서는 우익 테러나 육군의 폭주가 횡행하는 것을 결국 손 놓고 맥없이 보고만 있었을 뿐입니다. 아무리 훌륭한 학문 연구도 발 딛고 있는 현실로 돌아와 국민적으로 그 성과를 누리지 못하면 의미가 없습니다. 전시 체제만큼 학자들이 학문의 무력함을 통렬하게 느낀 시대는 없었습니다. 그래서 패전을 맞이하고 일본의 대학인은 다기찼습니다. 그때는 불문학자들도 냄새 나는 '걸레질'을 마다하지 않았습니다. 학문 연구의 성과는 사회에 환원해야 한다고 생각했기 때문입니다.

대표적인 인물을 한 사람 꼽자면 구와바라 다케오桑原武夫입니다. 그는 학자들이 군국주의의 탁류에 휩쓸려가는 일본을 구제하지는 못한 만큼, 두 번 다시 똑같은 일이 일어나지 않도록 전문 영역을 넘어서 공동전선을 구축해야 한다고 생각했습니다. 그리고 교토대학 인문과학연구소가 중심이 되어 공동연구라는 새로운 스타일을 창출했습니다. 가이즈카 시게키貝塚茂樹, 이마니시 긴지今西錦司, 나카오 사스케中尾佐助, 우메사와 다다오梅棹忠夫, 요시카와 고지로吉川幸次郎, 우메하라 다케시梅原猛 같은 쟁쟁한 학자들이 학파를 형성했지요. 이것이 일본근대사에서 두 번째로 커다란 '지식인의 각성' 경험이었다고 생각합니다.

내가 불문학자가 되고 싶다고 생각한 것은 1960년대 고등학생일 때입니다. 아직 구와바라 다케오가 살아 있던 시대니까 고등학생의 직감으로도 불문학은 참으로 사통팔달한 학문 영역이라고 생각했습니다. "이봐 자네, 프랑스문학을 읽고 있나? 다른 말 말고 일단 스탕달을 읽어봐. 재미있으니까." 마치 손을 내밀어주는 듯한 기분이었습니다. '너희들도 이리 오렴.' 하는 메시지가 전해졌습니다. 그런 목소리에 이끌려 나는 도쿄대학 불문학과에 진학했던 것입니다. 그렇지만 막상 입학하고 보니 위에 나온 '아저씨들'의 시대는 막을 내렸습니다. 불문과는 수재들이 버글거리고 공동연구라는 생각 따위는 일찌감치 치워버렸습니다. 원래 도쿄대학에는 그런 것이 없었을지 모르지만 그 무렵부터 인문과학 사람들이 정치나 국제문제에 대해 발언하는 일이 없어졌습니다. 다들 '상아탑' 안에 틀어박혀 구석구석 좀스럽게 뒤지는 '국제적'인 연구에 매몰되었습니다.

그러나 이것이 그들의 개인적인 책임은 아니라고 생각합니다. 시대가 변한 것이지요. 격동기에는 격동기에 필요한 지성을 요구하고, 평화롭고 긴장감이 없는 시대에는 더 이상 총체적인 지성이나 구국의 정신은 필요 없어집니다. 그리고 학자들은 교수 자리나 매스컴 노출, 연구비, 국내의 분배 경쟁에 휘말립니다. 그런 식으로 학술적 지성 자체가 전락해가는 흐름입니다.

나는 지금 시대에 인문과학은 한 번 더 활성화되어야 한다고 생각합니다. 그것은 자연과학 사람들과 대화를 나누면 통감합니다. 특히 내 주위에는 친하게 지내는 의료 관계자들이 많은데, 그들은 공통적으로 자기들의 연구가 눈앞의 현실에 깊이 관여하고 있고, 자기가 잘 버티지 못하면 '큰일'이 난다는 절실함을 느끼고 있습니다. 그런 사람들은 전문가들만의 '끼리끼리'라는 울타리에 갇히려고 하지 않습니다. 물론 전문가끼리 공조는 필요하지만, 이를테면 감염증의 경우 팬데믹을 막기 위해서는 '쓸 수 있는 것은 전부 쓸' 필요가 있습니다. 감염증을 이해하고 방역에 협력하는 사람을 어떻게 늘리느냐 하는 문제가 긴급해집니다. 따라서 온갖 분야 사람들에게 도움을 청하지요. 자신들의 의료 활동은 이런 것이니까 이런 식으로 도움을 달라고 솔직하게 말합니다. 비전문가에게도 협력을 구해야 하기 때문에 가능하면 알기 쉽게 이야기해야 합니다. 최첨단에 있는 사람들 중 서재에 틀어박혀 혼자서 할 수 있는 일을 하는 사람은 없습니다.

금성金星으로 간 '하야부사'의 리튬 전지 제작에 관여한 도요타 히로유키豊田裕之라는 연구자가 있습니다. 도쿄대학 합기도 서클인 도쿄대학기련회東大気錬会의 옛 멤버니까 동문 후배인 셈입니다. 설날에 우리는 스승이신 다다 히로시 선생 댁에 새해 인사를 드리러 갔습니다. 그때 그에게 '하야부사' 이야기를 들었습니다. 그는 직접 설명을 곁들이면서 자신이 출연한 텔레비전 프로그램의 녹화 DVD를 보여주었습니다. 화면을 보면서 그는 '하야부사'가 어떤 프로젝트이며, 어떤 경위를 거쳐 저러한 결과에 이르렀다는 것을 설명해주었습니다. 나는 '하야부사' 프로젝트에 관해 그의 설명이 매우 뛰어난 데 놀랐습니다. 약 10분 만에 그곳에 있던 전원이 '하야부사' 프로젝트가 어떤 기획이고, 어떤 점이 탁월하고 어떤 점이 문제인지 거의 이해할 수 있었습니다.

국민적 이해와 지원이 필요한 거대 프로젝트 참여자들이기에 설명 능력이 높은 것이 아닐까 생각합니다. 주변의 전문가만 알아들으면 그만인 것이 아닙니다. 최첨단의 작업이란 다른 분야의 많은 전문가들에게도 이해를 구해야 합니다. 혁신적인 영역의 지적 활동은 본질적으로 협동적이기 때문입니다. 한줌의 전문가만 이해한 상태에서 내부 평가만 괜찮다고 좋게 넘어갈 수는 없습니다. 다양한 전문가들이 각자의 지식과 기술을 모아 지원해야만 진정으로 창발적인 프로젝트를 진전시킬 수 있습니다. 첨단적인 일이면 일일수록 공동 작업은 밀접해지고 연구 공동체의 규모는 커지겠지요. 그리고 그 규모가 크면 클수록 전문적인 특수 용어jargon로 이야기가 통하지 않는 사람의 수가 늘어나기 때문에 점점 더 설명 능력이 능숙해집니다. 끈기 있게 적절한 언어를 동원해 알기 쉽게 이야기하는 능력 말입니다.

그의 이야기를 들으면서 '하야부사' 프로젝트를 국민의 한 사람으로서 지지해야겠다는 마음이 들었습니다. 그만큼 설득력이 있었지요. 돈이 드니까 지원해 달라는 것이 아닙니다. 만약 그들이 이 사업을 국민적으로 필수적이라고 확신하지 못한다면 이만큼 설득력이 있을 리 없습니다. 이것은 '세상과 사람을 위한' 사업입니다. 단지 일본 한 나라의 학술적 진보를 위함일 뿐 아니라 인류를 위한 것이라는 확신이 서지 않는다면, 이토록 설득력 있는 언어가 나오지 않을 것입니다.

자신의 이익을 위해 떠드는 언어에는 설득력이 없습니다. 아무리 논리적이고 아무리 수사가 현란해도 설득력이 없습니다. 되풀이하지만 '자신의 분배 비율을 늘리기' 위한 언어는 '심사하는 사람'을 배타적으로 지향하기 때문입니다. 그 밖의 사람에게는 의미가 없습니다. 채점자를 향해 시험 답안을 쓰는 것처럼, 편집위원이나 심사위원을 향해 학회 발표를 하는 것처럼, 자기 이익을 위해 이야기하는 인간의 언어는 오직 폐쇄적인 집단 안에서 자원을 분배하는 권력을 가진 사람만 향합니다. 그리고 웬만큼 심사 기준이 안정적이기를 바란다면 심사위원의 수는 적을수록 좋습니다. 이상적으로는 한 사람으로 족합니다. 원리적으로 그럴 수밖에 없습니다. '파이의 분배'에 대해 배당 권리를 가진 인간만 생각하고, 다른 사람은 생각하지 않습니다.

나는 그것을 '내향적 언어'라고 부릅니다. 그것은 지성의 본질과 도저히 어울릴 수 없을 듯합니다.

그와 반대로 '바깥을 향한 언어'에는 적합성 여부나 품질에 대해 수치적인 평가를 내리는 심사위원이 없습니다. 그것은 채점자 앞에 제출한 '답안'이 아니라 될수록 많은 사람에게 전하고 싶은 '메시지'이기 때문입니다. 바라는 것은 정확도가 높은 평가가 아니라 가능하면 많은 사람들이 수신하고 이해하는 것이기 때문입니다.

그러한 조건에서만 언어는 생성적인 것이 된다고 생각합니다. '인정과 도리에 맞게 이야기한' 언어, 수신자의 소매에 매달려 '부탁이니까 내 이야기를 들어주세요.' 하는 간청의 언어만이 '바깥을 향한 언어'일 수 있다고 생각합니다.

이 강의에서는 몇몇 주제를 임의대로 제시했는데, 그중 하나가 '언어가 전해지는 것'이란 어떤 것인가라는 물음이었습니다. 수사적으로 아름답다든가 논리적이라든가 내용이 정치적으로 옳다는 차원과는 관계없이 '전해지는 언어'와 '전해지지 않는 언어'가 있습니다. 아무리 비논리적이라도, 아무리 알아듣기 어려워도, 모르는 말이 많이 있어도, '전해지는 말'은 전해집니다. 어떤 언어든 뜻이 명료하고 문법적으로 정확하고 아름다운 운율을 실어 말한다고 해도, '전해지지 않는 말'은 전해지지 않습니다. 그렇다면 무엇이 다를까요?

차이는 바로 하나뿐입니다. '전해지는 언어'에는 '전하고 싶다'는 발언자의 절박함이 있습니다. 가능하면 많은 사람에게, 가능하면 정확하게, 자신이 하고 싶은 말을 전하고 싶다는 필사적인 마음이 언어를 움직입니다. 뜻하지도 않은 곳까지 언어가 닿도록 합니다.

'이것만큼은 꼭 들어주어야 한다'

몇 번이나 말했지만 20대가 끝나갈 즈음 내가 처음으로 집어든 엠마누엘 레비나스의 책은 『곤란한 자유』였습니다. 유대교에 대한 에세이집인데, 처음에는 무슨 말인지 전혀 이해하지 못했습니다. 프랑스어도 무척 어려웠지만, 그보다도 다루고 있는 내용이 미지의 세계였기 때문입니다. 유대교에 대해 아무것도 몰랐고, 곳곳에 나오는 고유명사의 함의도 몰랐고, 자주 나오는 현상학이나 존재론의 용어 뜻도 알 수 없었습니다. 그런데 표층적인 차원에서는 무슨 말인지 몰랐지만, '내 말을 들어 달라'고 간청하는 저자의 뜨거운 마음만은 뚜렷하게 감지할 수 있었습니다. 마치 내 멱살을 움켜쥐고, '제발 부탁이야, 내 말 좀 이해해줘.' 하고 몸을 흔들어대는 느낌이었습니다. 길거리에서 모르는 외국인이 불러 세워 낯선 말로 말을 거는 상황과 비슷하다고 생각합니다. 주위를 돌아보면 많은 사람들이 지나가고 있는데도 외국인은 저쪽에서 곧장 내게 다가와 내 소맷부리를 붙잡고 있는 기분입니다. 어째서 그 사람이 나를 선택했는지는 모릅니다. "여기에는 자네가 긴급하게 이해해야 할 것이 쓰여 있어. 여기에 쓰인 것을 이해할 수 있는 인간이 되어주게." 이런 명령에 가까운 말이 또렷하게 들렸던 것입니다.

이것이 바로 '전해지는 언어'에 대한 원체험입니다. 전해진 것은 언어의 내용이 아니라 언어를 전달하고 싶다는 열의입니다. 그것은 뇌가 아니라 피부로 전해졌습니다. 나는 오랜 시간을 들여 집중적으로 레비나스의 저작을 읽었습니다. 번역본도 꽤 냈고 연구서도 두 권 썼습니다. 나중에야 레비나스의 가장 중요한 철학적 주제 중 하나가 '왜 사람은 외부에서 도래하는 알 수 없는 언어에 귀를 기울일 수 있을까?'라는 것을 알았습니다. 레비나스에게 그것은 일신교 신앙에 기초를 마련해주는 근간적인 물음이었습니다.

한마디로 어떤 의미에서 레비나스의 책을 펼친 순간에 나는 레비나스 철학의 본질과 쾅하고 머리를 부딪친 셈입니다. 언어의 의미를 몰라도, 그 책이 쓰인 역사적 문맥을 몰라도, 프랑스어를 잘 읽지 못해도 '전해지는 언어'는 전해진다는 것을 개인적으로 확신하는 근거는 여기에 있습니다.

지금 우리 주위에 오고가는 언어의 대다수는 '전해지는 언어'가 아닙니다. '평가를 받으려는 언어'도 아닙니다. 단지 '나를 존경하라'고 명령하는 언어입니다. 정말입니다. 세상에는 일정한 비율로 '머리 좋은 사람'이 존재합니다. 그런 사람들이 이야기하는 것은 내용은 다양하더라도 메타 메시지는 하나뿐입니다. 바로 '난 머리가 좋으니까 날 존경하도록 해'라는 것입니다. 메시지 차원에서는 충분히 의미가 있고 또 꽤 훌륭한 내용을 말하기도 합니다. 그러나 메타 메시지는 슬플 만큼 단순합니다. '내게 존경을 표하라.' 그것뿐입니다. "제군은 내게 경의를 보여주어야 하네. 그러니 경의에 어울리는 위신과 지위와 재화를 지체 없이 내 앞에 가지고 오도록!"

여러분이 대학 강의를 듣고 학술적인 내용을 이해 못하는 것은 당연합니다. 20~30퍼센트 알아들으면 훌륭합니다. 그렇지만 흘려듣지 않았으면 하는 것은 바로 이런 메타 메시지입니다. "내 말을 들어주게. 얼른 자네가 꼭 이해해주었으면 하는 것이 있거든. 이것만큼은 무슨 일이 있어도 들어주어야 해. 자네들이 온전한 어른이 되어주지 않으면 나도 곤란하고, 자네들도 곤란하고, 모두들 곤란해. 그러니까 내 말 좀 들어줘." 이 메타 메시지가 틀림없이 전해진다면 내가 이야기하는 내용은 아무래도 상관없습니다. 내용은 결국 같은 말을 다른 식으로 이야기하는 것뿐이니까요. '내가 하고 싶은 말'을 어디에선가 '아, 그 말이군.' 하고 이해한다면 나머지는 고구마 줄기가 딸려 나오듯 줄줄이 다 이해할 수 있습니다. 노트 필기한 내용을 하나도 이해하지 못하더라도 3년쯤 지나 문득 노트를 펼쳐보면 '뭐야, 이런 당연한 말을 되풀이하고 있었잖아.' 하고 깨달을 날이 오리라고 생각합니다.

언어의 영혼에서 오는 것

이제 슬슬 '마무리'를 해보려고 합니다.

메타 메시지는 머릿속에서 지어낸 작문이 아닙니다. 그것은 우리 내면 깊은 곳에서 옵니다. 언어의 표층이 아니라 언어의 혼soul에서 옵니다.

'혼'이란 무라카미 하루키의 예루살렘 상 수상 연설의 키워드였습니다. 연설은 영어로 했기 때문에 '소울'이라는 말을 썼지요. 신체의 깊은 구석에 있으면서 언제나 펄떡펄떡 맥박치고 있는 생명의 파동, 이것이 바로 그가 말하고 싶었던 '소울'의 이미지일 것입니다.

다음 인용은 2009년 2월 15일 예루살렘 상 수상 연설의 일부입니다. '벽과 알'이라는 흥미로운 비유를 제시한 다음, 화제가 휘리릭 바뀌어 '부친의 이야기'를 시작합니다. 무라카미 하루키는 가족 이야기, 특히 부친에 관해서는 그때까지 어떤 작품에서도 거의 언급하지 않았기 때문에 나 같은 오랜 독자에게는 뜻밖이었습니다.

아버지는 작년 아흔 살을 일기로 세상을 떠나셨습니다. 은퇴한 교사였던 아버지는 시간제 근무 승려였습니다. 그는 대학원생이었을 때 교토에서 징병당해 중국의 전쟁터로 떠났습니다. 전후에 태어난 나는 아버지가 아침식사 전에 집안의 작은 불단 앞에 앉아 오랫동안 정성을 들여 독경하는 모습을 자주 보았습니다. 어느 날 나는 아버지에게 왜 기도를 올리느냐고 물었습니다. 아버지는 전쟁터에서 죽은 사람들을 위해 기도한다고 대답했습니다. 아버지는 모든 전사자를 위해, 즉 적이든 아군이든 가리지 않고 한결같이 기도를 올렸습니다. 그가 불단 앞에 앉아 기도하는 모습을 볼 때 아버지 주위에 죽음의 그림자가 떠돌고 있는 듯한 느낌을 받았습니다.

아버지는 죽었습니다. 자신과 함께 내가 결코 알 수 없는 기억을 갖고 떠났습니다. 그러나 아버지 주위에 뒤얽혀 있는 죽음의 존재는 내 기억에 남아 있습니다. 이것은 내가 아버지에 관해 말할 수 있는 얼마 안 되는, 그리고 가장 중요한 이야기입니다. My father died, and with him he took his memories, memories that I can never know. But the presence of death that lurked about him remains in my own memory. It is one of the few things I carry on from him, and one of the most important.

내가 흥미를 느낀 대목은 바로 '결코 알 수 없는 기억memories that I can never know'라는 어구입니다. 여기에서 기억은 복수형인데, 다음 문장의 '내 기억my own memory'은 단수형입니다. 난 이것을 우연이라고 생각하지 않습니다. 아버지가 갖고 떠난 것은 복수형의 기억이고, 내게 남아 있는 기억은 단수형의 기억입니다. 우리는 앞서간 죽은 자들에게 'memories'를 이어받습니다. 그렇지만 그 가운데 아주 작은 한 조각만 '내 기억'으로 남을 뿐입니다.

무라카미 하루키의 아버지는 중국에서 전쟁을 경험했습니다. 그곳에서 그가 보고 들은 것은 '언어로 표현할 수 없는 것'이었습니다. 언어로 표현할 수 없는 'memories'를 아버지는 반세기에 걸쳐 매일 아침 불단 앞에 앉아 기도를 올림으로써만 보존할 수 있었습니다. 그러나 그 'memories'는 확실히 제대로 아들에게 전해졌습니다.

실로 무라카미 하루키는 '중국'을 둘러싸고 끊임없이 신묘한 이야기를 썼습니다. 「중국행 슬로보트」라는 단편이 있습니다. 아무리 해도 중국인에게 자신이 하고 싶은 말을 전하지 못하는 탓에 무의식적으로 악의 없이 계속적으로 중국인에게 상처를 주고 마는 이상한 청년을 그리고 있습니다. 『태엽감는 새』에서는 노몬한 사건을 묘사했습니다. 그리고 아마도 읽지 않고 넘어간 사람도 많을 것 같은데, 에세이에서 무라카미 하루키는 중화요리를 일체 먹지 못한다고 썼습니다. 라면이나 만두를 전혀 입에 댈 수 없습니다. 어릴 적부터 그랬다고 합니다. 어떤 개인적인 의미가 있어서가 아니라 그냥 삼킬 수 없다고 말입니다. 나는 그 에세이를 읽고 나서 『태엽감는 새』를 읽고, 또 예루살렘 상 수상 강연을 읽고 중국에 대해 여러 가지 일이 있다는 것을 눈치 챘습니다.

무라카미 하루키에게 '중국'이란 '목구멍으로 삼킬 수 없는 것'입니다. 자신은 '중국'을 삼킬 수도 없고 씹을 수도 없다고 합니다. 아무래도 '중국'을 목구멍으로 넘길 수 없는 트라우마가 있습니다. 이 트라우마는 기술할 언어가 없는 '거짓 경험'이니까 '그것*에 대해*' 글을 쓰는 것도 불가능합니다. 가능한 것은 '***그것이 글을 쓰는***' 것뿐입니다. '거짓 경험' 자체가 무라카미 하루키라는 작가가 스스로 이야기하도록 밀어붙이는 것 말고는 '삼킬 수 없는 것'이 무엇인지, 어떻게 기능하는지 알 수 없습니다.

기나긴 개인적 고투가 무라카미 하루키의 문학 활동 밑바닥에 흐르는 기본 흐름이었다고 생각합니다. 왜 그렇게 생각하는가 하면, 실은 우리 아버지도 그랬기 때문입니다. 19년 동안 중국에 있다가 돌아온 아버지는 중국에서 무슨 일을 했는지에 대해 끝끝내 가족에게 아무 이야기도 하지 않은 채 세상을 떠났습니다.

중일우호협회 활동을 열심히 지원하고, 중국인 유학생의 보증인이 되어 집을 찾아주고, 그들에게 일거리를 찾아주는가 하면 집에 불러 밥을 먹이고, 돈을 빌려주었습니다. 아버지가 왜 그토록 중국인에게 헌신적이었는지 우리 가족은 이해하지 못했습니다. 아버지도 설명하지 않았습니다. 하지만 중국인에게 엄청난 '빚'을 진 것처럼 행동한 까닭은 아버지에게 어떤 깊은 상처가 있기 때문일 것이라고 어렴풋이 짐작했습니다. 아버지는 '언어로 표현할 수 없는' 깊은 상처를 입었습니다. 현실의 중국인에게 살 곳, 먹을 것, 입을 옷을 제공하는 지극히 구체적인 행동으로 그것은 비로소 조금이나마 치유되는 모양이었습니다. 아버지의 행동이나 중국에 대해 이야기할 때 나온 말 한마디를 통해 그런 점을 상상할 수 있었습니다.

아버지가 결국 이야기하지 않았던 'memories'의 아주 일부분만 나는 '내 자신의 memory'로 물려받았습니다. 나는 그것을 '애당초 경험하지도 않은 경험에 대한 기억의 결여'라는 굴절된 형태로 계승했습니다. 아마도 그것은 중국에 대한 내 자신의 관점에 막대한 영향을 미쳤을 것입니다. 아버지는 아무 말씀도 하지 않았지만 무언중에 '언어로 표현할 수 없는 것'을 내게 전해주었습니다. 그것은 '소울'에서 '소울'로 전달한 것이 아닐까 합니다.

내 신체의 중심에 있으면서 언어나 사상을 형성하는 기본은 형태가 있는 것이 아닙니다. 그것은 언어가 되지 못하는 메아리, 파동, 떨림 같은 비언어적인 형태로, 죽은 자에게서 산 자에게도 건네집니다. 언어는 '언어가 되지 못하는 것'을 모태로 삼아 생성됩니다. 그것을 '소울'이라고 불러도 좋고 '산 것'이라고 말해도 좋습니다. 그곳에서 나오는 언어야말로 진정으로 깊은 곳에서 다른 사람을 뒤흔

듭니다.

무라카미 하루키의 세계성은 오랫동안 내 연구 주제였습니다. 왜 일본인 작가 중에 무라카미 하루키만 예외적으로 국제적인 인기를 누리고 있을까? 왜 그는 온 세계에 걸쳐 수억 명의 독자를 얻고 있을까?

자신이 직접 트라우마를 경험한 작가도 있습니다. 유아기의 정신적 외상이 인격의 어둠을 형성한 작가도 있습니다. 그러나 *자신이 경험하지 않은 경험에 대한 기억의 결여*, '언어로 표현할 수 없는 경험'을 물려받은 작가, '거짓 경험'을 자신의 근거로 받아들인 작가는 어쩌면 별로 없을지도 모릅니다. 그것이 무라카미 하루키의 세계성에 근거를 이루지 않았을까 합니다.

이번 학기 강의에서는 일관해서 '울림이 있는 언어', '전해지는 언어', '신체에 닿는 언어'란 어떤 것인가를 둘러싸고 이야기를 풀어 왔습니다. 우리가 도달한 잠정적인 결론은 언어로 나타내면 아주 간단합니다. '혼에서 나온 언어', '산 것에서 태어난 언어'가 그것입니다.

그런 언어만이 타자에게 전해집니다. 당연하지 않느냐고 할지도 모르지만 '혼'이란 사전적인 정의와 꽤 다릅니다. 더욱 역동적이고 더욱 살아 있는 생물적인 것이라고 생각합니다. 그것은 '언어를 경유해서는 건넬 수 없는' 결여의 양태로, 또 '아무리 해도 그것에 대해 직접 이야기할 수 없는' 불능의 양태로 전해집니다. 그런 식으로 종족의 소울이나 민족의 소울이나 집단의 소울은 이루어져 있다고 생각합니다.

여러분 중에도 각자 속해 있는 집단이나 공동체의 소울, 또는 부모의 소울이 'memories'로 수렴해 있습니다. 낯모르는 타자와 죽은 자의 기억이 여러분 안에서 꿈틀거리고 있습니다. 죽은 자들의 기억은 사라지지 않습니다. 그것은 어떤 종류의 파동처럼 남아 우리의 '소울'을 형성하고, 그것에서 타자에게 전해지는 언어가 부단하게 생성됩니다.

자, 무사히 착지했습니다. 여러분, 반년 동안 수고 많았습니다.

여러분, 안녕하세요. 우치다 다쓰루입니다.

『거리의 문체론街場の文体論』(원서의 제목)을 드디어 완성하여 방금 오랫동안 기다려준 미시마사의 미시마 구니히로三島邦弘 씨에게 원고를 보냈습니다. 작년 가을에 미시마사 창립 5주년 기념에 맞추어 간행할 예정이었기 때문에 결국 1년이나 늦어진 셈입니다. 기다리게 해서 미안합니다.

'거리 시리즈' 가운데 『거리의 미국론』(NTT 출판, 나중에 분슌문고), 『거리의 중국론』, 『거리의 교육론』(둘 다 미시마사), 『거리의 미디어론』(고분샤光文社신서)은 대학의 강의 녹음을 바탕으로 삼아 집필한 것입니다. 이 네 권 중 세 권까지 미시마 구니히로 씨가 담당했으니까 '거리 시리즈'의 스타일은 그와 나의 '합작품'이라고 할 수 있습니다.

이 책은 2010년 10월부터 다음 해 1월까지 고베여학원대학에서 한 마지막 강의 '창조적 글쓰기'를 바탕으로 썼습니다. 보통은 '원형을 찾아볼 수 없을 만큼' 글을 고쳐버리지만, 이 강의에 대해서는 상당히(60퍼센트 정도) 원형을 그대로 두었습니다. 그만큼 강의할 때 열의와 긴장감을 갖고 '빙의 상태'로 이야기했던 것 같습니다.

'빙의 상태'로 이야기하면 본인도 '말하려고 작정하지도 않은 것'을 말해버립니다. 그래서 나중에 읽으면 더욱 재미있습니다. 거꾸로 미리 이야기할 것을 적어서 강의에 임하면 별로 재미없습니다. 듣는 사람에게는 재미있어도 읽는 본인은 그다지 재미없습니다. 다 알고 있는 이야기니까요.

창조적 글쓰기는 예전 강의에 비해 '빙의 정도'가 심했습니다. 물론 그것은 '마지막 강의'라는 탓이 큽니다. 21년 동안 재직한 대학의 마지막 강의니까요. 학생들도 그런 줄 알고 강의를 들으러 왔고, 외부에서 청강하러 온 사람이나 동료도 있었습니다. 빼곡하게 강의실을 메운 사람들과 '작별 콘서트'를 한 셈입니다. "여러분, 고마웠습니다. 여러분을 잊지 않을게요." 청중도 가수도 감상에 젖었습니다. '마지막이니까 그래도 뭔가 보여주어야지.' 하는 마음이 생겨 평상시보다 좀 더 강하게 '빙의'했습니다.

강의이기 때문에 전부 다 '새로운 내용'은 아닙니다. 문학이론이나 언어학에 대해 거의 아는 것이 없는 학생도 이해할 수 있도록 이야기해야 합니다. 그러기 위해서는 '애너그램'이나 '에크리튀르'나 '읽기 쉬움readability'이나 '수신자' 등 이제까지 블로그나 다른 책에서 다룬 '낯익은' 주제에 대해서도 다시 한 번 처음부터 논의했습니다. 그런 얘기는 전에 들은 적이 있다는 독자도 있겠지만 널리 양해해주면 좋겠습니다. 그래도 이들 논제를 종합적으로 유기적인 관련성을 제시하면서 다룬 것은 이번이 처음입니다. 문학과 언어에 대해 '이제까지 우치다 다쓰루가 이야기한 것의 종합'이라고 생각해주십시오.

통독하는 동안 반복적인 이야기가 잦아서 스스로도 싫증이 났습니다. 하지만 새로운 아이디어가 떠오를 때는 반드시 '반복'이 있는 법입니다. 미묘하게 음조가 다른 반복이 이어지다가 이야기의 수준이 겨우 한 눈금만큼 깊어집니다. 산을 오를 때 빙글빙글 산 주위를 도는 길을 헤맬 때와 마찬가지로 몇 번이나 똑같은 경치와 마주칩니다. 그렇지만 실제로는 그때마다 조금씩 등고선이 더 높은 곳에서 본 경치입니다. 따라서 어느 시점에 갑자기 경치의 의미가 달라집니다. 바다가 보이기도 하고, 먼 산이 보이기도 하면 경치의 '문맥'이 변합니다. '아아, 이 강은 저 바다로 흘러가는구나.' 하는 식으로 말이지요. 그래서 같은 이야기가 반복되는 곳은 '고도가 높아지고 있는 것'이니까 눈감아주십시오.

이 책은 문학과 언어에 대해 정리하는 마지막 기회가 되리라고 생각합니다. 그래서 못 다한 말이 없도록 '하고 싶은 말'을 모조리 집어넣었더니 살짝 '졸아붙은' 것 같습니다. 구성의 단아함이나 논의의 산뜻함을 기대하면 곤란합니다. 어쨌든 마지막 강의니까 학생들에게 '이것만큼은 꼭 이해하기를 바라는 것'을 설득하듯 이야기했습니다. 그러므로 내가 쓴 글 중에도 가장 '촌스러운' 인상을 주지 않을까 합니다. 실제로 강의의 느낌, 강의실의 분위기는 이전의 '거리 시리즈'에 비해 훨씬 실감 있게 독자에게 전해질 것 같습니다.

마지막으로 맨 앞줄에 앉아 녹음과 노트필기를 하고 나중에 녹음테이프를 받아 적어준 구로다 유코黒田裕子에게 감사 인사를 전합니다(그녀는 요전에 결혼해 성이 바뀌었습니다). 꼼꼼하게 원고의 밑작업을 해준 덕분에 수월하게 집필할 수 있었습니다. 1년이나 늦어졌는데도 한마디 불평 없이 웃는 얼굴로 '빨리 읽고 싶군요.' 하고 기다려준 미시마 구니히로 씨에게도 감사의 마음을 전합니다. 그리고 이 강의를 수강해준 여러분도 감사합니다. 마지막 강의 날 여러분의 따뜻한 박수를 받고 이 대학에서 여러분을 가르친 것은 참으로 행운이라고 생각했습니다. 여러분의 지적 미래에 축복이 함께하기를 빕니다.

2012년 5월

우치다 다쓰루

1 橋本治,「バベルの塔」,『BA-BAH その他』, 筑摩書房, 2006, p.169.

2 村上春樹,『1Q84 Book 1』, 新潮社, 2009, p.220.

3 Maurice Blanchot, *Entretien infini*, Gallimard, 1968, pp.581~582.

4 村上春樹,『夢を見るために毎朝僕は目覚めるのです』, 文藝春秋, 2010, p.98.

5 村上春樹,『走ることについて語るときに僕の語ること』, 文藝春秋, 2007, p.65.

6 위의 책, p.51.

7 レイモンド・チャンドラー,『ロング・グッドバイ』, 村上春樹訳, 早川書房, 2007, 「訳者あとがき」, p.547.

8 위의 책, p.550.

9 위의 책, p.551.

10 北杜夫,『どくとるマンボウ青春記』, 新潮文庫, 2000, pp.248~249.

11 ジャン・スタロバンスキー,『ソシュールのアナグラム』, 金澤忠信訳, 水声社, 2006, p.165.(글 안의 '리포그램'이란 키워드가 몇 개의 복음複音으로 나뉘어 시구에 산재하는 것을 말하는데, 광의의 애너그램에 속하는 하위구분의 하나입니다.)

12 위의 책, pp.178~179.

13 위의 책, p.181.

14 위의 책, p.182.

15 위의 책, p.184.

16 福原麟太郎, 吉川幸次郎,『二都詩問』, 新潮社, 1971, pp.22~23.

17 ジョナサン・カラー,『ソシュール』, 川本茂雄訳, 岩波書店, 2002, p.159.

18 シャルル・ボードレール,「年老いた香具師」,『パリの憂鬱』, 福永武彦訳, 岩波書店, 1957, p.39.

19　Ferdinand de Saussure, *Cours de linguistique générale*, Payot, 1972,
　　p.33.

20　ピエール・ブルデュー、『ディスタンクシオンⅠ』, 石井洋二郎訳, 藤原書店, 1990,
　　pp.102~103.

21　ピエール・ブルデュー、『ディスタンクシオンⅡ』, 石井洋二郎訳, 藤原書店, 1990,
　　p.120.

22　위의 책, p.121.

23　위의 책, p.340.

24　Roland Barthes, *Le Degré zéro de l'écriture*, Seuil, 1953 et 1972, p.56.

25　위의 책, p.56.

26　위의 책, p.56.

27　위의 책, p.64.

28　위의 책, p.64.

29　위의 책, p.64.

30　Roland Barthes, Le Plaisir du texte, *Œuvres complétes Tome Ⅱ*,
　　Edition du Seuil, 1994, p.1508.

31　ジャック・ラカン、「絵とは何か」, 『精神分析の四基本概念』, 小出浩之他訳, 岩波書店,
　　2000, p.147.

32　Roland Barthes, Le Plaisir du texte, *Œuvres complétes Tome Ⅱ*,
　　Edition du Seuil, 1994, p.1527.

어떤 글이 살아남는가

2018년 2월 28일 초판 1쇄 발행
2024년 1월 26일 초판 3쇄 발행

지은이 우치다 다쓰루
옮긴이 김경원
펴낸이 류지호
편집 이기선, 김희중, 곽명진 • **디자인** 김효정

펴낸 곳 원더박스 (03169) 서울시 종로구 사직로10길 17, 인왕빌딩 301호
대표전화 02) 720-1202 • **팩시밀리** 0303) 3448-1202
출판등록 제2022-000212호(2012. 6. 27.)

ISBN 978-89-98602-67-3 (03800)